「국어 종합 비타민 B」를 읽으며

국어와 신나게 놀자

우리 몸에 유익한 영양소인 비타민, 그중 비타민 B가 모자라면 각기병에 걸리기 쉬워요. 각기병은 다리에 지각 이상이 생겨 근육이 마비되고 다리가 붓는 현상으로, 병이 심해지면 숨도 가빠져 운동장애증상이 나타난다고 해요. 우리가 공부하는 국어에도 비타민 B가 부족하면 이와 같은 현상이 생기겠죠?「국어 종합 비타민 B」를 읽고 다리도 튼튼, 지식도 튼튼해져 국어와 신나게 놀아보세요.

중학생을 위한 국어 종합 비타민 B

중학생을 위한 **국어 종합 비타민** Ⓑ

펴낸날 | 2003년 3월 25일 초판 1쇄
　　　　 2011년 6월 15일 중판 1쇄

엮은이 | 서종택
펴낸이 | 이태권
펴낸곳 | 소담출판사
　　　　 서울시 성북구 성북동 178-2 (우)136-020
　　　　 전화 | 745-8566　팩스 | 747-3238
　　　　 E-mail | sodam@dreamsodam.co.kr
　　　　 등록번호 | 제2-42호(1979년 11월 14일)
　　　　 홈페이지 | www.dreamsodam.co.kr

ISBN　978-89-7381-689-7　44810
　　　　 978-89-7381-691-0(세트)

중학생을 위한 국어 종합 비타민 B

서종택 엮음 및 해설

소담출판사

책을 펴내며

『중학생을 위한 국어 종합 비타민』은 오늘을 살아가는 우리들에게 삶의 지혜와 용기를 주는 것들로만 묶은 우리 문학의 주옥편이라 할 수 있습니다. 여기에 실린 작품들은 멀리는 일제 식민지시대 것에서부터 가깝게는 오늘의 생존 작가들에 이르기까지 내용과 형식이 다양하고 시대적 의미나 문학적 가치를 고루 갖춘 것들입니다.

우리가 문학작품을 읽는 즐거움이란 우선 읽는 재미와 생각할 수 있는 시간을 한꺼번에 맛볼 수 있다는 점에 있습니다. 소설은 이야기로 꾸며져 있고, 그 이야기는 작가의 뛰어난 상상력을 밑받침으로 하고 있다는 점에서 다른 논설문이나 설명문과는 다르다 할 수 있을 것입니다. 그럴 듯한 이야기, 있음직한 이야기, 꾸며낸 이야기에서 우리가 느끼는 재미와 감동은 어디에서 오는 것일까요? 소설은 꾸며낸 이야기지만 거기에는 우리가 수긍할 수밖에 없는 세상의 아름다움과 삶의 진실을 담고 있기 때문입니다. 있었던 사실을 기록한 역사보다 없었던 이야기를 꾸며낸 소설이 더 보편적인 삶의 모습을 담고 있는 이유가 여기에 있는 것입니다.

우리가 소설을 읽는 것은 이러한 삶의 지혜와 용기를 얻을 뿐만 아니라 주인공

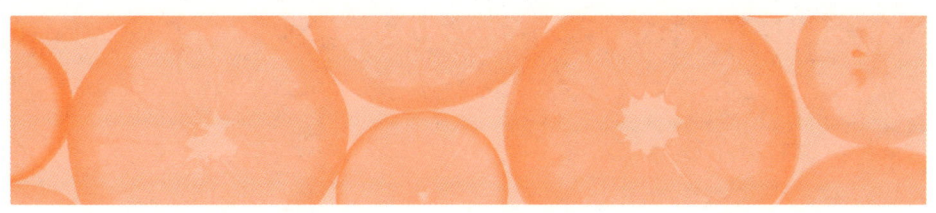

들이 살았던 시대의 사회 모습이나 풍속을 공부할 수 있기 때문입니다. 또한 그 주인공들의 행위를 통해 자신이 앞으로 살아가야 할 세상을 그려보고 마음속으로 준비할 수도 있습니다. 이것이 독서의 진정한 효험이겠지요. 그리고 작가들의 뛰어난 표현이나 문장을 감상하고 익히는 것 또한 문학작품을 읽는 학생들이 놓쳐서는 안 될 소중한 가치입니다.

따라서 이번에 펴낸 『중학생을 위한 국어 종합 비타민』은 우리의 역사·사회에 대한 이해를 넓히고 논리적 사고력과 표현력을 기르는 한편, 진정한 문학의 가치가 어디에 있는가를 깨닫게 되는, 이른바 다목적적이고 종합 비타민 같은 정신의 영양소 역할을 하게 될 것이라 믿습니다.

2003년, 엮은이

이 책의 특징

사람 몸에 비타민이 하나라도 부족하면 몸에 이상이 생기듯, 중학생들이 공부하는 국어에도 비타민이 필요합니다. 중학생들의 국어 공부에 꼭 필요한 『중학생을 위한 국어 종합 비타민』은 중학생들에게 부족한 국어 비타민을 채워줍니다.

『중학생을 위한 국어 종합 비타민』은 이렇게 다릅니다.

하나, 국어가 재미있어집니다. 선생님과 함께 대화를 나누는 것 같은 친절한 설명은 공부를 하고 싶은 기분이 저절로 들게 합니다.

둘, 억지로 머리에 지식을 주입시키려 하지 않습니다. 술술 읽다 보면 어느새 지식이 꽉 차 있음을 깨닫게 됩니다.

셋, 스스로 생각의 힘을 키울 수 있도록 도와줍니다. 정확한 답을 알려주지 않고, 여러 가지 경우의 수를 제시함으로써 사고력을 키울 수 있도록 하였습니다.

넷, 내신성적과 글쓰기 능력을 향상시켜 줍니다. 문학성이 뛰어난 글을 반복해서 읽고 이해하다 보면 글을 볼 줄 아는 능력이 길러집니다.

다섯, 수준 높은 중학생이 되기 위한 지식과 세상을 넓게 볼 수 있는 지혜가 담겨 있습니다.

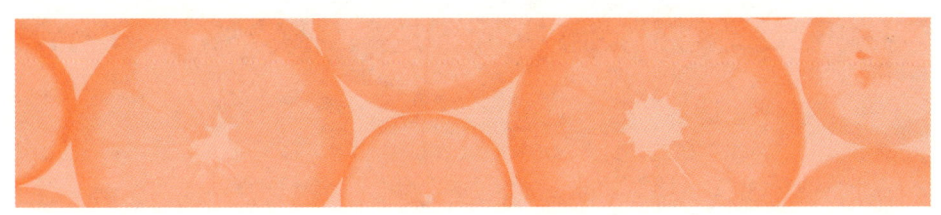

작가 소개 | 단순한 작가 생애 나열이 아닙니다. 한 나라의 역사를 파악하듯 작가의 생애를 자세하게 서술하였습니다. 작가의 인생관이나 세계관을 알고 나면 작품을 이해하기가 훨씬 쉬워집니다.

문학사적 위치 | 작가가 작품을 집필한 데는 시대적 · 문학사적 요구가 있었기 때문입니다. 작가가 이 작품을 왜 집필하게 되었는지 궁금하시죠? 그럼 한번 꼼꼼하게 읽어보세요. '아하!' 하고 탄성이 저절로 나오게 될 테니까요.

읽기 전에 생각하기 | 잠깐! 작품을 읽기 전에 어떤 점에 주의하면서 읽어야 하는지, 어느 부분을 깊이 생각하고 이해해야 하는지 친절하게 설명되어 있습니다. 그럼 이제부터 작품을 감상해 볼까요?

작품 줄거리 | 작품을 잘 읽어 보았나요? 스스로가 한번 줄거리를 만들어 보세요. 그러고 나서 선생님이 쓰신 내용과 어떻게 다른지, 빠진 내용은 없는지 살펴보세요. 자꾸 반복하다 보면 글쓰기 능력이 눈에 띄게 좋아진답니다.

작품 해설 | 작품을 읽다가 혹시 이해가 안 되는 부분이 있었나요? 그런 부분을 시원하게 긁어 준답니다.

더 알아 두기 | 본문의 내용과 연관되거나 작품을 이해하는 데 꼭 필요한 단어나 문장을 설명해 줍니다. 어휘력을 기르는 데도 도움이 되겠죠?

Open Book Test | 서두르지 말고 자유롭게 자신의 생각을 말해 봅시다. 내용이 생각나지 않는다고요? 그럼 찬찬히 작품을 다시 읽어 보세요.

작품의 마지막 점검 | 이제 작품을 완전히 이해했나요? 스스로가 불충분하다고 생각된다면 마지막으로 점검해 볼 필요가 있겠죠? 글을 쓴 작가가 아닌 이상 작품을 완벽하게 이해할 수는 없지만 작품을 알고 작가를 이해하기 위한 마지막 관문입니다.

중학생을 위한 국어 종합 비타민

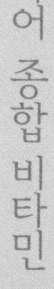

Contents

운수 좋은 날

현진건玄鎭健

그러나 빈 인력거를 털털거리며 이 우중에 돌아갈

일이 꿈 밖이었다. 노동으로 하여 흐른 땀이 식어

지자 굶주린 창자에서, 물 흐르는 옷에서 어슬어슬

한기가 솟아나기 비롯하매 일 원 오십 전이란 돈이

얼마나 괜찮고 괴로운 것인 줄 절절히 느끼었다.

빙허憑虛 현진건은 1900년 대구 우체국장의 넷째아들로 태어났습니다. 1920년 「희생화」로 등단한 뒤 「빈처貧妻」(1921)·「술 권하는 사회」(1921) 등 주로 작가의 체험을 바탕으로, 1인칭 화자의 시점을 취한 소설을 발표합니다. 하지만 1924년에 발표한 「운수 좋은 날」에서부터 이전과는 달리 전형적인 사실주의 경향을 보이기 시작합니다. 이러한 변모 양상은 「B 사감과 러브레터」(1924)·「사립 정신병원장」(1926)·「해 뜨는 지평선」(1927) 등으로 계속 이어져서, 우리 문학사에서 염상섭과 더불어 한국 사실주의 문학을 개척했다는 평가를 받게 됩니다.

1936년 베를린 올림픽 마라톤 경기에서 우승한 손기정의 사진에서 일장기를 지워 없앤 사건으로 일본 경찰에 구속되어 옥고를 치르기도 했답니다.

1939년 《동아일보》에 장편 『흑치상지』의 연재를 시작했지만 내용이 불온하다는 이유로 중단되고, 이후 장편 『적도』(1939)·『무영탑』(1940) 등을 발표합니다. 생계를 위해 양계업을 시작했으나 실패하고, 1943년 마흔세 살의 나이로 서울에서 병사하고 맙니다.

한국 사실주의 문학을 개척했다는 평가를 받는 현진건의 젊은 시절 모습 (1900~1943)

현진건은 염상섭이나 최서해만큼 식민지 사회의 기본적인 구조를 명확하게 이해하고 그것을 표현하지는 못했지만, 그것을 자신의 한계 내에서 알아내려고 애쓴 작가입니다. 그는 가정 내부에서 일어나는 사건들을 소설의 소재로 다루었는데요, 그가 보기에 가정과 사회는 모순과 부조리로 가득 찬 곳이지만, 그 원인을 알 수 없어 술을 권할 수밖에 없는 울분의 세계였던 거지요.

현진건의 대표작들인 「빈처」·「술 권하는 사회」·「운수 좋은 날」·「불」 등에 등장하는 인물들은 자신이 겪고 있는 모순과 부조리의 근원에 대해 분명하게 알지 못한 채, 쉽게 사태를 재단해 거기에 저항하거나 단념해 버리고 맙니다.

그런 의미에서 현진건의 세계 인식은 매우 피상적이었다고 말할 수 있겠지요. 사회의 모순이 개인에게 영향을 미친다는 것은 알았지만, 그것의 진정한 의미는 알지 못했기 때문에, 그런 세계 인식의 피상성을 감추기 위해 과장된 디테일이라는 소설적 트릭을 자주 사용한 것이 아닌가 생각됩니다.

1905년경 서울 근교의 인력거

이 작품의 행·불행의 구조는 참 잘 짜여져 있습니다. 그러나 작가의 은폐나 주인공이 가장假裝하는 능력이 부족해서 그 전체 구조에 결함이 드러나 보입니다. 그런 구조적 결함과 함께 작품의 의미도 다소 공허한데, 그것은 '재수'가 안겨다 주는 의미의 결함이나, '우연'과 '기적'과 같은 돈벌이 혹은 아내의 병이 작가의 실제 의도와는 달리 형식적으로만 반복 진행되고 있기 때문입니다. 이것은 작가의 세계 인식의 한계를 보여주는 대목이기도 합니다.

더구나 김 첨지의 돈벌이에는 우연이 남발합니다. 또한 돈이 없어 아내의 병을 고치지 못했음에도 김 첨지는 열흘 만에 번 돈을 가지고 선술집을 찾습니다. 이렇게 볼 때 「운수 좋은 날」이 김 첨지와 같은 하층민의 의식을 반영하고 있다고는 하지만, 서사적 개연성의 부족으로 그 의미를 얼마만큼 성취했는가라는 물음에는 쉽게 답하기가 어렵군요.

작가가 인력거꾼의 진실한 내면 생활을 제대로 보지 못한 채, 피상적으로 써내려간 것처럼 보입니다. 따라서 이 작품은 감정의 고양이나 극적인 반전 같은 기법보다도 현실에 대한 비판적 천착이 더 요구되는 경우라고 할 수 있겠지요.

새침하게 흐린 품^{됨됨이. 꼴.}이 눈이 올 듯하더니 눈은 아니 오고 얼다가 만 비가 추적추적 내리었다.

이날이야말로 동소문 안에서 인력거꾼 노릇을 하는 김 첨지에게는 오래간만에도 닥친 운수 좋은 날이었다. 문안에(거기도 문밖은 아니지만) 들어간답시는 앞집 마나님을 전찻길까지 모셔다 드린 것을 비롯하여 행여나 손님이 있을까 하고 정류장에서 어정어정하며 내리는 사람 하나하나에게 거의 비는 듯한 눈길을 보내고 있다가 마침내 교원인 듯한 양복쟁이를 동광학교東光學校까지 태워다 주기로 되었다.

첫 번에 삼십 전, 둘째 번에 오십 전, 아침 댓바람에^{일에 당하여 맨 첫번으로.} 그리 흉치 않은 일이었다. 그야말로 재수가 옴 붙어서 근 열흘 동안 돈 구경도 못한 김 첨지는 십 전짜리 백동화 서 푼, 또는 다섯 푼이 찰칵 하고 손바닥에 떨어질 제 거의 눈물을 흘릴 만큼 기뻤었다. 더구나 이날 이때에 이 팔십 전이라는 돈이 그에게 얼마나 유용한지 몰랐다. 컬컬한 목에 모주 한 잔도 적실 수 있거니와 그보다도 앓는 아내에게 설렁탕 한 그릇도 사다 줄 수 있음이다.

그의 아내가 기침으로 쿨룩거리기는 벌써 달포가 넘었다. 조밥도 굶기를 먹다시피 하는 형편이니 물론 약 한 첩 써 본 일이 없다. 구태여 쓰려면 못 쓸 바도 아니로되 그는 병이란 놈에게 약을 주어 보내면 재밀 붙어서 자꾸 온다는 자기의 신조信條에 어디까지 충실하였다. 따라서 의사에게 보인 적이 없으니 무슨 병인지는 알 수 없으되 반듯이 누워 가지고, 일어나기는 새로 모로도 못 눕는 걸 보면 중증은 중증인 듯. 병이 이대도록 심해지기는 열흘 전에 조밥을 먹고 체한 때문이다. 그때도 김 첨지가 오래간만에 돈을 얻어서 좁쌀 한 되와 십 전짜리 나무 한 단을 사다 주었더니 김 첨지의 말에 의지하면 그 오라질 년이 천방지축天方地軸으로 냄비에 대고 끓였다. 마음은 급하고 불길은 달지 않아 채 익지도 않은 것을 그 오라질 년이 숟가락은 고만두고 손으로 움켜서 두 뺨에 주먹덩이 같은 혹이 불거지도록 누가 빼앗을 듯이 처박질하더니만 그날 저녁부터 가슴이 땡긴다, 배가 켕긴다고 눈을 홉뜨고 지랄병을 하였다. 그때 김 첨지는 열화와 같이 성을 내며,

"에이, 오라질 년, 조랑복복을 받아도 오래 누리지 못하는 사람을 가리킴.은 할 수가 없어. 못 먹어 병, 먹어서 병, 어쩌란 말이야! 왜 눈을 바루 뜨지 못해!"
하고 앓는 이의 뺨을 한번 후려갈겼다. 홉뜬 눈은 조금 바루어졌건만 이슬이 맺히었다. 김 첨지의 눈시울도 뜨끈뜨끈하였다.

이 환자가 그러고도 먹는 데는 물리지 않았다. 사흘 전부터 설렁탕 국물이

마시고 싶다고 남편을 졸랐다.

"이런 오라질 년! 조밥도 못 먹는 년이 설렁탕은. 또 처먹고 지랄병을 하게."

라고 야단을 쳐보았건만, 못 사 주는 마음이 시원치는 않았다.

인제 설렁탕을 사 줄 수도 있다. 앓는 어미 곁에서 배고파 보채는 개똥이(세 살먹이)에게 죽을 사 줄 수도 있다. 팔십 전을 손에 쥔 김 첨지의 마음은 푼푼하였다.^{여유가 있고 넉넉했다.}

그러나 그의 행운은 그걸로 그치지 않았다. 땀과 빗물이 섞여 흐르는 목덜미를 기름 주머니가 다 된 광목수건으로 닦으며, 그 학교 문을 돌아 나올 때였다. 뒤에서 "인력거!" 하고 부르는 소리가 난다. 자기를 불러 멈춘 사람이 그 학교 학생인 줄 김 첨지는 한번 보고 짐작할 수 있었다. 그 학생은 다짜고짜로,

"남대문 정거장까지 얼마요."

라고 물었다. 아마도 그 학교 기숙사에 있는 이로 동기방학을 이용하여 귀향하려 함이리라. 오늘 가기로 작정은 하였건만 비는 오고 짐은 있고 해서 어찌할 줄 모르다가 마침 김 첨지를 보고 뛰어왔음이리라. 그렇지 않으면 왜 구두를 채 신지 못해서 질질 끌고, 비록 고쿠라 양복일망정 노박이로^{줄곧 계속해.} 비를 맞으며 김 첨지를 뒤쫓아 나왔으랴.

"남대문 정거장까지 말씀입니까."

하고 김 첨지는 잠깐 주저하였다. 그는 이 우중에 우장도 없이 그 먼 곳을 철벅거리고 가기가 싫었음일까? 처음 것, 둘째 것으로 고만 만족하였음일까? 아니다, 결코 아니다. 이상하게도 꼬리를 맞물고 덤비는 이 행운 앞에 조금 겁이 났음이다. 그리고 집을 나올 제 아내의 부탁이 마음에 켕기었다. 앞집 마나

님한테서 부르러 왔을 제 병인은 그 뼈만 남은 얼굴에 유일의 생물 같은 유달리 크고 움푹한 눈에 애걸하는 빛을 띠며,

"오늘은 나가지 말아요. 제발 덕분에 집에 붙어 있어요. 내가 이렇게 아픈데……."

라고, 모기 소리같이 중얼거리고 숨을 걸그렁걸그렁하였다. 그때에 김 첨지는 대수롭지 않은 듯이,

"아따, 젠장맞을 년, 별 빌어먹을 소리를 다하네. 맞붙들고 앉았으면 누가 먹여 살릴 줄 알아?"

하고 훌쩍 뛰어나오려니까 환자는 붙잡을 듯이 앞을 내저으며,

"나가지 말라도 그래, 그러면 일찍 들어와요."

하고, 목메인 소리가 뒤따랐다…….

정거장까지 가잔 말을 들은 순간에 경련적으로 떠는 손, 유달리 큼직한 눈, 울 듯한 아내의 얼굴이 김 첨지의 눈앞에 어른어른하였다.

"그래 남대문 정거장까지 얼마란 말이오?"

하고 학생은 초조한 듯이 인력거꾼의 얼굴을 바라보며 혼잣말같이,

"인천 차가 열한 점에 있고, 그 다음에는 새로 두 점이든가."

라고 중얼거린다.

"일 원 오십 전만 줍시오."

이 말이 저도 모를 사이에 불쑥 김 첨지의 입에서 떨어졌다. 제 입으로 부르고도 스스로 그 엄청난 돈 액수에 놀래었다. 한꺼번에 이런 금액을 불러라도 본 지가 그 얼마 만인가? 그러자 그 돈 벌 용기가 병자에 대한 염려를 사르

고 말았다. 설마 오늘 내로 어떠랴 싶었다. 무슨 일이 있더라도 제일 제이의 행운을 곱친 것보다도 오히려 갑절이 많은 행운을 놓칠 수 없다 하였다.

"일 원 오십 전은 너무 과한데."

이런 말을 하며 학생은 고개를 기웃하였다.

"아니올시다. 잇수로 치면 여기서 거기가 시오 리가 넘는답니다. 또 이런 진 날에 좀 더 주셔야지요."

하고 빙글빙글 웃는 차부의 얼굴에는 숨길 수 없는 기쁨이 넘쳐흘렀다.

"그러면 달라는 대로 줄 터이니 빨리 가요."

관대한 어린 손님은 그런 말을 남기고 총총히 옷도 입고 짐도 챙기러 갈 데로 갔다.

그 학생을 태우고 나선 김 첨지의 다리는 이상하게도 거뿐하였다. 달음질을 한다느니보다 거의 나는 듯하였다. 바퀴도 어떻게 속히 도는지 군다느니보다 마치 얼음을 지쳐 나가는 '스케이트' 모양으로, 미끄러져 가는 듯하였다. 언 땅에 비가 내려 미끄럽기도 하였지만.

이윽고 끄는 이의 다리는 무거워졌다. 자기 집 가까이 다다른 까닭이다. 새삼스러운 염려가 그의 가슴을 눌렀다.

"오늘은 나가지 말아요. 내가 이렇게 아픈데!"

이런 말이 잉잉 그의 귀에 울렸다. 그리고 병자의 움푹 들어간 눈이 원망하는 듯이 자기를 노리는 듯하였다. 그러자 엉엉하고 우는 개똥이의 곡성을 들은 듯싶다. 딸꾹딸꾹 하고 숨 모으는 소리도 나는 듯싶다.

"왜 이리우, 기차 놓치겠구먼."

하고 탄 이의 초조한 부르짖음이 간신히 그의 귀에 들어왔다. 언뜻 깨달으니 김 첨지는 인력거 채를 쥔 채 길 한복판에 엉거주춤 멈춰 있지 않은가.

"네, 네."

하고 김 첨지는 또다시 달음질하였다. 집이 차차 멀어 갈수록 김 첨지의 걸음에는 다시금 신이 나기 시작하였다. 다리를 재게 늘려야만 쉴새없이 자기의 머리에 떠오르는 모든 근심과 걱정을 잊을 듯이.

정거장까지 끌어다 주고 그 깜짝 놀란 일 원 오십 전을 정말 제 손에 쥠에, 제 말마따나 10리나 되는 길을 비를 맞아 가며 질퍽거리고 온 생각은 아니하고, 거저나 얻은 듯이 고마웠다. 졸부나 된 듯이 기뻤다. 제 자식 뻘밖에 안 되는 어린 손님에게 몇 번이나 허리를 굽히며,

"안녕히 다녀옵시오."

라고 깍듯이 재우쳤다.

그러나 빈 인력거를 털털거리며 이 우중에 돌아갈 일이 꿈 밖이었다. 노동으로 하여 흐른 땀이 식어지자 굶주린 창자에서, 물 흐르는 옷에서 어슬어슬 한기가 솟아나기 비롯하매 일 원 오십 전이란 돈이 얼마나 괜찮고 괴로운 것인 줄 절절히 느끼었다. 정거장을 떠나는 그의 발길은 힘 하나 없었다. 온몸이 옹송그려지며 당장 그 자리에 엎어져 못 일어날 것 같았다.

"젠장맞을 것! 이 비를 맞으며 빈 인력거를 털털거리고 돌아를 간담, 이런 빌어먹을, 제 할미를 붙을 비가 왜 남의 상판을 딱 때려!"

그는 몹시 횟증을 내며 누구에게 반항이나 하는 듯이 게걸거렸다. 그럴 즈음에 그의 머리엔 또 새로운 광명이 비쳤나니 그것은 '이러구 갈 게 아니라 이 근처를 빙빙 돌며 차 오기를 기다리면 또 손님을 태우게 되는지도 몰라' 란 생각이었다. 오늘 운수가 괴상하게도 좋으니까 그런 요행히 또 한 번 없으리라고 누가 보증하랴. 꼬리를 굴리는 행운이 꼭 자기를 기다리고 있다고 내기를 해도 좋을 만한 믿음을 얻게 되었다. 그렇다고 정거장 인력거꾼의 등쌀이 무서우니 정거장 앞에 섰을 수는 없었다. 그래 그는 이전에도 여러 번 해 본 일이 있는 일이라 바로 정거장 앞 전차 정류장에서 조금 떨어지게, 사람 다니는 길과 전찻길 틈에 인력거를 세워 놓고 자기는 그 근처를 빙빙 돌며 형세를 관망하기로 하였다. 얼마 만에 기차는 왔고 수십 명이나 되는 손이 정류장으로 쏟아져 나왔다. 그 중에서 손님을 물색하는 김 첨지의 눈엔 양머리에 뒤축 높은 구두를 신고 망토까지 두른 기생 퇴물인 듯, 난봉 여학생인 듯한 여편네의 모양이 띄었다. 그는 슬근슬근 그 여자의 곁으로 다가들었다.

"아씨, 인력거 아니 타시랍시오?"

그 여학생인지 뭔지가 한참을 매우 태깔을 빼며 입술을 꼭 다문 채 김 첨지를 거들떠보지도 않았다. 김 첨지는 구걸하는 거지나 무엇같이 연해 연방 그의 기색을 살피며,

"아씨, 정거장 애들보담 아주 싸게 모셔다 드리겠습니다. 댁이 어디신가요?" 하고, 추근추근하게도 그 여자의 들고 있는 일본식 버들고리짝에 제 손을 대었다.

"왜 이래, 남 귀치 않게."

소리를 벽력같이 지르고는 돌아선다. 김 첨지는 어렵시오 하고 물러섰다.

전차는 왔다. 김 첨지는 원망스럽게 전차 타는 이를 노리고 있었다. 그러나 그의 예감은 틀리지 않았다. 전차가 빡빡하게 사람을 싣고 움직이기 시작하였을 제 타고 남은 손 하나가 있었다. 굉장하게 큰 가방을 들고 있는 걸 보면 아마 붐비는 차 안에 짐이 크다 하여 차장에게 밀려 내려온 눈치였다.

김 첨지는 대어 섰다.

"인력거를 타시랍시오."

한동안 값으로 실랑이를 하다가 육십 전에 인사동까지 태워다 주기로 하였다. 인력거가 무거워지매 그의 몸은 이상하게도 가벼워졌고 그리고 또 인력거가 가벼워지니 몸은 다시금 무거워졌건만 이번에는 마음조차 초조해 온다. 집의 광경이 자꾸 눈앞에 아른거리어 인제 요행을 바랄 여유도 없었다. 나무등걸이나 무엇 같고 제 것 같지도 않은 다리를 연해 꾸짖으며 갈팡질팡 뛰는 수밖에 없었다. 저놈의 인력거꾼이 저렇게 술이 취해 가지고 이 진 땅에 어찌 가노라고 길가는 사람이 걱정을 할이만큼 그의 걸음은 황급하였다. 흐리고 비오는 하늘은 어둠침침하게 벌써 황혼에 가까운 듯하다. 창경원 앞까지 다다라서야 그는 턱에 닿은 숨을 돌리고 걸음도 늦추 잡았다. 한 걸음 두 걸음 집이 가까워 올수록 그의 마음조차 괴상하게 누그러졌다. 그런데 이 누그러짐은 안심에서 오는 게 아니요, 자기를 덮친 무서운 불행을 빈틈없이 알게 될 때가 박두한 것을 두리는 마음에서 오는 것이다. 그는 불행에 다닥치기 전 시간을 얼마쯤이라도 늘리려고 버르적^{몸을 자꾸 움직이다.}거렸다. 기적에 가까운 벌이를 하였다는 기쁨을 할 수 있으면 오래 지니고 싶었다. 그는 두리번두리번 사면을 살피었다. 그 모양은 마치 자기 집, 곧 불행을 향하고 달아나는 제 다리를 제 힘으로는 도저히 어찌할 수 없으니 누구든지 나를 좀 잡아 다고, 구해 다고 하는 듯하였다.

그럴 즈음에 마침 길가 선술집에서 그의 친구 치삼이가 나온다. 그의 우글우글 살찐 얼굴에 주홍이 든는 듯, 온 턱과 뺨을 시커멓게 구레나룻이 덮였거늘, 노르탱탱한 얼굴이 바짝 말라서 여기저기 고랑이 패고 수염도 있대야 턱 밑에만 마치 솔잎 송이를 거꾸로 붙여 놓은 듯이 김 첨지의 풍채하고는 기이한 대상을 짓고 있었다.

"여보게 김 첨지, 자네 문안 들어갔다 오는 모양일세그려. 돈 많이 벌었을 테니 한잔 빨리게."

뚱뚱보는 말라깽이를 보던 맡에 부르짖었다. 그 목소리는 몸짓과 딴판으로 연하고 싹싹하였다. 김 첨지는 이 친구를 만난 게 어찌나 반가운지 몰랐다. 자기를 살려 준 은인이나 무엇같이 고맙기도 하였다.

"자네는 벌써 한잔 한 모양일세그려, 자네도 오늘 재미가 좋아 보이."
하고, 김 첨지는 얼굴을 펴서 웃었다.

"아따, 재미 안 좋다고 술 못 먹을 낸가? 그런데 여보게, 자네 왼몸이 어째 물독에 빠진 생쥐 같은가? 어서 이리 들어와 말리게."

선술집은 훈훈하고 뜨뜻하였다. 추어탕을 끓이는 솥뚜껑을 열 적마다 뭉게뭉게 떠오르는 흰 김, 석쇠에서 빠지짓빠지짓 구워지는 너비아니 알팍하게 저며서 양념해 만든 쇠고기. 구이며 저욱이며 간이며 콩팥이며 북어며 빈대떡……. 이 너저분하게 늘어 놓인 안주 탁자에 김 첨지는 갑자기 속이 쓰려서 견딜 수 없었다. 마음대로 할 양이면 거기 있는 모든 먹을 먹이를 모조리 깡그리 집어삼켜도 시원치 않았다. 하되 배고픈 이는 우선 분량 많은 빈대떡 두 개를 쪼기로 하고 추어탕을 한 그릇 청하였다. 주린 창자는 음식 맛을 보더니 더욱더욱 비어지며 자꾸자꾸 들이라 들이라 하였다. 순식간에 두부와 미꾸라지든 국 한 그릇을 그냥 물같이 들이켜고 말았다. 셋째 그릇을 받아들었을 제 데우던 막걸리 곱빼기 두 잔이 더웠다. 치삼이와 같이 마시자 원원이^{본디부터, 원래부터,} 비었던 속이라 찌르르 하고 창자에 퍼지며 얼굴이 화끈하였다. 눌러 곱빼기 한 잔을 또 마셨다. 김 첨지의 눈은 벌써 개개 풀리기 시작하였다. 석쇠에 얹힌 떡 두 개를 숭덩숭덩 썰어서 볼을 불룩거리며 또 곱빼기 두 잔을 부어라 하였다.

치삼은 의아한 듯이 김 첨지를 보며,

"여보게 또 붓다니, 벌써 우리가 넉 잔씩 먹었네, 돈이 사십 전일세."

하고 주의시켰다.

"아따 이놈아, 사십 전이 그리 끔찍하냐? 오늘 내가 돈을 막 벌었어. 참 오늘 운수가 좋았느니."

"그래 얼마를 벌었단 말인가?"

"삼십 원을 벌었어, 삼십 원을! 이런 젠장맞을 술을 왜 안 부어…… 괜찮다 괜찮다, 막 먹어도 상관이 없어. 오늘 돈 산더미같이 벌었는데……."

"어, 이 사람 취했군, 그만두세."

"이놈아, 이걸 먹고 취할 내냐, 어서 더 먹어."

하고는 치삼의 귀를 잡아채며 취한 이는 부르짖었다. 그리고 술을 붓는 열다섯 살 됨직한 중대가리에게로 달려들며,

"이놈, 오라질 놈, 왜 술을 붓지 않어."

라고 야단을 쳤다. 중대가리는 희희 웃고 치삼을 보며 문의하는 듯이 눈짓을 하였다. 주정꾼이 이 눈치를 알아보고 화를 버럭 내며,

"에미를 붙을 이 오라질 놈들 같으니, 이놈 내가 돈이 없을 줄 알고."

하자마자 허리춤을 흠칫흠칫하더니 일 원짜리 한 장을 꺼내어 중대가리 앞에 펄쩍 집어던졌다. 그 사품에^{마침 그때에.} 몇 푼 은전이 잘그랑 하며 떨어진다.

"여보게, 돈 떨어졌네, 왜 돈을 막 끼얹나."

이런 말을 하며 일변 돈을 줍는다. 김 첨지는 취한 중에도 돈의 거처를 살피는 듯이 눈을 크게 떠서 땅을 내려다보다가 불시에 제 하는 짓이 너무 더럽다는 듯이 고개를 소스라치자 더욱 성을 내며,

"봐라, 봐! 이 더러운 놈들아, 내가 돈이 없나, 다리 뼉다구를 꺾어 놓을 놈들 같으니."

하고 치삼의 주워 주는 돈을 받아,

"이 원수엣 돈! 이 육시를 할 돈!"

하면서 팔매질을 친다. 벽에 맞아떨어진 돈은 다시 술 끓이는 양푼에 떨어지며 정당한 매를 맞는다는 듯이 쨍 하고 울었다.

곱배기 두 잔은 또 부어질 겨를도 없이 말려 가고 말았다. 김 첨지는 입술과 수염에 붙은 술을 빨아들이고 나서 매우 만족한 듯이 그 솔잎 송이 수염을 쓰다듬으며,

"또 부어, 또 부어."

라고 외쳤다.

또 한 잔 먹고 나서 김 첨지는 치삼의 어깨를 치며 문득 껄껄 웃는다. 그 웃음소리가 어떻게 컸는지 술집에 있는 이의 눈은 모두 김 첨지에게로 몰리었다. 웃는 이는 더욱 웃으며,

"여보게 치삼이, 내 우스운 이야기 하나 할까? 오늘 손을 태우고 정거장에까지 가지 않았겠나."

"그래서."

"갔다가 그저 오기다 안됐데그려, 그래 전차 정거장에서 어름어름하며 손님 하나를 태울 궁리를 하지 않았나. 거기 마침 마나님이신지 여학생님이신지, 요새야 어디 논다니 _웃음과 몸을 파는 계집._ 와 아가씨를 구별할 수가 있던가? 망토를 잡수시고 비를 맞고 서 있겠지. 슬근슬근 가까이 가서 인력거 타시랍시요 하고 손가방을 받으려니까 내 손을 탁 뿌리치고 홱 돌아서더니만 '왜 남을 이렇게 귀찮게 굴어!' 그 소리야말로 꾀꼬리 소리지, 허허!"

김 첨지는 교묘하게도 정말 꾀꼬리 같은 소리를 내었다. 모든 사람은 일시에 웃었다.

"빌어먹을 깍쟁이 같은 년, 누가 저를 어쩌나, '왜 남을 귀찮게 굴어!' 어이구, 소리가 처신도 없지, 허허."

웃음소리들은 높아졌다. 그러나 그 웃음소리들이 사라지기 전에 김 첨지는 훌쩍훌쩍 울기 시작하였다. 치삼은 어이없이 주정뱅이를 바라보며,

"금방 웃고 지랄을 하더니 우는 건 또 무슨 일인가?"

김 첨지는 연해 코를 들이마시며,

"우리 마누라가 죽었다네."

"뭐, 마누라가 죽다니, 언제?"

"이놈아 언제는, 오늘이지."

"예끼 미친놈, 거짓말 말아."

"거짓말은 왜, 참말로 죽었어, 참말로…… 마누라 시체를 집에 뻐들쳐 놓고 내가 술을 먹다니, 내가 죽일 놈이야, 죽일 놈이야."

하고 김 첨지는 엉엉 소리를 내어 운다.

치삼은 흥이 조금 깨지는 얼굴로,

"원 이 사람이, 참말을 하나, 거짓말을 하나, 그러면 집으로 가세, 가."

하고 우는 이의 팔을 잡아당기었다.

치삼의 끄는 손을 뿌리치더니 김 첨지는 눈물이 글썽글썽한 눈으로 싱그레 웃는다.

"죽기는 누가 죽어."

하고 득의가 양양,

"죽기는 왜 죽어, 생떼같이 살아만 있단다. 그 오라질 년이 밥을 죽이지. 인제 나한테 속았다."

하고 어린애 모양으로 손뼉을 치며 웃는다.

"이 사람이 정말 미쳤단 말인가? 나도 아주머네가 앓는단 말은 들었었는데."

하고, 치삼이도 어느 불안을 느끼는 듯이 김 첨지에게 돌아가라고 권하였다.

"안 죽었어, 안 죽었대도 그래."

김 첨지는 횟증을 내며 확신 있게 소리를 질렀으되 그 소리엔 안 죽은 것을 믿으려고 애쓰는 가락이 있었다. 기어이 일 원 어치를 채워서 곱빼기 한 잔씩 더 먹고 나왔다. 궂은 비는 의연히 추적추적 내린다.

　　　　　　김 첨지는 취중에도 설렁탕을 사가지고 집에 다다랐다. 집이라 해도 물론 셋집이요 또 집 전체를 세든 게 아니라 안과 뚝 떨어진 행랑방 한 칸을 빌려 든 것인데 물을 길어 대고 한 달에 1원씩 내는 터이다. 만일 김 첨지가 주기를 띠지 않았던들 한 발을 대문에 들여놓았을 제 그곳을 지배하는 무시무시한 정적, 폭풍우가 지나간 뒤의 바다 같은 정적에 다리가 떨렸으리라. 쿨쿨거리는 기침소리도 들을 수 없다. 그르렁거리는 숨소리조차 들을 수 없다. 다만 이 무덤 같은 침묵을 깨뜨리는, 깨뜨린다느니 보다 한층 더 침묵을 깊게 하고 불길하게 하는 빡빡하는 그윽한 소리, 어린애의 젖 빠는 소리가 날 뿐이다. 만일 청각이 예민한 이 같으면 그 빡빡 소리는 빨 따름이요, 꿀떡꿀떡하고 젖 넘어가는 소리가 없으니 빈 젖을 빤다는 것도 짐작할는지 모르리라.

　혹은 김 첨지도 이 불길한 침묵을 짐작했는지도 모른다. 그렇지 않으면 대문에 들어서자마자 전에 없이,

　"이 난장맞을 년, 남편이 들어오는데 나와 보이지도 않아, 이 오라질 년."
이라고 고함을 친 게 수상하다. 이 고함이야말로 제 몸을 엄습해 오는 무시무시한 증을 쫓아 버리려는 허장성세虛張聲勢^{실속없이 허세만 떠벌림.}인 까닭이다.

　하여간 김 첨지는 방문을 왈칵 열었다. 구역을 나게 하는 추기^{더럽고 꾀죄죄한 기운.},

떨어진 삿자리^{갈대로 엮어 만든 자리.} 밑에서 나온 먼지내, 빨지 않은 기저귀에서 나는 똥내와 오줌내, 가지각색 때가 켜켜이 앉은 옷내, 병인의 땀 썩은 내가 섞인 추기가 무딘 김 첨지의 코를 찔렀다.

방 안에 들어서며 설렁탕을 한구석에 놓을 사이도 없이 주정꾼은 목청을 있는 대로 다 내어 호통을 쳤다.

"이런 오라질 년, 주야장천晝夜長川 누워만 있으면 제일이야! 남편이 와도 일어나지를 못해."

라는 소리와 함께 발길로 누운 이의 다리를 몹시 찼다. 그러나 발길에 채이는 건 사람의 살이 아니고 나무등걸과 같은 느낌이 있었다. 이때에 빽빽 소리가 응아 소리로 변하였다. 개똥이가 물었던 젖을 빼어 놓고 운다. 운대도 온 얼굴을 찡그려 붙여서 운다는 표정을 할 뿐이다. 응아 소리도 입에서 나는 게 아니고 마치 뱃속에서 나는 듯하였다. 울다가 울다가 목도 잠겼고 또 울 기운조차 시진嘶盡한 것 같다.

발로 차도 그 보람이 없는 걸 보자 남편은 아내의 머리맡으로 달려들어 그야말로 까치집 같은 환자의 머리를 꺼들어 흔들며,

"이년아, 말을 해, 말을! 입이 붙었어, 이 오라질 년!"

"……"

"으응, 이것 봐, 아무 말이 없네."

"……"

"으응, 또 대답이 없네, 정말 죽었나버이."

이러다가 누운 이의 흰 창을 덮은, 위로 치뜬 눈을 알아보자마자,

"이 눈깔! 이 눈깔! 왜 나를 바라보지 못하고 천장만 보느냐, 응?"
하는 말끝엔 목이 메었다. 그러자 산사람의 눈에서 떨어진 닭의 똥 같은 눈물
이 죽은 이의 뻣뻣한 얼굴을 어롱어롱 적시었다. 문득 김 첨지는 미칠 듯이 제
얼굴을 죽은 이의 얼굴에 한데 비비대며 중얼거렸다.

"설렁탕을 사다 놓았는데 왜 먹지를 못하니, 왜 먹지를 못하니…… . 괴상
하게도 오늘은, 운수가 좋더니만…… ."

작품 줄거리

인력거꾼 김 첨지는 열흘 동안 돈 구경도 못하다가, 이날 따라 운수 좋게 손님이 계속해서 생겼다. 그의 아내는 기침을 쿨룩거린 지 달포가 넘었고, 열흘 전 돈을 얻어 조밥을 해 먹고 체해 병이 심해져 있었다. 그런 차에 모처럼 돈이 벌리기 시작하자, 김 첨지는 한잔할 생각과 아내에게 설렁탕을 사주고 세 살배기 자식에게도 죽을 사 줄 수 있다는 생각에 기분이 좋아졌다.

일 원 오십 전에 남대문 정거장으로 실어다 줄 손님까지 생겨 신나게 인력거를 끌던 김 첨지는 집 근처를 지나면서는 병든 아내에 대한 염려로 다리와 마음이 무거워졌으나, 이내 정신을 가다듬어 앞으로 내달렸다. 남대문 정거장에서 손님을 내리고서 다시 운 좋게 손님을 받은 김 첨지의 이날 벌이는 기적에 가까운 것이었다.

그러나 왠지 불행이 기다리고 있을 것만 같은 운세의 끝을 확인하기 두려웠던 터라, 선뜻 집으로는 발길을 돌릴 수 없었다. 그럴 즈음, 친구 치삼이를 만나 술집으로 들어온 김 첨지는 하루 운수가 좋아 벌이가 컸던 얘기며, 손님 얘기 따위로 취흥을 돋우다가, 아내의 얘기에 이르러서는 그만 술판을 걷고서 설렁탕을 사 들고 집으로 향했다.

집이 너무나 적막한 것을 보고, 불길한 맘으로 방문을 열어젖힌 김 첨지의 눈에 죽은 아내와 울다 지쳐 목까지 잠겨 버린 개똥이의 모습이 보였다. 김 첨지는 닭똥 같은 눈물을 흘리며, 제 얼굴을 죽은 아내의 얼굴에다 비비면서 중얼거렸다.

"설렁탕을 사다 놓았는데 왜 먹지를 못하니, 왜 먹지를 못하니……. 괴상하게도 오늘은, 운수가 좋더니만……."

이 작품은 1924년에 발표된 소설로, 일제 치하 하층민들의 궁핍한 생활상을 사실주의적 수법으로 보여주고 있습니다. 제목 '운수 좋은 날'은 가장 비극적인 날을 반어적으로 표현한 것이지요. 이것은 행운 뒤에 불행이 찾아오는 극적이고 역설적인 현실을 말해 주기도 합니다. 한자말로 호사다마好事多魔라고나 할까요?

서두에 제시되고 있는 날씨에 대한 묘사는 주인공에게 다가올 불행을 암시하는 복선伏線의 역할을 하고 있습니다. 비가 내리는 암울한 분위기와 첫 행운, 그 뒤에도 계속되는 돈벌이, 그러나 뭔가 불길하다는 예감 등 상반된 상황의 연속을 거쳐, 술집에서 주정하다가 설렁탕을 사 들고 귀가한 뒤에 아내의 참혹한 죽음을 확인하는 것이 이 작품의 골격이지요.

구성면에서는 시간의 추이에 따른 순행적 구성을 통해 비극으로 치닫는 현실을 긴장감 있게 보여주고 있습니다. 그리고 표현면에서는 작중 인물의 심리를 구체적이고 현실감 있게 제시해 사실감을 더해 주고 있고요. 묘사와 서술, 그리고 대화의 교체를 통한 다양한 문체가 돋보이며, 많은 비속어를 대화 속에 삽입해 하층민의 생활 감각을 살리고 있는 것도 한 특징입니다.

도시 빈민층에 속하는 이 작품의 주인공 김 첨지의 등장은 우리 문학사에서 중요한 위치를 차지하고 있습니다. 그때까지의 소설 속 주인공들이란 대개 구체적인 현실 앞에서 방황하고 좌절하는 지식인들이 태반이었으니까요. 「운수 좋은 날」에서와 같이 하층민이 주인공으로 등장한 것은 당시 새로운 사조로 주목받았던 신경향파 문학의 대두와 무관하지 않습니다.

복선 伏線 foreshadowing 앞으로 다가올 상황에 대한 암시를 뜻하는 것으로서, 어떤 사건들을 앞질러 미리 전조前兆를 드리우는 방식을 통해 서사적 흐름을 진행시키는 이야기적 장치를 말한다. 복선은 보통 예시적인 주변 사건들을 활용함으로써 이루어지며, 인물이나 배경 등에 의해 유추된 추론의 형태, 즉 그러한 요소들이 계속되는 사건의 진행을 투사하는 형태를 취한다. 복선의 목적은 독자의 흥미를 강하게 유발시킴으로써 독서의 재미를 강화시키거나, 독자들에게 미리 심리적 준비 단계를 거치게 함으로써 다가올 사건이 우발적이거나 당황스러운 것으로 받아들여지지 않게 하려는 데에 있다.

반전 反轉 reverse turn 사건의 흐름을 전혀 예기치 않은 방향으로 급전시켜 독자를 놀라게 하며, 아울러 주제를 강조하는 기법이다.

트릭 trick 속임수·책략 등의 사전적 함의를 가지는 트릭은 작가들이 그들의 궁극적인 목표, 즉 이야기를 의미 있게 만드는 한편, 그것을 독자들에게 흥미 있게 전달하는 과제를 달성하기 위해 구사하는 전략적 개념의 일환으로 이해할 수 있다.

조금 딱딱한 내용이지만 이 시기의 문학 경향을 잠깐 살펴보면요, 3·1운동이 실패한 후 사회에 만연했던 감상적이고 병적인 낭만주의를 극복하는 출구로서 기대되었던 사회주의 사상은 문학계에서 신경향파로 모아집니다. 그런데 이 신경향파에서 이해하는 개인과 세계의 갈등이란 바로 계급적 대립에서 비롯되는 것이지요.

그러나 하층민을 소재로 했으면서도 「운수 좋은 날」의 주인공인 가난한 인력거꾼 김 첨지는 계급 의식을 드러내지 않은 채로 당시 하층민들이 겪었던 비극적 삶의 모습을 사실적으로 보여주고 있습니다. 이것은 작가가 적대적이고 단순한 계급주의 시각에서 벗어나, 당대 사회의 피폐함을 불러온 식민 치하라는 구조적 모순을 응시

 **더 알아두기**

한 결과로 이해됩니다.

이 작품은 크게 세 부분으로 나눌 수 있는데요, ① 김 첨지에게 난데없이 찾아온 행운(재수)의 장면들, ② 오랜만에 번 돈으로 술을 마시는 장면, ③ 귀가해 죽은 아내를 발견하는 장면 등이 바로 그것입니다. ①에서 독자는 김 첨지에게 닥칠 불행을 예감하며 동정심을 가지게 되고, ②에서는 ①과 유기적인 연결 하에 잇단 비극적 분위기를 더욱 무겁게 느끼게끔 됩니다.

예를 들어, 선술집에서 벌이는 김 첨지의 건주정은 그가 느끼는 심리적 압박감을 그대로 독자의 감상 속에다 옮겨 놓습니다. 다음의 인용문을 꼼꼼히 읽어볼까요.

웃음소리들은 높아졌다. 그러나 그 웃음소리들이 사라지기 전에 김 첨지는 훌쩍훌

쩍 울기 시작하였다. 치삼은 어이없이 주정뱅이를 바라보며,

"금방 웃고 지랄을 하더니 우는 건 또 무슨 일인가?"

김 첨지는 연해 코를 들이마시며,

"우리 마누라가 죽었다네."

"뭐, 마누라가 죽다니, 언제?"

"이놈아 언제는, 오늘이지."

"예끼 미친놈, 거짓말 말아."

"거짓말은 왜, 참말로 죽었어, 참말로…… 마누라 시체를 집에 뻐들쳐 놓고 내가 술을 먹다니, 내가 죽일 놈이야, 죽일 놈이야."

하고 김 첨지는 엉엉 소리를 내어 운다.

김 첨지의 심리적 압박감이 조금은 느껴지나요? 그래서 독자는 김 첨지의 불행에 공감해 그의 일시적인 행운 안에 숨어 있던 지속적인 불행의 원인이 무엇인가를 따져 보게 되는 거랍니다. 그 원인이 단순히 하층민만의 문제가 아닌 것은 당시 우리 모두가 일제 식민 치하의 노예였기 때문이지요.

끝으로, 내용과는 반대되는 제목을 달고 있는 이 소설의 아이러니는 인간이란 자신이 처한 운명을 알지 못하기 때문에 처음부터 부조리한 삶을 살아가는 존재임을 보여주는 것이죠.

① 이 작품의 비극적 결말을 암시하는 복선들은 무엇일까요?

② 김 첨지가 곧장 귀가하지 않고 선술집에 들르는 까닭은 무엇일까요?

③ 작가와 독자는 이 소설의 결말을 이미 알거나 충분히 짐작할 수 있습니다. 이렇게 주인공만이 자신의 비극적 운명을 모르고 있을 때, 그것의 문학적 효과는 어떤 것일까요?

④ 작품 안에서 보여지는 아내의 비참한 모습은 전체 구성에서 어떤 역할을 맡는 것일까요?

⑤ 김 첨지의 심리 상태가 어떻게 변해 가나요?

구성

발단	인력거꾼 김 첨지는 오랜만에 행운을 만나, 병든 아내에게 설렁탕을 사 먹일 수 있게 되어 기분이 매우 좋다.
전개	행운이 계속되자 김 첨지는 불길한 예감이 들어 귀가를 서두른다.
위기	선술집에서 친구 치삼이와 술을 마시면서 김 첨지는 아내에 대한 불안감으로 횡설수설한다.
절정	설렁탕을 사 들고 들어온 김 첨지는 불길한 침묵에 맞서 고함을 친다.
결말	아내의 죽음을 확인한 후, "오늘은 운수가 좋더니만……" 하고 독백한다.

핵심 정리

갈래	단편소설
배경	일제 식민 치하의 서울.
주제	일제 식민 치하 하층민의 비참한 삶.
시점	전지적 작가 시점
구성	서사적 순행법
문체	서사적 간결체

작중인물의 성격

김 첨지	가난한 인력거꾼으로 비극적 주인공이다. 하층민을 대표하는 전형적 인물로, 비록 거칠고 상스러우며 몰인정하게 보이지만, 속으로는 아내를 걱정하는 선량하고 인정이 넘치는 인물이다.
아내	김 첨지의 아내. 설렁탕을 먹어 보았으면 하는 최소한의 소원도 이루지 못한 채 죽는 비극적 인물이다.

현진건

38

현진건 오빠 멋져요!

춘해 방인근(1899~1975)이 빙허 현진건(1900~1943)의 외양을 보고는 놀랐다죠? 이유는 현진건이 너무 여자처럼 생긴 탓이라는군요. 그렇다면 방인근이 현진건의 외양을 묘사한 글을 한번 볼까요?

"그는 꼭 씨암탉처럼 살이 포동포동 찌고 걸음걸이조차 씨암탉처럼 아기죽아기죽하다. 키는 작달막한 데다가 살결도 희고 맑아 꼭 예쁘장한 여자 같다. 나를 툭 한번 치고는 껄껄 웃으면서 빤히 쳐다보는 눈매는 여간 매력 있는 것이 아니다. 술에 취하면 그 예쁜 눈은 거슴츠레해지면서 바르르 떨기까지 한다. 입도 조그마하고 예쁘장스러운 것이 언뜻 여자 같기도 하다. 면도를 여러 날 하지 않으면 수염이 건성건성 나는데, 까맣지 않고 노르스름한 것 또한 애교스럽다. 그러고 보니 눈동자도 좀 노르스름한 것 같다. 눈동자가 노라면 재주 있다더니 과연 그런가 보다. 춘원의 눈동자도 그러했다."

날개

● 이상 李箱

나는 걷던 걸음을 멈추고 그리고 어디 한번 이렇게

외쳐 보고 싶었다.

날개야 다시 돋아라.

날자. 날자. 날자. 한 번만 더 날자꾸나.

한 번만 더 날아 보자꾸나.

이상의 본명은 김해경金海卿입니다. 1910년 서울 사직동에서 태어난 그는 보성고보 교내 미술전람회에서 입상한 후 화가가 되기를 꿈꾸었습니다. 그러나 경성고등공업학교 건축과(지금의 서울대 공과대학)를 졸업하고 조선총독부 내무국 건축과 기수技手로 취직한 그는 이때부터 '이상'이라는 이름 아래 소설을 쓰기 시작했습니다. 1930년 장편소설인 『12월 12일』을 《조선》이라는 잡지에 연재하면서 작품 활동을 시작했고, 1931년에는 《조선과 건축》에 시詩 「이상한 가역반응可逆反應」·「공복」 등을 발표했습니다.

1933년 정지용의 소개로 《가톨릭 청년》에 처음 우리말로 된 시 「거울」을 발표했으며, 이듬해 박태원 등과 함께 구인회九人會에 가입했습니다. 이 해에 《조선중앙일보》에 연작시 「오감도」를 발표해 문단과 일반에 큰 충격을 주었습니다. 다다이즘과 초현실주의의 기법이 강한 이 작품은 독자들의 거센 항의를 받아 30회로 예정되었던 연재를 15회 만에 중단하고야 말았습니다.

1936년부터 그의 대표작 「날개」·「지주회시」·「실화」 등을 발표합니다. 그는 1937년 일본 도쿄에서 폐결핵으로 사망했습니다.

이상은 여러 편의 문제작을 발표하면서 한국문학사에서 가장 독특한 작가로 평가된다
(1910~1937)

이상은 1930년대 모더니즘 문학을 대표하는 작가입니다. 그에 대한 문학사적 위치는 크게 두 가지로 나뉘고 있는데요, 하나는, 그가 부정적인 자기 폐쇄를 통해 사회와의 소통이 단절된 자아의 모습을 극명하게 보여주었다는 점입니다. 그것은 그만큼 사회가 병들어 있다는 것을 반증해 주는 것이기도 합니다. 즉, 그가 보여준 고통은 바로 사회의 병증病症이기도 하다는 의미가 내포되어 있습니다. 이처럼 이상은 사회의 모순과 갈등을 철저히 개인의 그것으로 바꾸어 보여준 최초의 작가라고 말할 수 있는데, 「날개」와 「지주회시」를 이 부분의 대표작들로 꼽을 수 있습니다.

다른 하나는, 실험 정신입니다. 그의 새로운 기법은 단순히 새롭고 신기한 것에만 정신이 팔린 그런 실험 정신은 아니었습니다. 이상은 대상에 대한 표현의 방법에서 지적知的 재치와 심리주의 수법을 동원했습니다. 심리주의 수법은 그가 처음 도입한 것으로 이 방면에서 선구적인 업적을 세웠다고 평가받고 있습니다.

이상이 "암만해도 나는 19세기와 20세기 틈바구니에 끼여 졸도하려 드는 무뢰한인가 보오"라고 했던 말은 전근대

작품 「지주회시」의 실제 배경이 된 집

적인 현실에 적응할 수 없었던 근대적인 자아自我의 절망감을 드러낸 말로 이해할 수 있습니다. 이처럼 이상 작품의 난해성은 그런 절망감에서 비롯된 것으로 미루어 짐작해 볼 수 있겠지요.

「날개」는 1936년 9월 《조광》에 발표된 소설입니다. 이 작품은 식민지 시대 지식인의 소모적이고 폐쇄적인 모습을 적나라하게 그리고 있으며, 작품 속에 드러난 남편과 아내의 뒤바뀐 부부관계는 가치가 전도된 삶을 상징하는 것이죠. 사회와 소통하지 못하는 주인공 '나'는 유일한 통로였던 아내에게서 벗어나 가상의 '날개'를 통해 자기 구제의 열망을 내비치고 있습니다. 이것은 현실 속에서 패배한 자아의 절망을 역설적으로 드러내는 것이기도 합니다.

　이 작품은 특히 '나'라는 1인칭 주인공의 시점으로 개인의 주관적인 의식 세계를 다루면서도 그것을 객관적으로 보고 있다는 점이 특징인데요, 이것은 일상적 자아가 본질적 자아를 대상화하여 관찰하고 객관적으로 묘사함으로써 '나'가 제시하고 있는 여러 상황을 독자가 자발적으로 참여하게 함으로 자신의 의식 세계를 더욱 사실적으로 돋보이게 하고 있어요.

'박제剝製가 되어 버린 천재'를 아시오? 나는 유쾌하오. 이런 때 연애까지가 유쾌하오.

육신이 흐느적흐느적하도록 피로했을 때만 정신이 은화銀貨처럼 맑소. 니코틴이 내 횟배회충으로 인한 배앓이. 앓는 뱃속으로 스미면 머릿속에 으레 백지가 준비되는 법이오. 그 위에다 나는 위트와 패러독스를 바둑 포석처럼 늘어놓소. 가증할 상식의 병病이오.

나는 또 여인과 생활을 설계하오. 연애 기법에마저 서먹서먹해진, 지성의 극치를 흘깃 좀 들여다본 일이 있는, 말하자면 일종의 정신분일자精神奔逸者 말이오. 이런 여인의 반半 그것은 온갖 것의 반이오 만을 영수領收하는 생활을 설계한다는 말이오. 그런 생활 속에 한 발만 들여놓고 흡사 두 개의 태양처럼 마주 쳐다보면서 낄낄거리는 것이오. 나는 아마 어지간히 인생의 제행諸行이 싱거워서 견딜 수가 없게 되고 그만 둔 모양이오. 굿바이.

굿바이, 그대는 이따금 그대가 제일 싫어하는 음식을 탐식貪食하는 아이러니를 실천해 보는 것도 좋을 것 같소. 위트와 패러독스와……

그대 자신을 위조하는 것도 할 만한 일이오. 그대의 작품은 한 번도 본 일이 없는 기성품에 의하여 차라리 경편輕便_{간단해서 쓰기에 손쉽고 편하다.}하고 고매高邁하리라.

십구세기는 될 수 있거든 봉쇄하여 버리오. 도스토예프스키 정신이란 자칫하면 낭비인 것 같소. 위고를 불란서의 빵 한 조각이라고는 누가 그랬는지 지언至言인 듯싶소. 그러나 인생 혹은 그 모형에 있어서 디테일 때문에 속는다거나 해서야 되겠소? 화禍를 보지 마오. 부디 그대께 고하는 것이니……
(테이프가 끊어지면 피가 나오. 상채기도 머지않아 완치될 줄 믿소. 굿바이.)

감정은 어떤 포즈(그 포즈의 소만을 지적하는 것이 아닌지나 모르겠소). 그 포즈가 부동자세에까지 고도화할 때 감정은 딱 공급을 정지합네.

나는 내 비범한 발육을 회고하여 세상을 보는 안목을 규정하였소.
여왕봉과 미망인 세상의 하고많은 여인이 본질적으로 이미 미망인 아닌 이가 있으리까? 아니! 여인의 전부가 그 일상에 있어서 개개 '미망인'이라는 내 논리가 뜻밖에도 여성에 대한 모독이 되오? 굿바이.

　　　그 33번지라는 것이 구조가 흡사 유곽이라는 느낌이 없지 않다. 한 번지에 18가구가 죽 어깨를 맞대고 늘어서서 창호가 똑같고 아궁이 모양이 똑같다. 게다가 각 가구에 사는 사람들이 송이송이 꽃과 같이 젊다. 해가 들지 않는다. 해가 드는 것을 그들이 모른 체하는 까닭이다. 턱살 밑에다 철줄을 매고 얼룩진 이부자리를 널어 말린다는 핑계로 미닫이에 해가 드는 것을 막아 버린다. 침침한 방 안에서 낮잠들을 잔다. 그들은 밤에는 잠을 자지 않나? 알 수 없다. 나는 밤이나 낮이나 잠만 자느라고 그런 것은 알 길이 없다. 33번지 18가구의 낮은 참 조용하다.

　　조용한 것은 낮뿐이다. 어둑어둑하면 그들은 이부자리를 걷어들인다. 전등불이 켜진 뒤의 18가구는 낮보다 훨씬 화려하다. 저물도록 미닫이 여닫는 소리가 잦다. 바빠진다. 여러 가지 내음새가 나기 시작한다. 비웃^{청어.} 굽는 내, 탕고도란^{화장품의 일종.}내, 뜨물내, 비눗내……

　　그러나 이런 것들보다도 그들의 문패가 제일로 고개를 끄덕이게 하는 것이다. 이 18가구를 대표하는 대문이라는 것이 일각이 져서 외따로 떨어지기는 했으나 있다. 그러나 그것은 한 번도 닫힌 일이 없는 한길이나 마찬가지 대문인 것이다. 온갖 장사치들은 하루 가운데 어느 시간에라도 이 대문을 통하여 드나들 수가 있는 것이다. 이네들은 문간에서 두부를 사는 것이 아니라 미닫이만 열고 방에서 두부를 사는 것이다. 이렇게 생긴 33번지 대문에 그들 18가구의 문패를 몰아다 붙이는 것은 의미가 없다. 그들은 어느 사이엔가 각 미닫이 위 백인당百忍堂이니 길상당吉祥堂이니 써 붙인 한곁에다 문패를 붙이는 풍속을 가져 버렸다.

내 방 미닫이 위 한곁에 칼표그 무렵에 사용했던 '칼표' 담뱃갑. 딱지를 넷에다 낸 것만한 내, 아니! 내 아내의 명함이 붙어 있는 것도 이 풍속을 좇은 것이 아닐 수 없다.

나는 그러나 그들의 아무와도 놀지 않는다. 놀지 않을 뿐만 아니라 인사도 않는다. 나는 내 아내와 인사하는 외에 누구와도 인사하고 싶지 않았다.

내 아내 외의 다른 사람과 인사를 하거나 놀거나 하는 것은 내 아내 낯을 보아 좋지 않은 일인 것만 같이 생각이 들었기 때문이다. 나는 이만큼 까지 내 아내를 소중히 생각한 것이다.

내가 이렇게까지 내 아내를 소중히 생각한 까닭은 이 33번지 18가구 가운데서 내 아내가 내 아내의 명함처럼 제일 작고 제일 아름다운 것을 안 까닭이다: 18가구에 각기 별러 들은 송이송이 꽃들 가운데서도 내 아내는 특히 아름다운 한 떨기의 꽃으로 이 함석지붕 밑 볕 안 드는 지역에서 어디까지든지 찬란하였다. 따라서 그런 한 떨기 꽃을 지키고, 아니 그 꽃에 매달려 사는 나라는 존재가 도무지 형언할 수 없는 거북살스러운 존재가 아닐 수 없었던 것은 물론이다.

나는 어디까지든지 내 방이─집이 아니다. 집은 없

다—마음에 들었다. 방 안의 기온은 내 체온을 위하여 쾌적하였고 방 안의 침침한 정도가 또한 내 안력을 위하여 쾌적하였다. 나는 내 방 이상의 서늘한 방도 또 따뜻한 방도 희망하지 않았다. 이 이상으로 밝거나 이 이상으로 아늑한 방을 원하지 않았다. 내 방은 나 하나를 위하여 요만한 정도를 꾸준히 지키는 것 같아 늘 내 방에 감사하였고 나는 또 이런 방을 위하여 이 세상에 태어난 것만 같아서 즐거웠다.

그러나 이것은 행복이라든가 불행이라든가 하는 것을 계산하는 것은 아니었다. 말하자면 나는 내가 행복되다고도 생각할 필요가 없었고 그렇다고 불행하다고도 생각할 필요가 없었다. 그냥 그날그날을 그저 까닭없이 편둥편둥 게으르고만 있으면 만사는 그만이었던 것이다.

내 몸과 마음에 옷처럼 잘 맞는 방 속에서 뒹굴면서, 축 처져 있는 것은 행복이니 불행이니 하는 그런 세속적인 계산을 떠난, 가장 편리하고 안일한 말하자면 절대적인 상태인 것이다. 나는 이런 상태가 좋았다.

이 절대적인 내 방은 대문간에서 세어서 똑 일곱째 칸이다. 럭키 세븐의 뜻이 없지 않다. 나는 이 일곱이라는 숫자를 훈장처럼 사랑하였다. 이런 이 방이 가운데 장지로 말미암아 두 칸으로 나뉘어 있었다는 그것이 내 운명의 상징이었던 것을 누가 알랴?

아랫방은 그래도 해가 든다. 아침결에 책보만한 해가 들었다가 오후에 손수건만 해지면서 나가 버린다. 해가 영영 들지 않는 윗방이 즉 내 방인 것은 말할 것도 없다. 이렇게 볕 드는 방이 아내 방이요 볕 안

드는 방이 내 방이요 하고 아내와 나 둘 중에 누가 정했는지 나는 기억하지 못한다. 그러나 나에게는 불평이 없다.

아내가 외출만 하면 나는 얼른 아랫방으로 와서 그 동쪽으로 난 들창을 열어 놓고 열어 놓으면 들이비치는 볕살이 아내의 화장대를 비쳐 가지각색 병들이 아롱이지면서 찬란하게 빛나고 이렇게 빛나는 것을 보는 것은 다시없는 내 오락이다. 나는 쪼끄만 '돋보기'를 꺼내 가지고 아내만이 사용하는 지리가미(휴지)를 끄실려 가면서 불장난을 하고 논다. 평행광선을 굴절시켜서 한 초점에 모아 가지고 그 초점이 따끈따끈해지다가, 마지막에는 종이를 끄실르기 시작하고 가느다란 연기를 내면서 드디어 구멍을 뚫어 놓는 데까지에 이르는 그 얼마 안 되는 동안의 초조한 맛이 죽고 싶을 만치 내게는 재미있었다.

이 장난이 싫증이 나면 나는 또 아내의 손잡이 거울을 가지고 여러 가지로 논다. 거울이란 제 얼굴을 비칠 때만 실용품이다. 그 외의 경우에는 도무지 장난감인 것이다.

이 장난도 곧 싫증이 난다. 나의 유희심은 육체적인 데서 정신적인 데로 비약한다. 나는 거울을 내던지고 아내의 화장대 앞으로 가까이 가서 나란히 늘어놓인 그 가지각색의 화장품 병들을 들여다본다. 그것들은 세상의 무엇보다도 매력적이다. 나는 그 중의 하나만을 골라서 가만히 마개를 빼고 병구멍을 내 코에 가져다 대이고 숨 죽이듯이 가벼운 호흡을 하여 본다. 이국적인 센슈얼한 관능적인 향기가 폐로 스며들면 나는 저절로 스르르 감기는 내 눈을 느낀다. 확실히 아내의 체취의 파편이다. 나는 도로 병마개를 막고 생각해 본다. 아내의 어느 부분에서 요 내음새가 났던가를……. 그러나 그것은 분명치 않다. 왜? 아내의 체취는 여기 늘어섰는 가지각색 향기의 합계일 것이니까.

　　　　　아내의 방은 늘 화려하였다. 내 방이 벽에 못 한 개 꽂히지 않은 소박한 것인 반대로 아내 방에는 천장 밑으로 쫙 돌려 못이 박히고 못마다 화려한 아내의 치마와 저고리가 걸렸다. 여러 가지 무늬가 보기 좋다. 나는 그 여러 조각의 치마에서 늘 아내의 동체와 그 동체가 될 수 있는 여러 가지 포즈를 연상하고 연상하면서 내 마음은 늘 점잖지 못하다.

　그렇건만 나에게는 옷이 없었다. 아내는 내게는 옷을 주지 않았다. 입고 있는 코르덴 양복 한 벌이 내 자리옷이었고 통상복과 나들이옷을 겸한 것이었다. 그리고 하이넥의 스웨터가 한 조각 사철을 통한 내 내의다. 그것들은 하나같이 다 빛이 검다. 그것은 내 짐작 같아서는 즉 빨래를 될 수 있는 데까지 하지 않아도 보기 싫지 않도록 하기 위한 것이 아닌가 한다. 나는 허리와 두 가랑이 세 군데 다 고무 밴드가 끼여 있는 부드러운 사루마다를 입고 그리고 아무 소리 없이 잘 놀았다.

　　　　　어느덧 손수건만해졌던 볕이 나갔는데 아내는 외출에서 돌아오지 않는다. 나는 요만 일에도 좀 피곤하였고 또 아내가 돌아오기 전에 내 방으로 가 있어야 될 것을 생각하고 그만 내 방으로 건너간다. 내 방은 침침하다. 나는 이불을 뒤집어쓰고 낮잠을 잔다. 한 번도 걷은 일이 없는 내 이부자리는 내 몸뚱이의 일부분처럼 내게는 참 반갑다. 잠은 잘 오는 적도 있다. 그러나 또 전신이 까칫까칫하면서 영 잠이 오지 않는 적도 있다. 그런 때는 아무 제목으로나 제목을 하나 골라서 연구하였다. 나는 내 좀 축축한 이불 속에서 참 여러 가지 발명도 하였고 논문도 많이 썼다. 시도 많이 지었다. 그러나 그것들은 내가 잠이 드는 것과 동시에 내 방에 담겨서 철철 넘치는 그 흐늑흐늑한 공기에 다 비누처럼 풀어져서 온데간데가 없고 한잠 자고 깬 나는 속이 무명 헝겊이나 메밀 껍질로 띵띵 찬 한 덩어리 베개와도 같은 한벌 신경이었을 뿐이고 하였다.

그러기에 나는 빈대가 무엇보다도 싫었다. 그러나 내 방에서는 겨울에도 몇 마리씩의 빈대가 끊이지 않고 나왔다. 내게 근심이 있었다면 오직 이 빈대를 미워하는 근심일 것이다. 나는 빈대에게 물려서 가려운 자리를 피가 나도록 긁었다. 쓰라리다. 그것은 그윽한 쾌감에 틀림없었다. 나는 혼곤히 잠이 든다.

나는 그러나 그런 이불 속의 사색생활에서도 적극적인 것을 궁리하는 법이 없다. 내게는 그럴 필요가 대체 없었다. 만일 내가 그런 좀 적극적인 것을 궁리해 내었을 경우에 나는 반드시 내 아내와 의논하여야 할 것이고 그러면 반드시 나는 아내에게 꾸지람을 들을 것이고 나는 꾸지람이 무서웠다느니보다도 성가셨다. 내가 제법 한 사람의 사회인의 자격으로 일을 해 보는 것도 아내에게 사설 듣는 것도. 나는 가장 게으른 동물처럼 게으른 것이 좋았다. 될 수만 있으면 이 무의미한 인간의 탈을 벗어버리고도 싶었다.

나에게는 인간 사회가 스스러웠다. 생활이 스스러웠다. 모두가 서먹서먹할 뿐이었다.

　　　　　아내는 하루에 두 번 세수를 한다. 나는 하루 한 번도 세수를 하지 않는다. 나는 밤중 세시나 네시 해서 변소에 갔다 달이 밝은 밤에는 한참씩 마당에 우두커니 섰다가 들어오곤 한다. 그러니까 나는 이 18가구의 아무와도 얼굴이 마주치는 일이 거의 없다. 그러면서도 나는 이 18가구의 젊은 여인네 얼굴들을 거반 다 기억하고 있었다. 그들은 하나같이 내 아내만 못하였다.

　　열한시쯤 해서 하는 아내의 첫번 세수는 좀 간단하다. 그러나 저녁 일곱시쯤 해서 하는 두 번째 세수는 손이 많이 간다. 아내는 낮에 보다도 밤에 더 좋고 깨끗한 웃을 입는다. 그리고 낮에도 외출하고 밤에도 외출하였다.

　　아내에게 직업이 있었던가? 나는 아내의 직업이 무엇인지 알 수 없다. 만일 아내에게 직업이 없었다면, 같이 직업이 없는 나처럼 외출할 필요가 생기지 않을 것인데 아내는 외출한다. 외출할 뿐만 아니라 내객이 많다. 아내에게 내객이 많은 날은 나는 온종일 내 방에서 이불을 쓰고 누워 있어야만 된다. 불장난도 못한다. 화장품 내음새도 못 맡는다. 그런 날은 나는 의식적으로 우울해 하였다. 그러면 아내는 나에게 돈을 준다. 오십 전짜리 은화다. 나는 그것이 좋았다. 그러나 그것을 무엇에 써야 옳을지 몰라서 늘 머리맡에 던져 두고 두고 한 것이 어느 결에 모여서 꽤 많아졌다. 어느 날 이것을 본 아내는 금고처럼 생긴 벙어리를 사다 준다. 나는 한 푼씩 한 푼씩 그 속에 넣고 열쇠는 아내가 가져갔다. 그 후에도 나는 더러 은화를 그 벙어리에 넣은 것을 기억한다. 그리고 나는 게을렀다. 얼마 후 아내의 머리 쪽에 보지 못하던 누깔잠이 하나 여드름처럼 돋았던 것은 바로 그 금고형 벙어리의 무게가 가벼워졌다는 증거일까. 그러나 나는 드디어 머리맡에 놓였던 그 벙어리에 손을 대지 않고 말았다. 내 게으름은 그런 것에 내 주의를 환기시키기도 싫었다.

　　아내에게 내객이 있는 날은 이불 속으로 암만 깊이 들어가도 비오는 날만큼 잠이 잘 오지는 않았다. 나는 그런 때 아내에게는 왜 늘 돈이 있나 왜 돈이 많은가를 연구했다.

　내객들은 장지 저쪽에 내가 있는 것을 모르나 보다. 내 아내와 나도 좀 하기 어려운 농을 아주 서슴지 않고 쉽게 해 내던지는 것이다. 그러나 내 아내의 내객들 가운데 서너 사람의 내객들은 늘 비교적 점잖았다고 볼 수 있는 것이 자정이 좀 지나면 으레 돌아들 갔다. 그들 가운데는 퍽 교양이 옅은 자도 있는 듯싶었는데 그런 자는 보통 음식을 사다 먹고 논다. 그래서 보충을 하고 대체로 무사하였다.

　나는 우선 내 아내의 직업이 무엇인가를 연구하기에 착수하였으나 좁은 시야와 부족한 지식으로는 이것을 알아내기 힘이 든다. 나는 끝끝내 내 아내의 직업이 무엇인가를 모르고 말려나 보다.

　아내는 늘 진솔버선만 신었다. 아내는 밥도 지었다. 아내가 밥 짓는 것을 나는 한 번도 구경한 일은 없으나 언제든지 끼니때면 내 방으로 내 조석밥을 날라다 주는 것이다. 우리 집에는 나와 내 아내 외의 다른 사람은 아무도 없다. 이 밥은 분명히 아내가 손수 지었음에 틀림없다.

　그러나 아내는 한 번도 나를 자기 방으로 부른 일이 없다.

　나는 늘 윗방에서 나 혼자서 밥을 먹고 잠을 잤다. 밥은 너무 맛이 없었다.

반찬이 너무 엉성하였다. 나는 닭이나 강아지처럼 말없이 주는 모이를 넙죽넙죽 받아먹기는 했으나 내심 야속하게 생각한 적도 더러 없지 않다. 나는 안색이 여지없이 창백해 가면서 말라 들어갔다. 나날이 눈에 보이듯이 기운이 줄어들었다. 영양 부족으로 하여 몸뚱이 곳곳에 뼈가 불쑥불쑥 내밀었다. 하룻밤 사이에도 수십 차를 돌쳐 눕지 않고는 여기저기가 배겨서 나는 배겨 낼 수가 없었다.

그렇기 때문에 나는 내 이불 속에서 아내가 늘 흔히 쓸 수 있는 저 돈의 출처를 탐색해 보는 일변 장지 틈으로 새어 나오는 아랫방의 음식은 무엇일까를 간단히 연구하였다. 나는 잠이 잘 안 왔다.

깨달았다. 아내가 쓰는 돈은 그, 내게는 다만 실없는 사람들로밖에 보이지 않는 까닭 모를 내객들이 놓고 가는 것에 틀림없으리라는 것을 나는 깨달았다. 그러나 왜 그들 내객은 돈을 놓고 가나, 왜 내 아내는 그 돈을 받아야 되나 하는 예의禮義 관념이 내게는 도무지 알 수 없는 것이었다.

그것은 그저 예의에 지나지 않는 것일까 그렇지 않으면 혹 무슨 대가일까 보수일까. 내 아내가 그들의 눈에는 동정을 받아야만 할 한 가없은 인물로 보였던가.

이런 것들을 생각하노라면 으레 내 머리는 그냥 혼란하여 버리곤 하였다. 잠들기 전에 획득했다는 결론이 오직 불쾌하다는 것뿐이었으면서도 나는 그런 것을 아내에게 물어 보거나 한 일이 참 한 번도 없다. 그것은 대체 귀찮기도 하려니와 한잠 자고 일어나면 나는 사뭇 딴사람처럼 이것도 저것도 다 깨끗이 잊어버리고 그만두는 까닭이다.

내객들이 돌아가고, 혹 밤 외출에서 돌아오고 하면 아내는 경편한 것으로 옷을 바꾸어 입고 내 방으로 나를 찾아온다. 그리고 이불을 들치고 내 귀에는 영 생동생동한 몇 마디 말로 나를 위로하려 든다. 나는 조소도 고소도 홍소도 아닌 웃음을 얼굴에 띠고 아내의 아름다운 얼굴을 쳐다본다. 아내는 방그레 웃는다. 그러나 그 얼굴에 떠도는 일말의 애수를 나는 놓치지 않는다.

아내는 능히 내가 배고파하는 것을 눈치챌 것이다. 그러나 아랫방에서 먹고 남은 음식을 나에게 주려 들지는 않는다. 그것은 어디까지든지 나를 존경하는 마음일 것임에 틀림없다. 나는 배가 고프면서도 적이 마음이 든든한 것을 좋아했다. 아내가 무엇이라고 지껄이고 갔는지 귀에 남아 있을 리가 없다. 다만 내 머리맡에 아내가 놓고 간 은화가 전등불에 흐릿하게 빛나고 있을 뿐이다.

그 금고형 벙어리 속에 그 은화가 얼마큼이나 모였을까. 나는 그러나 그것을 처들어 보지 않았다. 그저 아무런 의욕도 기원도 없이 그 단춧구멍처럼 생긴 틈바구니로 은화를 떨어뜨려 둘 뿐이었다.

왜 아내의 내객들이 아내에게 돈을 놓고 가나 하는 것이 풀 수 없는 의문인 것같이 왜 아내는 나에게 돈을 놓고 가나 하는 것도 역시 나에게는 똑같이 풀 수 없는 의문이었다. 내 비록 아내가 내게 돈을 놓고 가는 것이 싫지 않았다 하더라도 그것은 다만 그것이 내 손가락에 닿는 순간에서부터 그 벙어리 주둥이에서 자취를 감추기까지의 하잘것없는 짧은 촉각이 좋았달 뿐이지 그 이상 아무 기쁨도 없다.

어느 날 나는 그 벙어리를 변소에 갖다 넣어 버렸다. 그때 벙어리 속에는 몇 푼이나 되는지는 모르겠으나 그 은화들이 꽤 들어 있었다.

나는 내가 지구 위에 살며 내가 이렇게 살고 있는 지구가 질풍신뢰의 속력으로 광대무변의 공간을 달리고 있다는 것을 생각했을 때 참 허망하였다. 나는 이렇게 부지런한 지구 위에서는 현기증도 날 것 같고 해서 한시바삐 내려 버리고 싶었다.

이불 속에서 이런 생각을 하고 난 뒤에는 나는 그 은화를 그 벙어리에 넣고 넣고 하는 것조차도 귀찮아졌다. 나는 아내가 손수 벙어리를 사용하였으면 하고 희망하였다. 벙어리도 돈도 사실에는 아내에게만 필요한 것이지 내게는 애초부터 의미가 전연 없는 것이었으니까 될 수만 있으면 그 벙어리를 아내는 아내 방으로 가져갔으면 하고 기다렸다. 그러나 아내는 가져가지 않는다. 나는 내가 아내 방으로 가져다 둘까 하고 생각하여 보았으나 그 즈음에는 아내의 내객이 원체 많아서 내가 아내 방에 가볼 기회가 도무지 없었다. 그래서 나는 하는 수 없이 변소에 갖다 집어넣어 버리고 만 것이다.

나는 서글픈 마음으로 아내의 꾸지람을 기다렸다. 그러나 아내는 끝내 아무 말도 나에게 묻지도 하지도 않았다. 않았을 뿐 아니라 여전히 돈은 돈대로 내 머리맡에 놓고 가지 않나? 내 머리맡에는 어느덧 은화가 꽤 많이 모였다.

내객이 아내에게 돈을 놓고 가는 것이나 아내가 내게 돈을 놓고 가는 것이나 일종의 쾌감 그 외의 다른 아무런 이유도 없는 것이 아닐까 하는 것을 나는 또 이불 속에서 연구하기 시작하였다. 쾌감이라면 어떤 종류의 쾌감일까를 계속하여 연구하였다. 그러나 그것은 이불 속의 연구로는 알 길이 없었다. 쾌감 쾌감, 하고 나는 뜻밖에도 이 문제에 대해서만 흥미를 느꼈다.

아내는 물론 나를 늘 감금하여 두다시피 하여 왔다. 내게 불평이 있을 리 없다. 그런 중에도 나는 그 쾌감이라는 것의 유무를 체험하고 싶었다.

나는 아내의 밤 외출 틈을 타서 밖으로 나왔다. 나는 거리에서 잊어버리지 않고 가지고 나온 은화를 지폐로 바꾼다. 오 원이나 된다. 그것을 주머니에 넣고 나는 목적을 잃어버리기 위하여 얼마든지 거리를 쏘다녔다. 오래간만에 보는 거리는 거의 경이에 가까울 만치 내 신경을 흥분시키지 않고는 마지않았다. 나는 금시에 피곤하여 버렸다. 그러나 나는 참았다. 그리고 밤이 이슥하도록 까닭을 잊어버린 채 이 거리 저 거리로 지향없이 헤매었다. 돈은 물론 한푼도 쓰지 않았다. 돈을 쓸 아무 엄두도 나서지 않았다. 나는 벌써 돈을 쓰는 기능을 완전히 상실한 것 같았다.

나는 과연 피로를 이 이상 견디기가 어려웠다. 나는 가까스로 내 집을 찾았다. 나는 내 방으로 가려면 아내 방을 통과하지 아니하면 안 될 것을 알고 아내에게 내객이 있나 없나를 걱정하면서 미닫이 앞에서 좀 거북살스럽게 기침을 한번 했더니 이것은 참 또 너무 암상스럽게 미닫이가 열리면서 아내의 얼굴과 그 등뒤에 낯선 남자의 얼굴이 이쪽을 내다보는 것이다. 나는 별안간 내어 쏟아지는 불빛에 눈이 부셔서 좀 머뭇머뭇했다.

나는 아내의 눈초리를 못 본 것은 아니다. 그러나 나는 모른 체하는 수밖에 없었다. 왜? 나는 어쨌든 아내의 방을 통과하지 아니하면 안 되니까…….

나는 이불을 뒤집어썼다. 무엇보다도 다리가 아파서 견딜 수가 없었다. 이불 속에서는 가슴이 울렁거리면서 암만해도 까무러칠 것만 같았다. 걸을 때는 몰랐더니 숨이 차다. 등에 식은땀이 쪽 내배인다. 나는 외출한 것을 후회하였다. 이런 피로를 잊고 어서 잠이 들었으면 좋았다. 한잠 잘 자고 싶었다.

얼마 동안이나 비스듬히 엎드려 있었더니 차츰차츰 뚝딱거리는 가슴 동기動氣가 가라앉는다. 그만해도 우선 살 것 같았다. 나는 몸을 돌쳐 반듯이 천장을 향하여 눕고 쭉 다리를 뻗었다.

그러나 나는 또다시 가슴의 동기를 피할 수 없게 되었다. 아랫방에서 아내와 그 남자의 내 귀에도 들리지 않을 만큼 옅은 목소리로 소곤거리는 기척이 장지 틈으로 전하여 왔던 것이다. 청각을 더 예민하게 하기 위하여 나는 눈을 떴다. 그리고 숨을 죽였다. 그러나 그때는 벌써 아내와 남자는 앉았던 자리를 툭툭 털며 일어섰고 일어서면서 옷과 모자 쓰는 기척이 나는 듯하더니 이어 미닫이가 열리고 구두 뒤축 소리가 나고 그리고 뜰에 내려서는 소리가 쿵 하고 나면서 뒤를 따르는 아내의 고무신 소리가 두어 발자국 찍찍 나고 사뿐사뿐 나나 하는 사이에 두 사람의 발소리가 대문간 쪽으로 사라졌다.

나는 아내의 이런 태도를 본 일이 없다. 아내는 어떤 사람과도 결코 소곤거리는 법이 없다. 나는 윗방에서 이불을 쓰고 누웠는 동안에도 혹 술이 취해서 혀가 잘 돌아가지 않는 내객들의 담화는 더러 놓치는 수가 있어도 아내의 높지도 얕지도 않은 말소리는 일찍이 한 마디도 놓쳐 본 일이 없다. 더러 내 귀에 거슬리는 소리가 있어도 나는 그것이 태연한 목소리로 내 귀에 들렸다는 이유로 충분히 안심이 되었다.

그렇던 아내의 이런 태도는 필시 그 속에 여간하지 않은 사정이 있는 듯싶이 생각이 되고 내 마음은 좀 서운했으나 그러나 그보다도 나는 좀 너무 피곤해서 오늘만은 이불 속에서 아무것도 연구치 않기로 굳게 결심하고 잠을 기다렸다. 잠은 좀처럼 오지 않았다. 대문간에 나간 아내도 좀처럼 들어오지 않았다. 그러는 동안에 흐지부지 나는 잠이 들어 버렸다. 꿈이 얼쑹덜쑹 종을 잡을 수 없는 거리의 풍경을 여전히 헤맸다.

나는 몹시 흔들렸다. 내객을 보내고 들어온 아내가 잠든 나를 잡아 흔드는 것이다. 나는 눈을 번쩍 뜨고 아내의 얼굴을 쳐다보았다. 아래의 얼굴에는 웃음이 없다. 나는 좀 눈을 비비고 아내의 얼굴을 자세히 보았다. 노기가 눈초리에 떠서 얇은 입술이 바르르 떨린다. 좀처럼 이 노기가 풀리기는 어려울 것 같았다. 나는 그대로 눈을 감아 버렸다. 벼락이 내리기를 기다린 것이다. 그러나 쌔근하는 숨소리가 나면서 부스스 아내의 치맛자락 소리가 나고 장지가 여닫히며 아내는 아내 방으로 돌아갔다. 나는 다시 몸을 돌쳐 이불을 뒤집어쓰고는 개구리처럼 엎드리고, 엎드려서 배가 고픈 가운데에도 오늘밤의 외출을 또 한 번 후회하였다.

나는 이불 속에서 아내에게 사죄하였다. 그것은 네

오해라고…….

　나는 사실 밤이 퍽이나 이슥한 줄만 알았던 것이다. 그것이 네 말마따나 자정 전인 줄은 나는 정말이지 꿈에도 몰랐다. 나는 너무 피곤하였었다. 오래간만에 나는 너무 많이 걸은 것이 잘못이다. 내 잘못이라면 잘못은 그것밖에 없다. 외출은 왜 하였느냐고?

　나는 그 머리맡에 저절로 모인 오 원 돈을 아무에게라도 좋으니 주어 보고 싶었던 것이다. 그뿐이다. 그러나 그것도 내 잘못이라면 나는 그렇게 알겠다. 나는 후회하고 있지 않나?

　내가 그 오 원 돈을 써 버릴 수가 있었던들 나는 자정 안에 집에 돌아올 수 없었을 것이다. 그러나 거리는 너무 복잡하였고 사람은 너무도 들끓었다. 나는 어느 사람을 붙들고 그 오 원 돈을 내어주어야 할지 갈피를 잡을 수가 없었다. 그러는 동안에 나는 여지없이 피곤해 버리고 말았던 것이다.

　나는 무엇보다도 좀 쉬고 싶었다. 눕고 싶었다. 그래서 나는 하는 수 없이 집으로 돌아온 것이다. 내 짐작 같아서는 밤이 어지간히 늦은 줄만 알았는데 그것이 불행히도 자정 전이었다는 것은 참 안된 일이다. 미안한 일이다. 나는 얼마든지 사죄하여도 좋다. 그러나 종시 아내의 오해를 풀지 못하였다 하면 내가 이렇게까지 사죄하는 보람은 그럼 어디 있나? 한심하였다.

　한 시간 동안을 나는 이렇게 초조하게 굴지 않으면 안 되었다. 나는 이불을 홱 젖혀 버리고 일어나서 장지를 열고 아내 방으로 비칠비칠 달려갔던 것이다. 내게는 거의 의식이라는 것이 없었다. 나는 아내 이불 위에 엎드러지면서 바지 포켓 속에서 그 돈 오 원을 꺼내 아내 손에 쥐어 준 것을 간신히 기억할 뿐이다.

 이튿날 잠이 깨었을 때 나는 내 아내 방 아래 이불 속에 있었다. 이것이 이 33번지에서 살기 시작한 이래 내가 아내 방에서 잔 맨 처음이었다.

 해가 들창에 훨씬 높았는데 아내는 이미 외출하고 벌써 내 곁에 있지는 않다. 아니! 아내는 엊저녁 내가 의식을 잃은 동안에 외출한 것인지도 모른다. 그러나 나는 그런 것을 조사하고 싶지 않았다. 다만 전신이 찌뿌드드한 것이 손가락 하나 꼼짝할 힘조차 없었다. 책보보다 좀 작은 면적의 볕이 눈이 부시다. 그 속에서 수없는 먼지가 흡사 미생물처럼 난무한다. 코가 칵 막히는 것 같다. 나는 다시 눈을 감고 이불을 푹 뒤집어쓰고 낮잠을 자기에 착수하였다. 그러나 코를 스치는 아내의 체취는 꽤 도발적이었다. 나는 몸을 여러 번 비비 꼬면서 아내의 화장대에 늘어선 그 가지각색 화장품 병들과 그 병들의 마개를 뽑았을 때 풍기던 내음새를 더듬느라고 좀처럼 잠은 들지 않는 것을 나는 어찌하는 수도 없었다.

 견디다 못하여 나는 그만 이불을 걷어차고 벌떡 일어나서 내 방으로 갔다. 내 방에는 다 식어 빠진 내 끼니가 가지런히 놓여 있는 것이다. 아내는 내 모이를 여기다 주고 나간 것이다. 나는 우선 배가 고팠다. 한 숟갈을 입에 떠 넣었을 때 그 촉감은 참 너무도 냉회불이 꺼져 싸늘하게 식은 재.와 같이 써늘하였다. 나는 숟갈을 놓고 내 이불 속으로 들어갔다. 하룻밤을 비워 버린 내 이부자리는 여전히 반갑게 나를 맞아 준다. 나는 내 이불을 뒤집어쓰고 이번에는 참 늘어지게 한잠 잤다. 잘……

내가 잠을 깨인 것은 전등이 켜진 뒤다. 그러나 아내는 아직도 돌아오지 않았나 보다. 아니! 들어왔다 또 나갔는지도 알 수 없다. 그러나 그런 것을 삼고 三考하여 무엇하나?

정신이 한결 난다. 나는 지난밤 일을 생각해 보았다. 그 돈 오원을 아내 손에 쥐어 주고 넘어졌을 때에 느낄 수 있었던 쾌감을 나는 무엇이라고 설명할 수가 없었다. 그러니 내객들이 내 아내에게 돈 놓고 가는 심리며 내 아내가 내게 돈 놓고 가는 심리의 비밀을 나는 알아낸 것 같아서 여간 즐거운 것이 아니다. 나는 속으로 빙그레 웃어 보았다. 이런 것을 모르고 오늘까지 지내 온 나 자신이 어떻게 우스꽝스러워 보이는지 몰랐다. 나는 어깨춤이 났다.

따라서 나는 또 오늘밤에도 외출하고 싶었다. 그러나 돈이 없다. 나는 엊저녁에 그 돈 오원을 한꺼번에 아내에게 주어 버린 것을 후회하였다. 또 그 벙어리를 변소에 갖다 처넣어 버린 것도 후회하였다. 나는 실없이 실망하면서 습관처럼 그 돈 오원이 들어 있던 내 바지 포켓에 손을 넣어 한번 휘둘러보았다. 뜻밖에도 내 손에 쥐어지는 것이 있었다. 이원밖에 없다. 그러나 많아야 맛은 아니다. 얼마간이고 있으면 된다. 나는 그만한 것이 여간 고마운 것이 아니었다.

나는 기운을 얻었다. 나는 그 단벌 다 떨어진 코르덴 양복을 걸치고 배고픈 것도 주제 사나운 것도 다 잊어버리고 활갯짓을 하면서 또 거리로 나섰다. 나서면서 나는 제발 시간이 화살 닫듯 해서 자정이 어서 획 지나 버렸으면 하고 조바심을 태웠다. 아내에게 돈을 주고 아내 방에서 자보는 것은 어디까지든지 좋았지만 만일 잘못해서 자정 전에 집에 들어갔다가 아내의 눈총을 맞는 것은 그것은 여간 무서운 일이 아니었다. 나는 저물도록 길가 시계를 들여다보고 들여다보고 하면서 또 지향없이 거리를 방탕하였다. 그러나 이날은 좀처럼 피곤하지는 않았다. 다만 시간이 좀 너무 더디게 가는 것만 같아서 안타까웠다.

경성역 시계가 확실히 자정이 지난 것을 본 뒤에 나는 집을 향하였다.

그날은 그 일각 대문에서 아내와 아내의 남자가 이야기하고 섰는 것을 만났다. 나는 모른 체하고 두 사람 곁을 지나서 내 방으로 들어갔다. 뒤이어 아내도 들어왔다. 와서는 이 밤중에 평생 안 하던 쓰레질을 하는 것이다. 조금 있다가 아내가 눕는 기척을 엿듣자마자 나는 또 장지를 열고 아내 방으로 가서 그 돈 이원을 아내 손에 덥석 쥐어 주고 그리고 하여간 그 이원을 오늘밤에도 쓰지 않고 도로 가져온 것이 참 이상하다는 듯이 아내는 내 얼굴을 몇 번이고 엿보고 아내는 드디어 아무 말도 없이 나를 자기 방에 재워 주었다. 나는 이 기쁨을 세상의 무엇과도 바꾸고 싶지는 않았다. 나는 편히 잘 잤다.

이튿날도 내가 잠이 깨었을 때는 아내는 보이지 않았다. 나는 또 내 방으로 가서 피곤한 몸이 낮잠을 잤다.

내가 아내에게 흔들려 깨었을 때는 역시 불이 들어온 뒤였다. 아내는 자기 방으로 나를 오라는 것이다. 이런 일은 또 처음이다. 아내는 끊임없이 얼굴에 미소를 띠고 내 팔을 이끄는 것이다. 나는 이런 아내의 태도 이면에 엔간치 않은 음모가 숨어 있지나 않은가 하고 적이 불안을 느끼지 않을 수가 없었다.

나는 아내의 하자는 대로 아내 방으로 끌려갔다. 아내 방에는 저녁 밥상이 조촐하게 차려져 있는 것이다. 생각하여 보면 나는 이틀을 굶었다. 나는 지금

배고픈 것까지도 긴가민가 잊어버리고 어름어름하던 차다.

　나는 생각하였다. 이 최후의 만찬을 먹고 나자마자 벼락이 내려도 나는 차라리 후회하지 않을 것을. 사실 나는 인간 세상이 너무나 심심해서 못 견디겠던 차다. 모든 일이 성가시고 귀찮았으나 그러나 불의의 재난이라는 것은 즐거웁다.

　나는 마음을 턱 놓고 조용히 아내와 마주 이 해괴한 저녁밥을 먹었다. 우리 부부는 이야기하는 법이 없었다. 밥을 먹은 뒤에도 나는 말이 없이 그냥 부스스 일어나서 내 방으로 건너가 버렸다. 아내는 나를 붙잡지 않았다. 나는 벽에 기대어 앉아서 담배를 한 대 피워 물고 그리고 벼락이 떨어질 테거든 어서 떨어져라 하고 기다렸다.

　오 분! 십 분!

　그러나 벼락은 내리지 않았다. 긴장이 차츰 늘어지기 시작한다. 나는 어느덧 오늘밤에도 외출할 것을 생각하고 돈이 있었으면 하고 생각하고 있었다.

　그러나 돈은 확실히 없다. 오늘은 외출하여도 나중에 올 무슨 기쁨이 있나. 나는 앞이 그냥 아뜩하였다. 나는 화가 나서 이불을 뒤집어쓰고 이리 뒹굴 저리 뒹굴 굴렀다. 금시 먹은 밥이 목으로 자꾸 치밀어 올라온다. 메스꺼웠다.

　하늘에서 얼마라도 좋으니 왜 지폐가 소나기처럼 퍼붓지 않나, 그것이 그저 한없이 야속하고 슬펐다. 나는 이렇게밖에 돈을 구하는 아무런 방법도 알지는 못했다. 나는 이불 속에서 좀 울었나 보다. 돈이 왜 없느냐면서…….

　　　　그랬더니 아내가 또 내 방에를 왔다. 나는 깜짝 놀라

인제서야 벼락이 내리려나 보다 하고 숨을 죽이고 두꺼비 모양으로 엎디어 있었다. 그러나 떨어진 입을 새어 나오는 아내의 말소리는 참 부드러웠다. 정다웠다. 아내는 내가 왜 우는지를 안다는 것이다. 돈이 없어서 그러는 게 아니냔다. 나는 실없이 깜짝 놀랐다. 어떻게 저렇게 사람의 속을 환 하게 들여다보는구 해서 나는 한편으로 슬그머니 겁도 안 나는 것은 아니었으나 저렇게 말하는 것을 보면 아마 내게 돈을 줄 생각이 있나 보다. 만일 그렇다면 오죽이나 좋은 일일까. 나는 이불 속에 뚤뚤 말린 채 고개도 들지 않고 아내의 다음 거동을 기다리고 있으니까, 옛소 하고 내 머리맡에 내려뜨리는 것은 그 가뿐한 음향으로 보아 지폐에 틀림없었다. 그리고 내 귀에다 대고 오늘일랑 어제보다도 좀더 늦게 들어와도 좋다고 속삭이는 것이다. 그것은 어렵지 않다. 우선 그 돈이 무엇보다도 고맙고 반가웠다.

어쨌든 나섰다. 나는 좀 야맹증이다. 그래서 될 수 있는 대로 밝은 거리로 골라서 돌아다니기로 했다. 그리고는 경성역 일이등 대합실 한켠 티룸에를 들렀다. 그것은 내게는 큰 발견이었다. 거기는 우선 아무도 아는 사람이 안 온다. 설사 왔다가도 곧들 가니까 좋다. 나는 날마다 여기 와서 시간을 보내리라 속으로 생각하여 두었다.

제일 여기 시계가 어느 시계보다도 정확하리라는 것이 좋았다. 섣불리 서투른 시계를 보고 그것을 믿고 시간 전에 집에 돌아갔다가 큰코를 다쳐서는 안 된다.

나는 한 부스에 아무것도 없는 것과 마주앉아서 잘 끓은 커피를 마셨다. 총총한 가운데 여객들은 그래도 한 잔 커피가 즐거운가 보다. 얼른얼른 마시고 무얼 좀 생각하는 것같이 담벼락도 좀 쳐다보고 하다가 곧 나가 버린다. 서글프다. 그러나 내게는 이 서글픈 분위기가 거리의 티룸들의 그 거추장스러운 분위기보다는 절실하고 마음에 들었다. 이따금 들리는 날카로운 혹은 우렁찬 기적 소리가 모차르트보다도 더 가깝다. 나는 메뉴에 적힌 몇 가지 안되는 음식 이름을 치읽고 내리읽고 여러 번 읽었다. 그것들은 아물아물한 것이 어딘가 내 어렸을 때 동무들 이름과 비슷한 데가 있었다.

거기서 얼마나 내가 오래 앉았는지 정신이 오락가락하는 중에, 객이 슬며시 뜸해지면서 이 구석 저 구석 걷어치우기 시작하는 것을 보면 아마 닫을 시간이 된 모양이다. 열한시가 좀 지났구나, 여기도 결코 내 안주의 곳은 아니구나, 어디 가서 자정을 넘길까, 두루 걱정을 하면서 나는 밖으로 나섰다. 비가 온다. 빗발이 제법 굵은 것이 우비도 우산도 없는 나를 고생을 시킬 작정이다. 그렇다고 이런 괴이한 풍모를 차리고 이 홀에서 어물어물하는 수는 없고, 에 이 비를 맞으면 맞았지 하고 나는 그냥 나서 버렸다.

대단히 선선해서 견딜 수 없다. 코르덴 옷이 젖기 시작하더니 나중에는 속속들이 스며들면서 처근거린다. 비를 맞아 가면서라도 견딜 수 있는 데까지 거리를 돌아다녀서 시간을 보내려 하였으나 인제는 선선해서 이 이상은 더 견딜 수가 없다. 오한이 자꾸 일어나면서 이가 딱딱 맞부딪는다.

나는 걸음을 재우치면서 생각하였다. 오늘 같은 궂은 날도 아내에게 내객이 있을라구, 없겠지 하는 생각이 드는 것이다. 집으로 가야겠다. 아내에게 불행히 내객이 있거든 내 사정을 하리라. 사정을 하면 이렇게 비가 오는 것을 눈으로 보고 알아주겠지.

부리나케 와보니까 그러나 아내에게는 내객이 있었다. 나는 그만 너무 춥고 척척해서 얼떨김에 노크하는 것을 잊었다. 그래서 나는 보면 아내가 좀 덜 좋아할 것을 그만 보았다. 나는 감발 자국 같은 발자국을 내면서 덤벙덤벙 아내 방을 디디고 그리고 내 방으로 가서 쭉 빠진 옷을 활활 벗어버리고 이불을 뒤집어썼다. 덜덜덜덜 떨린다. 오한이 점점 더 심해 들어온다. 여전 땅이 꺼져 들어가는 것만 같았다. 나는 그만 의식을 잃어버리고 말았다.

이튿날 내가 눈을 떴을 때 아내는 내 머리맡에 앉아서 제법 근심스러운 얼굴이다. 나는 감기가 들었다. 여전히 으스스 춥고 또 골치가 아프고 입에 군침이 도는 것이 쏩쓸하면서 다리 팔이 척 늘어져서 노곤하다.

아내는 내 머리를 쓱 짚어 보더니 약을 먹어야 한다. 아래 손이 이마에 선뜩한 것을 보면 신열이 어지간한 모양인데 약을 먹는다면 해열제를 먹어야지 하고 속생각을 하자니까 아내는 따뜻한 물에 하얀 정제약 네 개를 푼다. 이것을 먹고 한참 푹 자고 나면 괜찮다는 것이다. 나는 널름 받아먹었다. 쌉싸름한 것이 짐작 같아서는 아마 아스피린인가 싶다. 나는 다시 이불을 쓰고 단번에 그냥 죽은 것처럼 잠이 들어 버렸다.

나는 콧물을 훌쩍훌쩍하면서 여러 날을 앓았다. 앓는 동안에 끊이지 않고 그 정제약을 먹었다. 그러는 동안에 감기도 나았다. 그러나 입맛은 여전히 소태처럼 썼다.

나는 차츰 또 외출하고 싶은 생각이 났다. 그러나 아내는 나더러 외출하지 말라고 이르는 것이다. 이 약을 날마다 먹고 그리고 가만히 누워 있으라는 것이다. 공연히 외출을 하다가 이렇게 감기가 들어서 저를 고생을 시키는 게 아니냔다. 그도 그렇다. 그럼 외출을 하지 않겠다고 맹세하고 그 약을 연복連服하여 몸을 좀 보해 보리라고 나는 생각하였다.

나는 날마다 이불을 뒤집어쓰고 밤이나 낮이나 잤다. 유난스럽게 밤이나 낮이나 졸려서 견딜 수가 없는 것이다. 나는 이렇게 잠이 자꾸만 오는 것은 내가 훨씬 몸이 튼튼해진 증거라고 굳게 믿었다.

나는 아마 한 달이나 이렇게 지냈나 보다. 내 머리와 수염이 좀 너무 자라서 후틋해서 견딜 수가 없어서 내 거울을 좀 보리라고 아내가 외출한 틈을 타서 나는 아내 방으로 가서 아내의 화장대 앞에 앉아보았다. 상당하다. 수염과 머리가 참 산란하였다. 오늘은 이발을 좀 하리라고 생각하고 겸사겸사 그 화장품 병들 마개를 뽑고 이것저것 맡아 보았다. 한동안 잊어버렸던 향기 가운데서는 몸이 배배 꼬일 것 같은 체취가 전해 나왔다. 나는 아내의 이름을 속으로만 한번 불러 보았다. '연심蓮心이!' 하고…….

오래간만에 돋보기 장난도 하였다. 거울 장난도 하였다. 창에 든 볕이 여간 따뜻한 것이 아니었다. 생각하면 오월이 아니냐.

나는 커다랗게 기지개를 한번 켜보고 아내 베개를 내려 베고 벌떡 자빠져서는 이렇게도 편안하고 즐거운 세월을 하느님께 흠씬 자랑하여 주고 싶었다. 나는 참 세상의 아무것과도 교섭을 가지지 않는다. 하느님도 아마 나를 칭찬할 수도 처벌할 수도 없는 것 같다.

그러나 다음 순간, 실로 세상에도 이상스러운 것이 눈에 띄었다. 그것은 최면약 아달린 갑이었다. 나는 그것을 아내의 화장대 밑에서 발견하고 그것이 흡사 아스피린처럼 생겼다고 느꼈다. 나는 그것을 열어 보았다. 똑 네 개가 비었다.

　나는 오늘 아침에 네 개의 아스피린을 먹은 것을 기억하고 있었다. 나는 잤다. 어제도 그제도 *그끄*제도 나는 졸려서 견딜 수가 없었다. 나는 감기가 다 나았는데도 아내는 내게 아스피린을 주었다. 내가 잠이 든 동안에 이웃에 불이 난 일이 있다. 그때에도 나는 자느라고 몰랐다. 이렇게 나는 잤다. 나는 아스피린으로 알고 그럼 한 달 동안을 두고 아달린을 먹어 온 것이다. 이것은 좀 너무 심하다.

　별안간 아뜩하더니 하마터면 나는 까무러칠 뻔하였다. 나는 그 아달린을 주머니에 넣고 집을 나섰다. 그리고 산을 찾아 올라갔다. 인간 세상에 아무것도 보기가 싫었던 것이다. 걸으면서 나는 아무쪼록 아내에 관계되는 일은 일절 생각하지 않도록 노력하였다. 길에서 까무러치기 쉬우니까. 나는 어디라도 양지가 바른 자리를 하나 골라 자리를 잡아 가지고 서서히 아내에 관하여서 연구할 작정이었다. 나는 길가에 돌창, 핀 구경도 못한 진개나리꽃, 종달새, 돌멩이도 새끼를 까는 이야기, 이런 것만 생각하였다. 다행히 길가에서 나는 졸도하지 않았다.

　거기는 벤치가 있었다. 나는 거기 정좌하고 그리고 그 아스피린과 아달린에 관하여 연구하였다. 그러나 머리가 도무지 혼란하여 생각이 체계를 이루지 않는다. 단 오 분이 못 가서 나는 그만 귀찮은 생각이 버쩍 들면서 심술이 났다. 나는 주머니에서 가지고 온 아달린을 꺼내 남은 여섯 개를 한꺼번에 질경 질경 씹어 먹어 버렸다. 맛이 익살맞다. 그리고 나서 나는 그 벤치 위에 가로 기다랗게 누웠다. 무슨 생각으로 내가 그 따위 짓을 했나? 알 수가 없다. 그저 그러고 싶었다. 나는 게서 그냥 깊이 잠이 들었다. 잠결에도 바위틈을 흐르는 물소리가 졸졸 하고 귀에 언제까지나 어렴풋이 들려왔다.

내가 잠을 깨었을 때는 날이 환-히 밝은 뒤다. 나는 거기서 일주야를 잔 것이다. 풍경이 그냥 노-랗게 보인다. 그 속에서도 나는 번개처럼 아스피린과 아달린이 생각났다.

아스피린, 아달린, 아스피린, 아달린, 맑스, 말사스, 마도로스, 아스피린, 아달린.

아내는 한 달 동안 아달린을 아스피린이라고 속이고 내게 먹였다. 그것은 아내 방에서 이 아달린 갑이 발견된 것으로 미루어 증거가 너무나 확실하다.

무슨 목적으로 아내는 나를 밤이나 낮이나 재웠어야 됐나?

나를 밤이나 낮이나 재워 놓고 그리고 아내는 내가 자는 동안에 무슨 짓을 했나?

나를 조금씩 조금씩 죽이려던 것일까?

그러나 또 생각하여 보면 내가 한 달을 두고 먹어 온 것은 아스피린이었는지도 모른다. 아내는 무슨 근심되는 일이 있어서 밤이면 잠이 잘 오지 않아서 정작 아내가 아달린을 사용한 것이나 아닌지, 그렇다면 나는 참 미안하다. 나는 아내에게 이렇게 큰 의혹을 가졌다는 것이 참 안됐다.

나는 그래서 부리나케 거기서 내려왔다. 아랫도리가 홰홰 내어저이면서 어쩔어쩔한 것을 나는 겨우 집을 향하여 걸었다. 여덟시 가까이였다.

나는 내 잘못 든 생각을 죄다 일러바치고 아내에게 사죄하려는 것이다. 나는 너무 급해서 그만 또 말을 잊어버렸다.

그랬더니 이건 참 너무 큰일났다. 나는 내 눈으로는 절대로 보아서 안 될 것을 그만 딱 보아 버리고 만 것이다. 나는 얼떨결에 그만 냉큼 미닫이를 닫고 그리고 현기증이 나는 것을 진정시키느라고 잠깐 고개를 숙이고 눈을 감고 기둥을 짚고 섰자니까 일 초 여유도 없이 홱 미닫이가 다시 열리더니 매무새를 풀어헤친 아내가 불쑥 내밀면서 내 멱살을 잡는 것이다. 나는 그만 어지러워서 게가 그냥 나동그라졌다. 그랬더니 아래는 넘어진 내 위에 덮치면서 내 살을 함부로 물어뜯는 것이다. 아파 죽겠다. 나는 사실 반항할 의사도 힘도 없어서 그냥 넙죽 엎디어 있으면서 어떻게 되나 보고 있자니까 뒤이어 남자가 나오는 것 같더니 아내를 한아름에 덥석 안아 가지고 방으로 들어가는 것이다. 아내는 아무 말 없이 다소곳이 그렇게 안겨 들어가는 것이 내 눈에 여간 미운 것이 아니다. 밉다.

  아내는 너 밤 새어 가면서 도적질하러 다니느냐, 계집질하러 다니느냐고 발악이다. 이것은 참 너무 억울하다. 나는 어안이 벙벙하여 도무지 입이 떨어지지를 않았다.

  너는 그야말로 나를 살해하려던 것이 아니냐고 소리를 한 번 꽥 질러 보고도 싶었으나 그런 긴가민가한 소리를 섣불리 입밖에 내었다가는 무슨 화를 볼는지 알 수 있나. 차라리 억울하지만 잠자코 있는 것이 우선 상책인 듯싶이 생각이 들길래 나는 이것은 또 무슨 생각으로 그랬는지 모르지만 툭툭 털고 일어나서 내 바지 포켓 속에 남은 돈 몇 원 몇 십 전을 가만히 꺼내서는 몰래 미닫이를 열고 살며시 문지방 밑에다 놓고 나서는 그냥 줄달음박질을 쳐서 나와 버렸다.

여러 번 자동차에 치일 뻔하면서 나는 그래도 경성역을 찾아갔다. 빈 자리와 마주 앉아서 이 쓰디쓴 입맛을 거두기 위하여 무엇으로나 입가심을 하고 싶었다.

커피. 좋다. 그러나 경성역 홀에 한걸음을 들여놓았을 때 나는 내 주머니에는 돈이 한 푼도 없는 것을, 그것을 깜박 잊었던 것을 깨달았다. 또 아뜩하였다. 나는 어디선가 그저 맥없이 머뭇머뭇하면서 어쩔 줄을 모를 뿐이었다. 얼빠진 사람처럼 그저 이리 갔다 저리 갔다 하면서…….

나는 어디로 어디로 들입다 쏘다녔는지 하나도 모른다. 다만 몇 시간 후에 내가 미쓰코시 옥상에 있는 것을 깨달았을 때는 거의 대낮이었다.

나는 거기 아무 데나 주저앉아서 내 자라 온 스물여섯 해를 회고하여 보았다. 몽롱한 기억 속에서는 이렇다는 아무 제목도 불그러져 나오지 않았다.

나는 또 내 자신에게 물어 보았다. 너는 인생에 무슨 욕심이 있느냐고. 그러나 있다고도 없다고도, 그런 대답은 하기가 싫었다. 나는 거의 나 자신의 존재를 인식하기조차도 어려웠다.

허리를 굽혀서 나는 그저 금붕어나 들여다보고 있었다. 금붕어는 참 잘들도 생겼다. 작은 놈은 작은 놈대로 큰 놈은 큰 놈대로 다 싱싱하니 보기 좋았다. 내리비치는 오월 햇살에 금붕어들은 그릇 바탕에 그림자를 내려뜨렸다. 지느러미는 하늘하늘 손수건을 흔드는 흉내를 낸다. 나는 이 지느러미 수효를 헤어 보기도 하면서 굽힌 허리를 좀처럼 펴지 않았다. 등허리가 따뜻하다.

나는 또 회탁의 거리를 내려다보았다. 거기서는 피곤한 생활이 똑 금붕어 지느러미처럼 흐늑흐늑 허비적거렸다. 눈에 보이지 않는 끈적끈적한 줄에 엉켜서 헤어나지들을 못한다. 나는 피로와 공복 때문에 무너져 들어가는 몸뚱이를 끌고 그 회탁의 거리 속으로 섞여 들어가지 않는 수도 없다 생각하였다.

나서서 나는 또 문득 생각하여 보았다. 이 발길이 지금 어디로 향하여 가는 것인가를…….

그때 내 눈앞에는 아내의 모가지가 벼락처럼 내려 떨어졌다. 아스피린과 아달린.

우리들은 서로 오해하고 있느니라. 설마 아내가 아스피린 대신에 아달린의 정량을 나에게 먹여 왔을까? 나는 그것을 믿을 수는 없다. 아내가 그럴 대체 까닭이 없을 것이니 그러면 나는 날밤을 새면서 도적질을 계집질을 하였나? 정말이지 아니다.

우리 부부는 숙명적으로 발이 맞지 않는 절름발이인 것이다. 내가 아내나 제 거동에 로직을 붙일 필요는 없다. 변해辨解할 필요도 없다. 사실은 사실대로 오해는 오해대로 그저 끝없이 발을 절뚝거리면서 세상을 걸어가면 되는 것이다. 그렇지 않을까?

그러나 나는 이 발길이 아내에게로 돌아가야 옳은가 이것만은 분간하기가 좀 어려웠다. 가야 하나? 그럼 어디로 가나?

이때 뚜— 하고 정오 사이렌이 울었다. 사람들은 모두 네 활개를 펴고 닭처럼 푸드덕거리는 것 같고 온갖 유리와 강철과 대리석과 지폐와 잉크가 부글부글 끓고 수선을 떨고 하는 것 같은 찰나, 그야말로 현란을 극한 정오다.

나는 불현듯이 겨드랑이가 가렵다. 아하 그것은 내 인공의 날개가 돋았던 자국이다. 오늘은 없는 이 날개, 머릿속에서는 희망과 야심의 말소된 페이지가 딕셔너리 넘어가듯 번뜩였다.

　나는 걷던 걸음을 멈추고 그리고 어디 한번 이렇게 외쳐 보고 싶었다.

　날개야 다시 돋아라.

　날자. 날자. 날자. 한 번만 더 날자꾸나.

　한 번만 더 날아 보자꾸나.

작품 줄거리

지식인 청년인 '나'는 하루종일 놀거나 잠만 자면서 아내의 도움으로 먹고산다. 자의식이 강한 '나'는 몸이 약하고 현실 감각도 떨어진다. 말로만 한 여자의 남편이지 실제로 정상적인 부부관계를 가지지도 못한다. 아내가 외출을 하면 '나'는 아내의 방으로 가 화장품 냄새를 맡거나 돋보기로 화장지를 태우면서 아내에 대한 성욕을 대신 발산한다.

아내는 자신의 매춘 행위에 걸리적거리는 '나'를 햇볕도 들지 않는 방에 가두고 수면제를 먹인다. '나'는 그 약이 감기약(아스피린)인 줄로만 알고 있다가 '아달린'이라는 이름의 수면제임을 알고 나서는 산으로 올라가 아내에 대해 깊이 생각하기 시작한다. 그러나 '나'는 수면제를 한꺼번에 여섯 알이나 먹고는 한참을 잔 후에 일어나 아내를 의심했던 사실을 미안해 한다.

'나'는 아내에게 사과하러 집으로 돌아온다. 그러나 그만 아내의 매춘 현장을 목격하고 만다. 도망쳐 나온 '나'는 거리를 배회하다 미쓰코시 백화점 옥상에 올라 스물 여섯 해의 과거를 회상한다. 이때 정오의 사이렌이 울리고, '나'는 "날개야 다시 돋아라. 한 번만 더 날아 보자꾸나"라고 외치고 싶어한다.

작품 해설

이상은 한국문학사에서 가장 특이한 존재이면서, 가장 많은 문제작을 발표했던 작가로 평가되는 인물입니다. 그는 건축과 미술을 공부하며 시와 소설을 쓴, 유별나고도 재능 많은 작가였지요. 게다가 스물여덟의 나이로 요절하기까지 폐병과 심장병을 앓고 있었습니다. 육신의 고통 중에서도 세상과 어울려 살아가지 못하는 자신의 마음을 낭만적으로 그려낸 것은 참으로 놀랍습니다. 「날개」는 이상이 실제로 황해도 배천온천에서 만난 기생 금홍과 했던 동거를 통해 얻어진 작품이지요.

이 소설의 화자이면서 주인공인 '나'는 세상과는 거의 단절된 채 아내의 도움으로 살아가는 병든 지식인입니다. 그가 하는 일들이란 아내가 매춘으로 번 돈을 받아 세어 보거나, 돋보기로 불장난을 하거나, 아내 몰래 화장품을 가지고 노는 정도입니다. 이런 한심스러운 장면들은, 이 소설이 씌어진 시대적 배경을 생각할 때 어느 정도 공감할 수 있을지 모릅니다. 일제 식민 치하에서 살아가는 지식인이란 강요된 사상 아래 자유를 잃은 사람들로, 그 누구보다도 정신적인 상처가 큰 부류이기 때문입니다. '나'가 살아가는 유곽을 묘사한 대목도 그와 같은 심리적인 상처를 설명하고 있는 것처럼 보입니다.

한 번지에 18가구가 죽— 어깨를 맞대고 늘어서서 창호가 똑같고 아궁지 모양이 똑같다. 게다가 각 가구에 사는 사람들이 송이송이 꽃과 같이 젊다. 해가 들지 않는다. 해가 뜨는 것을 그들이 모른 체하는 까닭이다. 턱살 밑에다 철줄을 매고 얼룩진 이부자리를 널어 말린다는 핑계로 미닫이에 해가 드는 것을 막아 버린다. 침침한 방안에서 낮잠들을 잔다. 그들은 밤에는 잠을 자지 않나? 알 수 없다. 나는 밤이나 낮이나 잠만 자느라고 그런 것은 알 길이 없다. 33번지 18가구의 낮은 참 조용하다.

여기에서 주목해야 될 공간으로 '유곽'이 있습니다. 「날개」에서의 유곽은 열린 일상의 공간이 아닌 닫힌 비非일상의 공간입니다. 생산적인 행동이나 반성적인 사고가 없는 그곳은 그저 자기 만족을 위한 공허한 사고思考만이 가득 차 있을 뿐이죠. 게다가 매춘이라고 하는 성性의 타락이 목격되는 현장이기도 합니다.

이 소설을 아주 실험적인 작품으로 이해한다면, 여기서의 아내란 실제 한 인간이라기보다 매춘이라는 제도를 드러내기 위해 동원된 하나의 장치라고 말할 수도 있을 거예요. 이상이 보기에, 유곽과 식민 치하의 서울은 매춘이 횡행하는 병든 자본주의의 도시일 뿐이었으니까요. 하지만 이 소설을 다시 현실적인 차원에서 이해한다면, 「날개」에서의 부부 관계는 어느 한 편의 일방적이고 예속적인, 즉 기형적인 관계라고 할 수 있습니다. 아내에게 남편이 빌붙어 산다든가, 아내의 매춘을 알고도 어쩌지 못하는 남편이라든가 하는 따위의 설정은 이들 부부 관계의 비정상성을 분

 더 알아두기

모더니즘 Modernism 이 용어는 제1차 세계대전 이후 문학의 개념, 감수성, 형식 및 문체에서 가장 뚜렷하다고 여겨지는 것을 가리키는 데 자주 쓰인다. 이 말을 사용하는 사람에 따라 다르지만, 비평가들은 대체로 서구 문화와 서구 예술의 전통적 토대와의 계획적이고 근본적인 결별이란 뜻으로 이 말이 사용되고 있다는 점에 견해를 같이한다. 이런 의미에서, 모더니즘의 중요한 지적 선구자들은 이제까지 사회 기구와 종교와 도덕과, 그리고 인간 자아의 개념에 지주가 되어 왔던 확실성에 의문을 제기했다. 모더니즘의 또 한 가지 뚜렷한 특징은 전위(前衛 : avant-garde), 즉 작품을 '새롭게' 만들려는 자의식이 강하다는 점이다. 이 범주의 작가들은 정착된 관례와 규범들을 깨뜨림으로써 항상 새로운 형식과 문체를 창조하고, 그때까지 무시 받아오고 흔히 금기시되어 왔던 소재들을 소개하려고 한다.

심리주의 문학은 어떤 심리적 동기에서 창작되어 독자에게 어떤 심리적 영향을 준다. 뿐만 아니라, 문학은 사람의 행위와 언제나 관계가 있는데, 모든 행위는 다 심리적 동기가 있기 때문에 모든 문학은 직접적이든 간접적이든 심리주의적이라고 말할 수 있다. 그러나 문학에서 특별히 심리주의라고 말할 때에는 대개 다음과 같은 세 가지 경우를 살펴보아야 한다. 첫째, 작가에 대한 심리학적 고찰, 즉 창작심리다. 작가의 창작은 좌절된 심리의 병적 증세라고 보기도 하고, 창조적으로 극복된 의지의 산물이라고 말하기도 한다. 이상의 「날개」를 작가의 유년기 양자 체험과 연관지어 생각해 볼 수 있는 것이다. 둘째, 작중인물들의 심리다. '나'의 병든 삶과 사고思考뿐만이 아니라, '아내'의 성격 또한 인물들의 심리를 살펴봄으로써 파악할 수 있게 된다.

명하게 보여주니까요.

　이런 비정상적인 관계는 인물들의 소유 구조에서도 드러납니다. 아내가 몸을 파는 방은 '나'가 절대로 들어갈 수 없는 공간이며, 아내가 몸을 파는 시간은 '나'가 절대로 귀가할 수 없는 시간입니다. '나'의 병든 삶이란 이렇게 기본적인 공간과 시간조차 소유하지 못한 데서 기인한 것입니다. 그래서 집에 들어갈 수 없는 자정의 반대편, 정오의 시간이 '나'에게는 갇힌 삶과 상실의 일상에서 자유를 가능하게 만들어 주는 표지가 되는 것입니다.

　또한 결말에 이르러 그때까지 아내가 준 감기약이 사실은 수면제였음을 안 '나'가 백화점(이야말로 자본주의의 큰 상징이지요) 옥상에 올라가 한 번만 더 날아 보자고 중얼거리는 것은 자아에 대한 각성과 부끄러움이 동시에 찾아왔음을 알게 해줍니다. 그것은 그때까지 모르고 살아왔던 자아의 정체성을 확인하는 순간이기도 하니까요. 비록 그것이 미래로까지 계속 이어지지 않고 또 한 번 자기 마음 안에 원망으로만 그치고 만다고 할지라도, 새로운 자아의 정립이라는 가능성 자체만으로도 큰 의미를 지니는 것이라고 말할 수 있습니다. 더구나 그의 그런 중얼거림이 햇볕도 들지 않는 골방이 아닌, 드높은 하늘을 향한 것이라는 점은 이 소설을 끝내 비관적으로 볼 수 없게 만드는 요소입니다.

1 이 소설에서 주인공이 자신의 자아를 회복해야겠다는 의지를 보인 것은 무슨 사건 때문이었나요?

2 주인공이자 화자인 '나'는 줄곧 무력한 모습을 보이면서도 자신과 사회에 대한 시선은 날카롭게 유지합니다. 이와 같이 대립되는 태도는 작품의 주제와 관련해 무슨 의미를 지니는 것일까요?

3 이 소설의 '나'와 '아내'를 한 사람의 마음속에 들어 있는 분열된 자아로 볼 수 있다면, 그런 시각을 가능하게 만드는 소설 속의 상황은 어떤 것일까요?

4 이 작품에서 '은화'와 '벙어리 저금통'이 무엇을 상징하는지, 또 그것들을 통해서 '나'와 '아내'의 관계를 설명해 보세요.

5 1인칭 서술자인 '나'는 세 가지의 복합적인 성격을 가지고 있습니다. 그것들이 무엇인지 말해 보고, 그 시대 지식인들의 입장에 대해 정리해 보세요.

구성	발단	33번지 유곽. 해가 들지 않는 '나'의 방.
	전개	손님을 받은 아내. 일찍 귀가한 '나'와 아내의 만남.
	위기	감기약 대신 수면제를 먹인 아내의 진심을 알고 싶어하는 '나'.
	절정 · 결말	정상적인 삶에 대한 욕구.

핵심 정리	갈래	단편소설, 심리주의 소설
	배경	일제 강점기의 서울의 유곽.
	주제	전도된 삶과 분열된 자의식 속에서 본래의 자아를 찾으려는 인간의 내면 의지.
	시점	1인칭 주인공 시점
	구성	순행적 구성
	문체	독백체, 고백체

작중인물의 성격	나	경제적 · 사회적 · 성적性的으로 무능한 남편으로 자아의 회복을 꿈꾸며 일상으로의 복귀를 희망한다.
	아내	남편보다 우월한 존재로 남편 위에 군림하는 가학적인 성격을 가지고 있다.

문단 의 뒷이야기

내게 창작의 자유를 돌리도…….

1934년 《조선중앙일보》에 연재된 이상의 연작시 '오감도'는 그 난해함 때문에 일대 물의를 빚었었습니다. 먼저 제목부터가 문제였죠. 신문사의 공무국에서는 "오감도가 아니라 혹시 조감도 아니냐?"라는 질문을 해 오기도 했으며, 독자들은 "웬 미친놈의 잠꼬대냐?", "대체 뭘 어쩌겠다는 거냐?" 하는 식의 항의 투서를 계속해서 보내 와 신문사에서는 곤욕을 치러야 했습니다. 그만큼 '오감도'는 독자들에게 너무나 난해한 시였고, 그때까지의 시에 대한 고정관념을 완전히 타파한 작품이었습니다.

당초 오감도는 30회까지 이어질 예정이었으나, 독자들의 빗발치는 비난 투서로 인하여 결국 15회로 끝을 맺고야 말았습니다. 이에 작가 이상은 자신의 시에 대한 독자들의 냉담한 반응에 심한 좌절을 느꼈다고 합니다.

배따라기

김동인 金東仁

영유서 돌아온 뒤에도 그 '배따라기'는 내 마음에

깊이 새기어져 잊으려야 잊을 수가 없었고, 언제 한

번 다시 영유를 가서 그 노래를 한번 더 들어보고 그

경치를 다시 한번 보고 싶은 생각이 늘 떠나지를 않

았다.

금동琴童 김동인은 1900년 평양에서 대지주였던 김대윤의 차남으로 태어났습니다. 그는 1914년 일본으로 건너가 메이지 학원에서 수학했으며, 1918년에는 카와바타 미술학교에 입학했습니다. 1919년 동경에서 주요한·전영택 등과 함께 한국 최초의 문예동인지 《창조》를 창간하고, 처녀작 「약한 자의 슬픔」을 발표했습니다.

그는 「배따라기」·「감자」·「김연실전」 등 자연주의 경향의 작품과, 「광화사」·「광염 소나타」 등 유미주의·예술지상주의 경향을 보이는 작품들을 발표했으며, 드물게는 「붉은 산」처럼 민족주의적 저항정신을 담은 작품들도 발표했습니다. 1924년 첫 창작집 『목숨』을 출판했고, 1925년에는 당시 유행하던 신경향파 내지 프로문학에 맞서, 예술지상주의를 표방하며 순수문학 운동을 벌였습니다. 1930년대 이후로는 역사소설 창작에 주력해 「운현궁의 봄」·「대수양」 등의 작품을 남겼으며, 이광수에 대한 평론 「춘원연구」를 상재함으로써, 본격적인 작가론을 쓰기도 했습니다. 그는 1946년 장편소설 『을지문덕』을 연재하다가 중단했으며, 가난과 불면증, 약물 중독 등으로 내내 고통받다가, 1951년 서울에서 병사했습니다.

자연주의와 탐미주의를 지향하는 우리 문단사의 대표 작가. 1919년 출판법 위반죄로 옥고를 겪을 무렵 (1900~1951)

김동인은 간결하고 현대적인 문체를 사용함으로써, 이광수의 소설들에 빈발하는 설교조의 문체를 극복하는 한편, 계몽주의를 뛰어넘어 근대적인 사실주의 소설로 나아가고자 했습니다.

다시 말해, 그는 이광수의 문학적 성과를 극복해야 할 하나의 과제로 인식했는데, 그의 이러한 태도는 소설의 모든 영역에 걸쳐 지극히 의식적이고 도전적으로 나타났습니다. 그는 춘원의 민족의식과 계몽주의 고취, 사회적 윤리와 도덕에 반발해, '미(美)'의 우월성을 강조하면서 순수문학을 지향했습니다. 《창조》의 창간은 이러한 그의 관심과 열정이 빚어낸 그릇이라 보면 되겠죠.

김동인의 작품 경향은 일반적으로 자연주의적 사실주의 혹은 유미주의라 할 수 있습니다. 자연주의적 경향의 작품으로 「배따라기」·「감자」·「발가락이 닮았다」 등이 있으며, 이 작품들에는 '유전·환경' 등이 인간의 운명에 커다란 영향을 미친다는 자연주의적 인식이 잘 반영되어 있습니다. 또한, 유미주의적 경향의 작품인 「광염소타나」·「광화사」 등에는 한 천재적 예술가의 광기와 난행을 예술의 이름으로 용서코자 하는 극단의 예술지상주의적 사고가 작동

대표적인 자연주의 소설 「배따라기」

하고 있습니다.

김동인은 단편의 묘미를 체득해 단편소설의 기반을 확고히 했으며, 입체적인 인물 창조에도 성공함으로써 춘원의 소설에 나오는 인물들과는 다른 개성들을 작품 속에 불어넣었습니다.

그리고 앞서 살펴본 바와 같이, 자연주의 문학 수용, 탐미적 경향 추구, 문체의 세련화 등 여러 긍정적인 평가를 받고 있습니다. 그렇지만 그가 순수한 미적 가치 추구에만 몰입했을 뿐, 당시 시대 상황에는 눈감았다는 부정적인 평가도 뒤따르고 있음을 간과해선 안 되겠죠.

읽기 전에 생각하기

「배따라기」는 《창조》(1921)에 발표된 작품으로, 유토피아를 꿈꾸는 '나'의 이야기와, 오해와 질투로 인해 아내와 동생을 잃은 '그'의 이야기를 접목시킨 액자소설입니다. 그리고 내용면에서는 인간의 원초적 애욕이 초래하는 파괴적 결과가 솔직하게 그려지고, 근친상간이라는 비도덕적 모티브가 작용하며, 감정적 충동에 지배당하는 인간형이 등장한다는 점에서 자연주의적 특성을 지닌 소설이라고 할 수 있지요.

김동인의 작품들에서 「배따라기」 외에 자연주의

적 소설로는 「감자」를 들 수 있는데, 이 두 작품에서
보여지는 자연주의적 경향을 엄밀히 따져보면, 뚜렷
한 차이점을 발견할 수 있습니다.

즉, 「감자」에서는 주인공(복녀)이 외부 환경의
영향을 받아 도덕적으로 타락하고, 결국에는 비참하
게 죽임을 당하는 장면들을 냉정하게 관찰해 가는 자
연주의적 특성이 전면적으로 나타나 있지요.

그에 비해, 「배따라기」에서는 주인공인 '그'가
회한에 젖어 과거를 되새기는 것으로 얘기가 시작되
며, 작품에서 보여지는 자연주의적 세계관의 밑바닥
에는 낭만적인 색채가 깔려 있답니다.

좋은 일기이다. 좋은 일기라도, 하늘에 구름 한 점 없는─우리 '사람'으로서 감히 접근치 못할 위엄을 가지고, 높이서 우리 조그만 사람을 비웃는 듯이 내려다보는 그런 교만한 하늘은 아니고, 가장 우리 '사람'의 이해자인 듯이 낮추 뭉글뭉글 엉기는 분홍빛 구름으로서 우리와 서로 손목을 잡자는 그런 하늘이다. 사랑의 하늘이다.

나는 잠시도 멎지 않고, 푸른 물을 황해로 부어 내리는 대동강을 향한 모란봉 기슭 새파랗게 돋아나는 풀 위에 뒹굴고 있었다.

이날은 삼월 삼질, 대동강에 첫 뱃놀이하는 날이다. 까맣게 내려다보이는 물 위에는, 결결이 반짝이는 물결을 푸른 놀잇배들이 타고 넘으며, 거기서는 봄 향기에 취한 형형색색의 선율이 우단보다도 보드라운

봄 공기를 흔들면서 날아온다. 그리고 거기서 기생들의 노래와 함께 날아오는 조선 아악雅樂은 느리게 길게, 유창하게 부드럽게, 그리고 또 애처롭게—모든 봄의 정다움과 끝까지 조화하지 않고는 안 두겠다는 듯이 대동강에 흐르는 시커먼 봄 물, 청류벽에 돋아나는 푸르른 풀어음, 심지어 사람의 가슴속에 봄에 뛰노는 불 붙는 핏줄기까지라도, 습기 많은 봄공기를 다리 놓고 떨리지 않고는 두지 않는다.

봄이다. 봄이 왔다.

부드럽게 부는 조그만 바람이 시꺼먼 조선솔을 꿰며, 또는 돋아나는 풀을 스치고 지나갈 때의 그 음악은 다른 데서는 듣지 못할 아름다운 음악이다.

아아, 사람을 취케 하는 푸르른 봄의 아름다움이여. 열다섯 살부터의 동경東京 생활에, 마음껏 이런 봄을 보지 못하였던 나는, 늘 이것을 보는 사람보다 곱 이상의 감명을 여기서 받지 않을 수 없다.

평양성내에는, 겨우 툭툭 터진 땅을 헤치면 파릇파릇 돋아나는 나무새기와 돋아나려는 버들의 어음으로 봄이 온 줄 알 뿐, 아직 완전히 봄이 안 이르렀지만, 이 모란봉 일대와 대동강을 넘어 보이는, 가나안 옥토를 연상시키는 장림長林에는 마음껏 봄의 정다움이 이르렀다.

그리고 또 꽤 자란 밀 보리 들로 새파랗게 장식한 장림의 그 푸른빛. 만족한 웃음을 띠고 그 벌에 서서 내다보는 농부의 모양은 보지 않아도 생각할 수가 있다.

구름은 자꾸 하늘을 날아다니는 모양이다. 그 밀 위에 비치었던 구름의 그림자는 그 구름과 함께 저편으로 물러가며 거기는 세계를 아까 만들어 놓은 것 같은 새로운 녹빛이 퍼져 나간다. 바람이나 조금 부는 때는 그 잘 자란 밀들은 물결같이 누웠다 일어났다. 일록일청一綠一靑으로 춤을 춘다. 그리고 봄의 한가함을 찬송하는 솔개들은 높은 하늘에서 동그라미를 그리면서 더욱더 아름다운 봄에 향그러운 정취를 더한다.

"다스한 봄정에 솟아나리다. 다스한 봄정에 솟아나리다."

나는 두어 번 소리나게 읊은 뒤에 담배를 붙여 물었다. 담뱃내는 무럭무럭 하늘로 올라간다.

하늘에도 봄이 왔다.

하늘은 낮았다. 모란봉 꼭대기에 올라가면 넉넉히 만질 수가 있으리만큼 하늘은 낮다. 그리고 그 낮은 하늘보다는 오히려 더 높이 있는 듯한 분홍빛 구름은 뭉글뭉글 엉기면서 이리저리 날아다닌다.

나는 이러한 아름다운 봄 경치에 이렇게 마음껏 봄의 속삭임을 들을 때는, 언제든 유토피아를 아니 생각할 수 없다. 우리가 시시각각으로 애를 쓰며 수고하는 것은—그 목적은 무엇인가? 역시 유토피아 건설에 있지 않을까? 유토피아를 생각할 때는 언제든 그 '위대한 인격의 소유자' 며 '사람의 위대함을 끝까지 즐긴' 진나라 시황秦始皇을 생각지 않을 수 없다.

우리가 어찌하면 죽지를 아니할까 하여, 소년 삼백을 배를 태워 불사약을 구하러 떠나 보내며, 예술의 사치를 다하여 아방궁을 지으며, 매일 신하 몇 천 명과 잔치로써 즐기며, 이리하여 여기 한 유토피아를 세우려던 시황은, 몇 만의 역사가가 어떻다고 욕을 하든, 그는 정말로 인생의 향락자며 역사 이후의 제일 큰 위인이라고 할 수가 있다. 그만한 순전한 용기 있는 사람이 있고야 우리 인류의 역사는 끝이 날지라도 한 '사람'을 가졌었다고 할 수 있다.

"큰 사람이었었다."

하면서 나는 머리를 들었다.

이때다.

기자묘 근처에서 무슨 슬픈 음률이, 봄 공기를 진동시키며 날아오는 것이 들렸다.

나는 무심코 귀를 기울였다.

'영유 배따라기'다. 그것도 웬만한 광대나 기생은 그 발꿈치에도 미치지 못하리만큼—그만큼 그 '배따라기'의 주인은 잘 부르는 사람이었다.

비나이다. 비나이다.

산천후토 일월성신 하늘님전 비나이다.

실낱 같은 우리 목숨 살려 달라 비나이다.

에—야, 어그여지야.

여기까지 이르렀을 때에 저편 아래 물에서 장고長鼓 소리와 함께 기생의 노래가 울리어 오며 '배따라기'는 그만 안 들리게 되었다. 나는 이년 전 한여름을 영유서 지내 본 일이 있다. '배따라기'의 본고장인 영유를 몇 달 있어 본 사람은 그 '배따라기'에 대하여 언제든 한 속절없는 애처로움을 깨달을 것이다.

영유, 이름은 모르지만 ×산에 올라가서 내려다보면 앞은 망망한 황해이

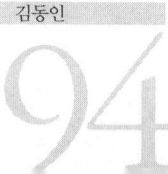

니, 그곳 저녁때의 경치는 한 번 본 사람은 영구히 잊을 수가 없으리라. 불덩이 같은 커다란 시뻘건 해가 남실남실 넘치는 바다에 도로 빠질 듯 도로 숫아 오를 듯 춤을 추며, 거기서 때때로 보이지 않는 배에서 '배따라기'만 슬프게 날아오는 것을 들을 때엔 눈물 많은 나는 때때로 눈물을 흘렸다. 이로 보아서, 어떤 원의 아내가 자기의 모든 영화를 낡은 신같이 내어 던지고 뱃사람과 정처 없는 물길을 떠났다 함도 믿지 못할 말이랄 수가 없다.

영유서 돌아온 뒤에도 그 '배따라기'는 내 마음에 깊이 새기어져 잊으려야 잊을 수가 없었고, 언제 한 번 다시 영유를 가서 그 노래를 한번 더 들어보고 그 경치를 다시 한 번 보고 싶은 생각이 늘 떠나지를 않았다.

장고 소리와 기생의 노래는 멎고 '배따라기'만 구슬프게 날아온다. 결결이 부는 바람으로 말미암아 때때로는 들을 수가 없으되, 나의 기억과 곡조를 종합하여 들은 '배따라기'는 이 대목이다.

강변에 나왔다가
나를 보더니만
혼비백산하여
꿈인지 생시인지
생신지 꿈인지
와르륵 달려들어
섬섬옥수로 부쳐 잡고

호천망극 하는 말이

"하늘로서 떨어지며

땅으로서 솟아났나

바람결에 묻어 오고

구름길에 쎄여 왔나."

이리 서로 붙들고 울음 울 제

인리 제인이며

일가 친척이 모두 모여

　　　　　여기까지 들은 나는 마침내 참지 못하고 벌떡 일어서서 소나무 가지에 걸었던 모자를 내려쓰고, 그곳을 찾으러 모란봉 꼭대기에 올라섰다. 꼭대기는 좀더 노랫소리가 잘 들린다. 그는 '배따라기'의 맨 마지막, 여기를 부른다.

밥을 빌어서

죽을 쑬지라도

제발 덕분에

뱃놈 노릇은 하지 마라

에—야 어그여지야—

그의 소리로써 방향을 찾으려던 나는 그만 그 자리에 섰다.

"어딘가? 기자묘? 혹은 을밀대?"

그러나 나는 오래 서 있을 수가 없었다. 어떻든 찾아보자 하고, 현무문으로 가서 문 밖에 썩 나섰다. 기자묘의 깊은 솔밭은 눈앞에 좍 퍼진다.

"어딘가?"

나는 또 물어 보았다.

이때에 그는 또다시 '배따라기'를 시초부터 부른다. 그 소리는 왼편에서 온다.

왼편이구나 하면서, 소리나는 곳을 더듬어서 소나무 틈으로 한참 돌다가 겨우 기자묘치고는 그중 하늘이 넓고 밝은 곳에, 혼자서 뒹굴고 있는 그를 찾아내었다. 나의 생각한 바와 같은 얼굴이다. 얼굴, 코, 입, 눈, 몸집이 모두 네모나고, 그의 이마의 굵은 주름살과 시꺼면 눈썹은 고생 많이함과 순진한 성격을 나타낸다.

그는 어떤 신사가 자기를 들여다보는 것을 보고 노래를 그치고 일어나 앉는다.

"왜, 그냥 하지요."

하면서 나는 그의 곁에 가 앉았다.

"머……."

할 뿐 그는 눈을 들어서 터진 하늘을 쳐다본다.

좋은 눈이었다. 바다의 넓고 큼이 유감없이 그의 눈에 나타나 있다. 그는 뱃사람이라 나는 짐작하였다.

"잘하는구레."

"잘해요?"

그는 나를 잠깐 보고 사람 좋은 웃음을 띤다.

"고향이 영유요?"

"예, 머, 영유서 나기는 했디만, 한 이십 년 영윤 가 보디두 않았시요."

"왜, 이십 년씩 고향엘 안 가요?"

"사람의 일이라니, 마음대루 됩데까?"

그는 왜 그러는지, 한숨을 짓는다.

"거저, 운명이 데일 힘셉데다."

운명의 힘이 제일 세다는 그의 소리는 삭이지 못할 원한과 뉘우침이 섞여 있다.

"그래요?"

나는 다만 그를 건너다볼 뿐이다.

한참 잠잠하니 있다가 나는 다시 말하였다.

"자, 노형의 경험담이나 한번 들어봅시다. 감출 일이 아니면 한번 이야기해 보소."

"머, 감출 일은……."

"그럼, 어디 들어봅시다그려."

그는 다시 하늘을 쳐다보았다. 그러나 좀 있다가,

"하디요."

하면서 내가 담배를 붙이는 것을 보고 자기도 담배를 붙여 물고 이야기를 꺼낸다.

"잊두 않는 십구 년 전 팔월 열하룻날 일인데요."

하면서 그가 이야기한 바는 대략 이와 같은 것이다.

그의 살던 마을은 영유 고을서 한 이십 리 떠나 있는 바다를 향한 조그만 어촌이다. 그의 살던 조그만 마을(서른 집쯤 되는)에서는 그는 꽤 유명한 사람이었다.

그의 부모는 모두 열댓에 났을 때 돌아갔고, 남은 사람이라고는 곁집에 딴 살림하는 그의 아우 부처와 그 자기 부처뿐이었다. 그들 형제가 그 마을에서 제일 부자이고 또 제일 고기잡이를 잘하였고, 그 중 글이 있었고 '배따라기' 도 그 마을에서 빼나게 그 형제가 잘 불렀다. 말하자면 그 형제가 그 동리의 대표적 사람이었다.

팔월 보름은 추석 명절이다. 팔월 열하룻날 그는 명절에 쓸 장도 볼 겸, 그의 아내가 늘 부러워한 거울도 하나 사 올 겸 장으로 향하였다.

"당손네 집에 있는 것보다 큰 거이요. 잊디 말구요."

그의 아내는 길까지 따라나오면서 잊지 않도록 부탁하였다.

"안 닞어."

하면서 그는 떠오르는 새빨간 햇빛을 앞으로 받으면서 자기 마을을 나섰다.

그는 아내를 (이렇게 말하기는 우습지만) 고와했다. 그의 아내는 촌에는 드물도록 연연하고도 예쁘게 생겼다. (그는 나에게 이렇게 말하였다)

"성내(평양) 덴줏골^{살보촌}을 가두 그만한 거 쉽디 않갔시요."

그러니까 촌에서는, 그리고 당시에는 남에게 우습게 보이도록 그 내외의 사이는 좋았다. 늙은이들은 계집에게 혹하지 말라고 흔히 그에게 권고하였다.

부처의 사이는 좋았지만—아니, 오히려 좋으므로 그는 아내에게 샘을 많이 하였다. 그리고 그의 아내는 시기를 받을 일을 많이 하였다. 품행이 나쁘다는 것이 아니라, 그의 아내는 대단히 천진스럽고 쾌활한 성질로서 아무에게나 말 잘하고 애교를 잘 부렸다.

그 동리에서는 무슨 명절이나 되면, 집이 그중 정결함을 핑계삼아 젊은이 들은 모두 그의 집에 모이고 하였다 그 젊은이들은 모두 그의 아내에게 '아즈 마니' 라 부르고, 그의 아내는 '아즈바니 아즈바니' 하며 그들과 지껄이고 즐 기며, 그 웃기 잘하는 입에는 늘 웃음을 흘리고 있었다.

그럴 때마다 그는 한편 구석에서 눈만 힐금거리며 있다가 젊은이들이 돌아 간 뒤에는 불문곡직하고 아내에게 덤벼들어 발길로 차고 때리며, 이전에 사다 주었던 것을 모두 걷어올린다. 싸움을 할 때에는 언제든 곁집에 있는 아우 부 처가 말리러 오며, 그렇게 되면 언제든 그는 아우 부처까지 때려 주었다.

그가 아우에게 그렇게 구는 데는 이유가 있었다. 그의 아우는 시골 사람에 게는 쉽지 않도록 늠름한 위엄이 있었고, 매일 바닷바람을 쏘였지만 얼굴이 희었다. 이것뿐으로도 시기가 된다 하면 되지만, 특별히 아내가 그의 아우에 게 친절히 하는 데는 그는 속이 끓어 못 견디었다.

그가 영유를 떠나기 반 년 전쯤—다시 말하자면 그가 거울을 사러 장에 갈 때부터 반년 전쯤, 그의 생일날이었다. 그의 집에서는 음식을 차려서 잘 먹었 는데, 그에게는 괴상한 버릇이 있었으니, 맛있는 음식은 남겨 두었다가 좀 있 다 먹곤 하는 것이 습관이었다. 그의 아내도 이 버릇은 잘 알 터인데 그의 아 우가 점심때쯤 오니까, 아까 그가 아껴서 남겨 두었던 그 음식을 아우에게 주 려 하였다. 그는 눈을 부릅뜨고 '못 주리라' 고 암호하였지만, 아내는 그것을 보았는지 못 보았는지 그의 아우에게 주어 버렸다. 그는 마음속이 자못 편치 못하였다. 트집만 있으면 이년을……. 그는 마음먹었다.

그의 아내는 시아우에게 상을 준 뒤에 물러 오다가 그만 그의 발을 조금 밟았다.

"이년!"

그는 힘껏 발을 들어서 아내를 냅다 찼다. 그의 아내는 상위에 거꾸러졌다가 일어난다.

"이년, 사나이 발을 짓밟는 년이 어디 있어!"

"거 좀 밟아서 발이 부러뎃쉐까?"

아내는 낮이 새빨개져서 울음 섞인 소리로 고함친다.

"이년! 말대답이……."

그는 일어서서 아내의 머리채를 휘어잡았다.

"형님! 왜 이러십니까?"

아우가 일어서면서 그를 붙잡았다.

"가만 있거라, 이놈의 자식."

하며, 그는 아우를 밀친 뒤에 아내를 되는 대로 내리찧었다.

"죽일 년, 이년! 나가거라!"

"죽에라! 죽에라! 난, 죽어두 이 집에선 못 나가!"

"못 나가!"

"못 나가디 않구. 뉘 집이게……."

이때다. 그의 마음에는 그 '못 나가겠다'는 아내의 마음이 푹 들이박혔다. 그 이상 때리기가 싫었다. 우두커니 눈만 흘기고 있다가 그는,

"망할 년, 그럼 내가 나갈라."

하고 그만 문 밖으로 뛰어나와서,

"형님, 어디 갑니까?"

하는 아우의 말에는 대답도 안 하고, 곁동리 탁주집으로 뒤도 안 돌아보고 가서, 거기 있는 술 파는 계집과 술상 앞에 마주앉았다.

그날 저녁 얼근히 취한 그는 아내를 위하여 떡을 한 돈 어치 사 가지고 집으로 돌아왔다.

이리하여 또 서너 달은 평화가 이르렀다. 그러나 이 평화가 언제까지든 계속될 수가 없었다. 그의 아우로 말미암아 또 평화는 쪼개져 나갔다.

오월 초승부터 영유 고을 출입이 잦던 그의 아우는 오월 그믐께부터는 고을서 며칠씩 묵어 오는 일이 많았다. 함께, 고을에 첩을 얻어 두었다는 소문이 퍼졌다. 이 소문이 있은 뒤는 아내는 그의 아우가 고을 들어가는 것을 벌레보다도 더 싫어하고, 며칠 묵어서 오는 때면 곧 아우의 집으로 가서 그와 담판을 하며, 심지어 동서 되는 아우의 처에게까지 못 가게 하지 않는다고 싸우는 일이 있었다. 칠월 초승께 그의 아우는 고을에 들어가서 열흘쯤 묵어 온 일이 있었다. 이때도 전과 같이 그의 아내는 그의 아우며 제수와 싸우다 못하여 마침내 그에게까지 와서 아우가 그런 못된 데를 다니는 것을 그냥 둔다고, 해 보자 한다. 그 꼴을 곱게 보지 않았던 그는 첫마디로 고함을 쳤다.

"네게 상관이 무에가? 듣기 싫다."

"못난둥이. 아우가 그런 델 댕기는 걸 말리디두 못하구!"

분김에 이렇게 그의 아내는 고함쳤다.

"이년, 무얼?"

그는 벌떡 일어섰다.

"못난둥이!"

그 말이 채 끝나기 전에 그의 아내는 악소리와 함께 그 자리에 거꾸러졌다.

"이년! 사나이게 그 따윗 말버릇 어디서 배완!"

"에미네 때리는 건 어디서 배왔노? 못난둥이!"

그의 아내는 울음소리로 부르짖었다.

"상년 그냥? 나갈! 우리 집에 있디 말구 나갈!"

그는 내리찧으면서 부르짖었다. 그리고 아내를 문을 열고 밀쳤다.

"나가디 않으리!"

하고 그의 아내는 울면서 뛰어나갔다.

"망할 년!"

토하는 듯이 중얼거리고 그는 그 자리에 주저앉았다.

그의 아내는 해가 져서 어두워도 돌아오지 않았다. 일단 내어쫓기는 하였지만 그는 아내의 돌아옴을 기다리고 있었다. 어두워져서도 그는 불도 안 켜고, 성이 나서 우들우들 떨면서 아내의 돌아오기를 기다렸다. 그러나 그의 아내의 참 기쁜 듯이 웃는 소리가 그의 아우의 집에서 밤새도록 울리어왔다. 그는 움쩍도 안 하고 그 자리에 앉아서 밤을 새운 뒤에, 새벽 동터올 때 아내와 아우를 죽이려고 부엌에 가서 식칼을 가지고 들어와서 문을 벌컥 열었다.

그의 아내로서 만약 근심스러운 얼굴을 하고 그 문 밖에 우두커니 서서 문을 들여다보고 있지 않았더면, 그는 아내와 아우를 죽이고야 말았으리라.

그는 아내를 보는 순간 마음에 가득 차는 사랑을 깨달으면서, 칼을 내던지고 뛰어나가서 아내의 머리채를 휘어잡고, 이년 하면서 들어와서 뺨을 물어뜯으면서 함께 이리저리 자빠져서 뒹굴었다.

그런 이야기는 다 하려면 끝이 없으되 다만 '그', '그의 아내', '그의 아우' 세 사람의 삼각 관계는 대략 이와 같았다.

각설.

거울은 마침 장에 마음에 맞는 것이 있었다. 지금 것과 대 보면, 어떤 때는 코도 크게 보이고 입이 작게도 보이는 것이지만, 그 당시에는 그리고 그런 촌에서는 둘도 없는 귀물이었다. 거울을 사 가지고 장을 본 뒤에 그는 이 거울을 아내에게 주면 그 기뻐할 모양을 생각하며, 새빨간 저녁 햇빛을 받는, 넘치는 듯한 바다를 안고 자기 집으로, 늘 들러 오던 탁주 집에도 안 들러서 돌아왔다.

그러나 그가 그의 집 방 안에 들어설 때에는 뜻도 안 하였던 광경이 그의 눈에 벌이어 있었다.

방 가운데는 떡상이 있고, 그의 아우는 수건이 벗어져서 목 뒤로 늘어지고, 저고리 고름이 모두 풀어져 가지고 한편 모퉁이에 서 있고, 아내도 머리채가 모두 뒤로 늘어지고, 치마가 배꼽 아래 늘어지도록 되어 있으며, 그의 아내와 아우는 그를 보고 어찌할 줄을 모르는 듯이 움쭉도 안 하고 서 있었다.

세 사람은 한참 동안 어이가 없어서 서 있었다. 그러나 좀 있다가 마침내 그의 아우가 겨우 말했다.

"그놈의 쥐 어디 갔니?"

"흥! 쥐? 훌륭한 쥐 잡댔구나!"

그는 말을 끝내지도 않고, 짐을 벗어 던지고, 뛰어가서 아우의 멱살을 끌어잡았다.

"형님! 정말 쥐가……."

"쥐? 이놈! 형수하고 그런 쥐 잡는 놈이 어디 있니?"

그는 아우를 따귀를 몇 대 때린 뒤에 등을 밀어서 문 밖에 내어 던졌다. 그런 뒤에 이제 자기에게 이를 매를 생각하고 우들우들 떨면서 아랫목에 서 있는 아내에게 달려들었다.

"이년! 시아우와 그런 쥐 잡는 년이 어디 있어!"

그는 아내를 거꾸러뜨리고 함부로 내리짚었다.

"정말 쥐가…… 아이 죽갔다."

"이년! 너두 쥐? 죽어라!"

그의 팔다리는 함부로 아내의 몸에 오르내렸다.

"아이 죽갔다. 정말 아까 적은이(시아우) 왔기에 떡 자시라구 내놓았더니……."

"듣기 싫다! 시아우 붙은 년이, 무슨 잔소릴……."

"아이, 아이, 정말이야요. 쥐가 한 마리 나……."

"그냥 쥐?"

"쥐 잡을래다가……."

"상년! 죽어라! 물에라두 빠데 죽얼!"

그는 실컷 때린 뒤에, 아내도 아우처럼 등을 밀어내어 쫓았다. 그 뒤에 그의 등으로,

"고기 배때기에 장사해라!"

토하였다.

분풀이는 실컷 하였지만, 그래도 마음속이 자못 편치 못하였다. 그는 아랫목으로 가서 바람벽을 의지하고 실신한 사람같이 우두커니 서서 떡상만 들여다보고 있었다.

한 시간…… 두 시간…….

서편으로 바다를 향한 마을이라, 다른 곳보다는 늦게 어둡지만, 그래도 술시戌時쯤 되어서는 깜깜하니 어두웠다. 그는 불을 켜려고 바람벽에서 떠나서 성냥을 찾으러 돌아갔다.

성냥은 늘 있던 자리에 있지 않았다. 그래서 여기저기 뒤적이노라니까, 어떤 낡은 옷 뭉치를 들칠 때에 문득 쥐 소리가 나면서 무엇이 후덕덕 뛰어나온다. 그리하여 저편으로 기어서 도망한다.

"역시 쥐댔구나!"

그는 조그만 소리로 부르짖었다. 그리고 그만 그 자리에 맥없이 털썩 주저앉았다.

아까 그가 보지 못한 때의 광경이, 활동사진과 같이 그의 머리에 지나갔다.

아우가 집에를 온다.

아우에게 친절한 아내는 떡을 먹으라고 아우에게 떡상을 내놓는다. 그때에

어디선가 쥐가 한 마리 뛰어나온다. 둘(아우와 아내)이서는 쥐를 잡노라고 돌아간다. 한참 성화시키던 쥐는 어느 구석에 숨어 버린다. 그들은 쥐를 찾노라고 뒤룩거린다. 그럴 때에 그가 집에 들어선 것이다.

"상년. 좀 있으믄 안 들어오리……."

그는 억지로 마음먹고 그 자리에 드러누웠다.

그러나 아내는 밤이 가고 날이 밝기는커녕 해가 중천에 올라도 돌아오지를 않았다. 그는 차차 걱정이 나서 찾아보러 나섰다 아우의 집에도 없었다. 동리를 모두 찾아보아도 본 사람도 없다 한다.

그리하여 낮쯤 한 삼사 리 내려가서 바닷가에서 겨우 아내를 찾기는 찾았지만 그 아내는 이전 같은 생기로 찬 산 아내가 아니요, 몸은 물에 불어서 곱이나 크게 되고, 이전에 늘 웃음을 흘리던 예쁜 입에는 거품을 잔뜩 문, 죽은 아내이다.

그는 아내를 업고 집으로 돌아오기까지 정신이 없었다.

이튿날 간단하게 장사를 하였다. 뒤에 따라오는 아우의 얼굴에는,

"형님, 이게 웬일이오니까?"

하는 듯한 원망이 있었다.

장사를 지낸 이튿날부터 아우는 그 조그만 마을에서 없어졌다. 하루 이틀은 심상히 지냈지만, 닷새가 지나도 아우는 돌아오지 않았다. 그래서 알아보니까, 꼭 그의 아우같이 생긴 사람이 오륙 일 전에 멧산재 보따리를 하여 진 뒤에 시뻘건 저녁 해를 등으로 받고 더벅더벅 동쪽으로 가더라 한다. 그리하여 열흘이 지나고 스무 날이 지났지만 한번 떠난 그의 아우는 돌아올 길이 없

고, 혼자 남은 아우의 아내는 매일 한숨으로 세월을 보내게 되었다.

　그도 이것을 잠자코 보고 있을 수가 없었다. 그 불행의 모든 죄는 그에게 있었다.

　그도 마침내 뱃사람이 되어, 적으나마 아내를 삼킨 바다와 늘 접근하며, 가는 곳마다 아우의 소식을 알아보려고 어떤 배를 얻어 타고 물길을 나섰다.

　그는 가는 곳마다 아우의 이름과 모습을 말하며 물었으나 아우의 소식은 알 수가 없었다.

　이리하여 꿈결같이 십 년을 지내서 구 년 전 가을, 탁탁히 낀 안개를 꿰며 연안延安 바다를 지나가던 그의 배는 몹시 부는 바람으로 말미암아 파선을 하여 벗 몇 사람은 죽고 그는 정신을 잃고 물 위에 떠돌고 있었다.

　그가 정신을 차린 때는 밤이었다. 그리고 어느덧 그는 물 위에 올라와 있었고 그를 말리느라고 새빨갛게 피워 놓은 불빛으로 자기를 간호하는 아우를 보았다.

　그는 이상히도 놀라지도 않고, 천연하게 물었다.

　"너 어드게(어떻게) 여기 완?"

　아우는 잠자코 한참 있다가 겨우 대답하였다.

　"형님, 거저 다 운명이외다."

　따뜻한 불기운에 깜빡 잠이 들려다가 그는 화닥닥 깨면서 또 말했다.

　"십 년 동안에 되게 파랬구나."

　"형님, 나두 변했거니와 형님두 몹시 늙으셨쉐다."

　이 말을 꿈결같이 들으면서 그는 또 혼혼히 잠이 들었다. 그리하여 두어 시간, 꿀보다도 단잠을 잔 뒤에 깨어 보니, 아까같이 빨간 불은 피어 있지만 아우는 어디로 갔는지 없어졌다. 곁엣사람에게 물어 보니까 아까 아우는 형의 얼굴을 물끄러미 한참 들여다보고 있다가, 새빨간 불빛을 등으로 받으면서, 더벅더벅 아무 말 없이 어두움 가운데로 사라졌다 한다.

이튿날 아무리 알아보아야 그의 아우는 종적이 없어지고 알 수 없으므로, 그는 하릴없이 다른 배를 얻어 타고 또 물길을 떠났다. 그리하여 그의 배가 해주에 이르렀을 때, 그는 해주장에 들어가서 무엇을 사려다가 저편 맞은편 가게에 걸핏 그의 아우 같은 사람이 있으므로 뛰어가서 보니 그는 벌써 없어졌다. 배가 해주에는 오래 머물지 않으므로 그는 마음은 해주에 남겨 두고 또다시 바닷길을 떠났다.

그 뒤에 삼 년을 이리저리 돌아다녔어도 아우는 다시 볼 수가 없었다.

그리하여 삼 년을 지내서 지금부터 육 년 전에, 그의 탄 배가 강화도를 지날 날에, 바다를 향한 가파로운 뫼켠에서 바다를 향하여 날아오는 '배따라기'를 들었다. 그것도 어떤 구절과 곡조는 그의 아우 특식으로 변경된—그의 아우가 아니면 부를 사람이 없는 그 '배따라기'이다.

배가 강화도에는 머무르지 않아서 그저 지나갔으나 인천서 열흘쯤 머무르게 되었으므로, 그는 곧 내려서 강화도로 건너가 보았다. 거기서 이리저리 찾아다니다가 어떤 조그만 객줏집에서 물어 보니, 이름도 그의 아우요, 생긴 모습도 그의 아우인 사람이 묵어 있기는 하였으나 사흘 전에 도로 인천으로 갔다 한다. 그는 곧 돌아서서 인천으로 건너와서 찾아보았지만, 그 조그만 인천서도 그의 아우를 찾을 바가 없었다.

그 뒤에 눈 오고 비 오며, 육 년이 지났지만 그는 다시 아우를 만나 보지 못하고 아우의 생사까지도 알 수가 없었다.

말을 끝낸 그의 눈에는 저녁 해에 반사하여 몇 방울의 눈물이 반짝인다.

나는 한참 있다가 겨우 물었다.

"노형 계수는?"

"모르디오. 이십 년을 영유는 안 가 봤으니깐요."

"노형은 이제 어디루 갈 테요?"

"것두 모르디오. 덩처가 있나요? 바람부는 대로 몰려댕기디오."

그는 다시 한 번 나를 위하여 '배따라기'를 불렀다. 아아, 그 속에 잠겨 있는 삭이지 못할 뉘우침, 바다에 대한 애처로운 그리움.

노래를 끝낸 다음에 그는 일어서서 시뻘건 저녁 해를 잔뜩 등으로 받고, 을밀대로 향하여 더벅더벅 걸어갔다. 나는 그를 말릴 힘이 없어서, 멀거니 그의 등만 바라보고 앉아 있었다.

그날 밤, 집에 돌아와서도 그 '배따라기'와 그의 숙명적 경험담이 귀에 쟁쟁히 울리어서 잠을 못 이루고, 이튿날 아침 깨어서 조반도 안 먹고 기자묘로 뛰어가서 또다시 그를 찾아보았다. 그가 어제 깔고 앉았던 풀은 모두 한편으로 누워서 그가 다녀감을 기념하되 그는 그 근처에 보이지 않았다. 그러나, 그러나 '배따라기'는 어디선가 쟁쟁히 울리어서 모든 소나무들을 떨리지 않고는 안 두겠다는 듯이 날아온다.

'모란봉이다. 모란봉에 있다' 하고 나는 한숨에 모란봉으로 뛰어갔다. 모란봉에는 사람이 하나도 없다.

부벽루에도 없다.

'을밀대다' 하고 나는 다시 을밀대로 갔다. 을밀대에서 부벽루를 연한, 지옥까지 연한 듯한 골짜기에 물 한 방울을 안 새리라고 빽빽이 난 소나무의 그 모든 잎잎은 떨리는 '배따라기'를 부르고 있지만, 그는 여기도 있지 않다. 기자묘의, 하늘을 향하여 퍼져 나간 그 모든 소나무의 천만의 잎잎도, 그 아래 쭉 퍼진 천만의 풀들도 모두 그 '배따라기'를 슬프게 부르고 있지만, 그는 이 조그만 모란봉 일대에서 찾을 수가 없었다.

강가에 나가서 알아보니, 그의 배는 오늘 새벽에 떠났다 한다.

그 뒤에 여름과 가을이 가고 일 년이 지나서 다시 봄이 이르렀으되, 잠깐 평양을 다녀간 그는 그 숙명적 경험담과 슬픈 '배따라기'를 들었을 뿐, 다시 조그만 모란봉에 나타나지 않는다.

모란봉과 기자묘에 다시 봄이 이르러서, 작년에 그가 깔고 앉아서 부러졌던 풀들도 다시 곧게 대가 나서 자줏빛 꽃이 피려 하지만, 끝없는 뉘우침을 다만 한낱 '배따라기'로 하소연하는 그는, 이 조그만 모란봉과 기자묘에서 다시 볼 수가 없었다. 다만 그가 남기고 간 '배따라기'만 추억하는 듯이, 기념하는 듯이 모든 잎잎이 속삭이고 있을 따름이다.

어느 봄날, '나'는 대동강가에서 '배따라기'를 구슬프게 부르는 한 사내를 만나 '그'의 사연을 듣게 된다. 19년 전 '그'는 조그만 어촌에서 아리따운 아내와 살고 있었다. 그들 부부는 금실이 좋았지만, 아내를 사랑하는 '그'의 마음이 지나쳤던 탓에, 그는 누구에게나 쾌활하고 애교를 잘 부리는 아내와 곧잘 싸웠다. 특히 '그'는 아내가 촌사람답지 않게 위엄이 있고 준수한 용모를 가진 아우에게 친절히 대하는 것을 못 견뎌했다.

추석 명절을 앞둔 어느 날, 장에서 아내에게 줄 거울을 사 들고 집으로 돌아온 '그'는 아내와 아우가 옷이 흐트러진 채 한 방에 있는 걸 발견했다. 쥐를 잡느라고 그리 되었다는 아내와 아우의 변명을 믿지 않은 '그'는 아내를 흠씬 두들겨 팬 뒤에 내쫓았다. 뒤늦게 '그'는 자신이 오해했음을 알게 되지만, 이미 가출한 아내의 시체가 바닷가에 떠오른 뒤였다.

장사를 치르고 나자, 아우는 이내 마을에서 자취를 감추었고, '그' 역시 아우를 찾아 뱃사람이 되어 떠돌아다니는 신세가 되었다. 그러던 어느 날, '그'가 탄 배가 파선해 죽을 지경에 이르렀을 때, '그'는 꼭 한 번 꿈결같이 아우를 만날 수 있었다. 이후 '그'는 아우가 잘 부르던 '배따라기'를 부르며, 계속해서 아우를 찾아 정처 없이 세상을 떠돌고 있다.

작품 해설

이 작품은 전형적인 액자소설의 형식을 취하고 있습니다. 일반적으로 액자소설은 그림을 넣은 액자처럼 이야기 안에 또 다른 이야기가 들어 있는 소설을 말합니다. 대부분 액자소설의 경우, 주인공과 주요 사건은 내부 이야기에 담겨 있으므로 내부 이야기에서 주제를 파악해야 합니다. 「배따라기」 역시 주된 내용은 내부 이야기, 즉 주인공인 '그'가 '배따라기'를 부르며 정처 없이 떠돌아다니게 된 사연이라고 할 수 있지요.

'그'는 이십여 년 전 영유 근처의 작은 시골에서 아름다운 아내와 사이좋게 살고 있었는데, 아내를 사랑하는 마음이 지나쳐 부부간에 자주 싸움이 일어나곤 했지요. '그'는 쾌활하고 웃음 많은 아내가 동네의 다른 남자들과 잘 어울리는 것을 매우 못마땅해했습니다. 그래서 이런 광경을 본 날이면, 자신의 기분이 풀릴 때까지 아내를 때리기 일쑤였지요. '그'는 특히 아내가 촌사람답지 않게 준수한 외모와 늠름한 위엄을 지닌 아우에게 친절하게 대하는 것을 크게 질투했습니다.

하지만 '그'의 아내는 질투심 많고 충동적인 남편의 성격을 잘 알면서도, 남편이 아껴 둔 음식을 아우에게 선뜻 내준다거나 아우의 좋지 못한 행실을 나서서 말림으로써, '그'의 질투심을 더욱 강하게 부추겼지요. 이런 상황에서 추석을 앞둔 어느 날, 장에서 돌아온 그가 안방에서 자신의 아내와 아우가 수상쩍은 모습으로 함께 있는 광경을 목격하게 됩니다. 그 장면을 한번 살펴볼까요?

방 가운데는 떡상이 있고, 그의 아우는 수건이 벗어져서 목 뒤로 늘어지고, 저고리 고름이 모두 풀어져 가지고 한편 모퉁이에 서 있고, 아내도 머리채가 모두 뒤로 늘

모티프 motif 모티브motive라고도 하며, (문학이나 예술 작품에서) 표현이나 창작의 동기動機, 또는 동기가 되는 중심 사상을 이른다. 반복되어 나타나는 동일한 또는 유사한 낱말·문구·내용. 이것은 한 작품에서 나타날 수도 있고, 한 작가나 한 시대 또는 한 장르에서 나타나기도 한다. 특히 우리나라 설화에 자주 반복되는 이별한 임, 서양 동화에서 자주 나타나는 요술 할멈과 미녀 이야기 등은 민족 설화의 모티프들이다. 즉, 한 작품 속에서 계속 반복되어 그것이 느껴질 정도가 되는 모든 요소를 모티프라고 할 수 있다.

창조 創造 한국 최초의 종합 문예동인지. 1919년 2월 창간해 1921년 5월 종간. 한국 신문학사에서 그때까지의 계몽주의적 성격을 버리고 구어체 문장을 확립, 새로운 문학사조였던 자연주의·사실주의 문학을 개척했고, 본격적인 자유시의 발전 등에 크게 이바지했다.

액자소설 전체 이야기 속에 하나 또는 여러 개의 짧은 이야기들이 포함되어 있는 소설. 마치 하나의 이야기 속에 다른 이야기가 액자 속의 사진처럼 끼워져 있다

어지고, 치마가 배꼽 아래 늘어지도록 되어 있으며, 그의 아내와 아우는 그를 보고 어찌할 줄을 모르는 듯이 움쭉도 안 하고 서 있었다.

이 장면에서 충동적인 성격의 주인공이 평소에 지녀왔던 오해와 질투심을 폭발시킨 것은 당연하겠지요. '그'는 이성적인 판단이나 앞뒤 정황을 따져보지도 않고, 평소 아내와 아우의 관계를 의심해 온 자신의 짐작이 옳았다고 확신해 버린 것입니다. 이로 인해, 그들의 화목한 관계는 파멸로 치닫습니다. 부부간의 사랑은 '그'의

오해를 받고 집을 나간 아내가 다음날 바닷가에서 시체로 발견됨으로써 끝장이 났고, 형제간의 우애는 형의 엄청난 오해와 형수의 자살에 큰 충격을 받은 아우가 고향을 떠나 유랑의 길을 나섬으로써 끝이 났지요. 그리고 주인공 역시 아우를 찾아 정처 없이 떠돌아다니는 비극적인 운명을 맞게 됩니다.

우리는 이러한 이야기 전개에서 '그'의 가족이 맞은 파국과 '그'의 운명적 인생 행로를 '개연성'의 문제와 깊이 연관지어 생각해 볼 수 있습니다. 개연성이란 허구의 이야기를 들려주면서 독자로 하여금 그것을 실감 있게 받아들이도록 만드는 소설적 가능성을 뜻하지요.

작가는 우선 아내를 끔찍이 사랑하면서 본능적이고 감정적으로 행동하는 '그'와, 남편의 그러한 성격에도 아랑곳하지 않고 조심성 없이 행동하는 '그'의 아내, 그리고 용모가 준수하고 위엄이 있어 '그'로 하여금 은연중에 경계심과 강한 질투심을 불러일으키는 아우라는 인물을 설정해 놓았습니다. 그리고 '그'의 아내와 아우 사이에 의심할 만한 단서들을 작품 곳곳에 배치해 놓음으로써, 그들에 대한 '그'의 오해가 '충분히 있을 수 있는' 일임을 자연스럽게 보여주고 있습니다.

즉, 한 가족이 운명적 파국에 이르게 되는 이야기 전개를 뒷받침하는 논리적 근거라 할 수 있는 오해를 불러일으킬 만한 일들과 '그'의 성격적 특성이 잘 제시되어 있어, 실제로는 생길 법하지 않은 극적인 사건임에도, 독자들은 그럴 수도 있겠다 싶은 느낌을 갖게 되는 것이죠.

한편, 이 작품은 김동인의 소설 중 「감자」와 함께 자연주의적 경향을 보이는 대표적인 작품이라 할 수 있어요. 문학에서 자연주의란 삶에 대해 객관적이며 비관적인 관점을 보이는 경향을 말하는데, 특히 자연주의 작가는 '유전'이나 '환경' 등 인간의 힘으로는 어찌할 수 없는 것들로 인해 겪게 되는 운명적인 불행에 관심을 갖고 있습니다.

그럼 여기서 「배따라기」에 나타난 자연주의적 특징을 좀더 구체적으로 살펴볼까요? 먼저 '그'라는 인물의 성격에 주목해 봅시다. '그'는 여러분들이 소설을 읽으면서 느낀 것처럼, 도덕이나 윤리 혹은 이성의 규제를 의식하기보다는 충동적인 감정과 본능에 따라 행동하는 인물입니다. 이러한 성격적 결함으로 인해, '그'는 아내와 동생의 관계를 의심하고 감정적인 분노에 빠져 결국 아내를 자살하게 만들지요.

 더 알아두기

개연성 蓋然性, probability 문학은 인생을 모방하는데, 단지 인생의 아주 특수한 면만을 모방하는 것이 아니라 보편 타당한 면을 모방한다. 이와 같은 문학의 보편성을 개연성이라 한다. 즉, 문학은 역사처럼 한 번 있었던 일을 다루지 않고, 있음직한 일, 있을 수 있는 개연적인 일을 다룸으로 인생의 보편적 진실에 접근하고 있다.

배따라기 서도 잡가西道雜歌의 하나. 어부가 배를 저으며 부르는 노래로 어부가漁夫歌라고 하는데, '배떠나기'가 와전된 것이라 한다.

자연주의 自然主義 자연주의는 사람을 자연 속에서 생겨난 하나의 동물로 본다. 사람이라는 동물은 자기가 통제할 수도, 알 수도 없는 자연의 세력들, 특히 유전과 환경, 본능의 지배를 받는다. 이런 관점에서 자연주의 소설은 인간을 둘러싼 물리적인 환경과 그 가운데 단지 존재할 뿐인 한 '생물체'로서의 인간, 유전적 기질과 환경의 영향을 벗어나지 못하는 인간을, 자연 과학자적인 객관성을 가지고 제시하려 시도한다. 하지만 문학적 자연주의는 실제에서 과학적 객관을 이상으로 삼는다기보다는, 도덕적·종교적 의미가 사라진 세계에 놓인 사람에 대한 비관적인 운명을 개탄하는 태도로 보아도 좋다. 김동인의 「감자」는 자연주의적 세계관과는 별로 관계가 없지만, 굶주림과 성욕에 지배받고 있는 사람을 관찰했다는 점에서 자연주의적이라 할 수 있다.

그리고 자신도 정처 없이 떠돌아다니는 신세가 됩니다.

작중 인물들의 삶의 곡선은 이처럼 비참하게 끝을 맺는 하강적 구조를 그리고 있습니다. 그리고 '그'가 아내와 동생의 관계를 의심하는, 이른바 '근친상간'이라는 비도덕적인 상상이 등장한다는 점에서도 자연주의적 특징의 일면을 찾아볼 수 있지요. 또 한 가지, 화자인 '나'가 '배따라기'의 노래에 이끌려 그 장본인인 주인공을 만났을 때, '그'가 "거저 운명이 데일 힘셉데다"라고 말하는 대목에서도 우리는 자연주의적 특징의 중요한 일면인 결정론적 인생관을 엿볼 수 있습니다.

이런 '그'의 대사뿐만 아니라 '그'가 고향을 떠나 단 한 번 만났던 아우를 통해서도 '운명'이 이야기되고 있습니다. '그'가 바다에 빠져 죽을 뻔했을 때, 아주 우연히 자신이 그렇게도 찾아 헤매던 아우에게 구조되어 간호를 받으며 나눈 대화에서, 아우 역시 "형님, 거저 다 운명이외다"라고 말하지요. 이와 같이 모든 것이 운명에 의해 결정된다는 사고 방식은 이 작품 전체의 주제를 대변한다고 볼 수 있지요.

지금까지는 「배따라기」의 주된 내용을 내부의 이야기를 통해 알아보았습니다. 그럼 이제 내부의 이야기와 외부의 이야기를 이어주는 '배따라기'의 의미를 한번 생각해 볼까요? '배따라기'는 '그'가 뱃사람이 되어 정처 없이 떠돌면서 부르는 구슬픈 노래지요. 이 노래에는 모든 불행의 원인인 '그'가 자신의 잘못에 대해 삭이지 못한 뉘우침, 바다에 빠져죽은 아내에 대한 애처로운 그리움, 아우를 찾아 헤매는 안타까운 형제애가 고스란히 담겨 있다고 할 수 있어요. 즉, '그'의 심정을 대변하는 매개체라고 할 수 있겠죠.

그럼 이 소설의 화자인 '나'는 어떤 인물일까요? '나'는 한마디로 유토피아를 꿈꾸는 인물로, 멀리서 들려오는 '배따라기'의 애잔한 곡조에 이끌려 이 노래에 얽힌 '그'의 기구한 사연을 듣기에 이른 것입니다. 극단적인 미의식을 지닌 '나'가 '배따라기' 곡조에 담겨 있는 한 인간의 슬프고도 아름다운 숙명적 경험담에 빠져드는 것은 자연스러운 일이겠죠.

그러므로 '배따라기'의 구슬픈 곡조가 작품의 전반에 깔린 이 작품 「배따라기」는 후회와 슬픔 속에서 방랑을 계속해야 하는 '그'의 운명적 비극과, 극단적인 미美의 낙원을 추구하는 '나'의 미의식이 합쳐져 예술적 아름다움으로 승화된 작품이라 할 수 있을 것입니다.

① 이 작품에서 자연주의적 특징이 잘 나타난 부분은 어디인가요?

② 이 작품에서 우연을 필연으로 만들고 있는 대화는 무엇인가요?

③ 이 작품의 주인공이라 할 수 있는 '그'의 성격적 특징은 무엇인지, 아내를 자살에 이르게끔 한 사건에서 보인 '그'의 태도를 중심으로 말해 보시오.

④ 이 작품 곳곳에서 들려오는 '배따라기'의 역할은 무엇일까요?

⑤ 이 작품에서 작가는 자신이 말하고자 하는 주제를 누구의 어떤 대사를 통해 전달하고 있나요?

⑥ '그'로 하여금 아내와 아우의 관계를 의심하고 파국으로 나아가도록 만든 개연적인 사건들은 무엇인가요?

구성	도입	'나'가 '그'를 만남.
	발단	'그'의 형제가 영유에 삶.
	전개	'그'가 동생에게 친절한 아내를 자주 질투하고 괴롭힘.
	위기	'그'가 '쥐잡이' 사건으로 동생과 아내의 관계를 오해한 뒤 아내를 때려서 내쫓음.
	절정	아내가 죽고, 동생도 고향을 떠남.
	결말	동생을 찾아 방랑함.
	마무리	'그'가 나를 위해 '배따라기'를 한 번 더 부르고 떠남.

핵심 정리	갈래	단편소설, 순수소설, 액자소설
	배경	시간적―일제 시대, 삼월 삼짇날/공간적―대동강가 시골 어촌, 평양과 영유.
	주제	'배따라기'를 둘러싼 비극적인 삶. 운명의 힘을 거역하지 못하는 인간의 비애. 근친상간의 오해와 그에 따른 비극적인 삶.
	시점	1인칭 관찰자 시점(내부 이야기는 전지적 작가 시점).
	구성	액자적 역행 구성
	문체	서사적 우유체

작중인물의 성격	나	액자소설에서 '외부 이야기'를 담당하는 인물. 이야기는 '나'라는 화자話者가 '그'의 숙명적 경험담과 구슬픈 '배따라기'에 빠져들면서 전개됨. '나'는 유토피아를 꿈꾸는 인물로, '나'의 유토피아에 대한 열망과 극단적인 미의식은 '진시황'을 훌륭한 위인으로 평가하는 데서 잘 드러남. '나'는 곧 순수예술을 지향하는 작가의 미의식과 문학적 태도를 반영한 인물임.
	그	'내부 이야기'의 주인공으로, 충동적인 감정과 본능에 따라 행동하는 인물. 아내와 아우의 관계를 의심해 아내를 죽

작중인물의 성격

게 하고, 아우를 유랑의 길로 내몲. 그는 뒤늦게 자신의 잘못을 뉘우치지만, '그' 역시 '운명'의 굴레에 묶인 채로 구슬픈 곡조의 '배따라기'를 부르면서 아우를 찾아 방랑길에 오름. '나' 앞에 있는 지금의 '그'는 회한에 젖어 과거를 되새기고, 동생을 찾고픈 안타깝고도 절절한 심정을 토로함.

아내
젊고 아름다운데다, 쾌활한 성격을 지녀 동네 젊은이들과 스스럼없이 지낼 뿐 아니라, 시동생과도 우애가 좋아서 남편의 오해를 자주 사는 인물. 특히, 시동생과의 '쥐잡이' 사건으로 인해 결국 남편에게 근친상간의 오해를 받고 자살하게 됨.

아우
촌사람답지 않게 위엄 있고 준수한 용모를 지닌 탓에, 형수와의 관계에서 형의 경계를 강하게 받는 인물. 자기와 형수의 관계를 의심한 형이 벌인 충동적인 행동으로 형수가 죽게 되자, 충격을 받아 정처 없이 떠도는 신세가 됨. 고향을 등지고 유랑하는 삶을 자신에게 주어진 운명이라 여김.

소년의비애

그는 자기가 자유로 교제할 수 있는 모든 자매들

을 다 사랑한다. 그 중에도 자기와 연치年齒가 상

적相適하거나 혹 자기보다 이하 되는 매매妹들을 더

욱 사랑하고 또 그 중에도 그 종매 중의 하나인 난

수를 더욱 사랑한다.

이
광수
李光洙

춘원春園 이광수는 1892년 평안북도 정주에서 태어나 와세다 대학 철학과에서 수학했습니다. 시인이자 소설가요, 문학평론가이자 사상가였던 그는 한국 근대문학의 선구자로 평가받고 있지요.

이광수는 1910년 《소년》에 단편 「어린 희생」을 발표하면서 본격적인 창작 활동을 시작했으며, 1917년 《매일신보》에 장편 『무정無情』을 연재해 필명을 날렸습니다. 이후 1919년에는 '2·8독립선언서'를 기초하고 상하이로 탈출해, 임시정부 기관지인 《독립신문》의 주간으로 활동했습니다.

이광수는 초기에 계몽주의적·이상주의적 민족주의를 바탕으로 한 작품을 많이 발표해서 대단한 호응을 얻었으나, 1922년 「민족개조론」을 발표하면서, 민족적 불행의 원인을 정치적 상황을 배제한 채 민족의 도덕적 약점 탓으로만 돌려 큰 비판을 받았습니다.

1939년 조선문인협회 회장으로 선출된 그는 '복지황군위문'에 협력하는 등 친일 행적을 하기도 했습니다. 1950년 6·25전쟁 중 납북되어 북한에서 병사했습니다. 대표작으로는 『무정』·『개척자』·『단종애사』·『마의태자』·『이순신』·『흙』·『사랑』·「무명」 등이 있습니다.

●
한국 근대문학의 선구자로 평가받는 춘원 이광수. 작품 『원효대사』를 발표할 무렵 효자동 자택에서, 1941년 겨울
(1892~1950)

춘원 이광수는 소설뿐만 아니라 다양한 형식의 글들을 통해서 민족 운동과 사회 운동을 전개했던 인물입니다. 그에게는 소설도 운동을 실천하기 위한 하나의 수단으로 이해되었죠. 그래서 그의 소설에는 이야기 자체가 갖는 재미나 예술성보다는, 당시 사회의 제도와 관습들을 고쳐 나가야 한다는 공리적인 사상이 더욱 두드러지게 나타나 있습니다. 그는 소설을 통해 독자들을 근대적인 생활인으로 계몽하려는 생각을 가지고 있었지요.

한국 근대문학사에서 선구적인 작가로 평가받고 있는 그의 대표적인 작품으로 『무정』이 있습니다. 1917년에 발표한 이 작품은 춘원이 쓴 최초의 장편소설이라는 점에서 커다란 의미를 갖지만, 한국 근대문학사상 최초로 근대문학의 면모를 보여주는 장편소설이라는 점에서도 아주 중요하게 평가된답니다. 그는 인간의 개성과 자유를 계몽하기 위해 『무정』에서는 신교육 문제를, 『개척자』에서는 과학 사상을, 『흙』에서는 농민 계몽 사상을 고취하면서 독자들에게 민족주의 사상을 불어넣었습니다.

하지만 그와 그의 작품에 대한 평가가 이렇게 좋은 쪽만 있는 것은 아니랍니다. 왜냐하면, 그는 민족

봉선사 입구에 있는 이광수 기념비

운동도 열심히 했지만, 일제의 식민 정책이 극도로 가혹해졌을 때, 결정적으로 친일 행위를 했기 때문입니다. 그래서 그의 문학이 강하게 비판되기도 한답니다. 그가 저질렀던 친일 행위는 단지 춘원 개인에게 남게 된 치명적인 오점일 뿐만 아니라, 한때 나라를 송두리째 이웃나라에 빼앗겼던 우리 민족 모두의 뼈아픈 상처이기도 하지요.

이광수가 《청춘》에 발표한 이 작품은 비극적인 친척누이의 결혼식 모습을 보며 안타까워하는 '소년'의 마음이 잘 그려져 있어, 성장소설의 한 전형으로 삼을 만합니다. 발표 당시에도 '소년'의 내부에서 일어나는 자아의 성찰과 성장의 지향을 섬세하게 보여주었다는 평을 받았지요. 이 소설에 등장하는 '난수'의 이야기는 8 · 15해방 후에 쓴 장편소설 『나』의 '넷째 이야기' 속에 나오는 이야기와 똑같아, 이광수와 사촌누이들 사이에 일어난 자전적 소설로 보여집니다. 아직은 보수적인 20세기 초 한국 사회에서 벌어지는 한 결혼식을 통해, 우리는 제도에 대항하지 못하는 힘없는 개인, 그리고 그 개인을 사랑하는 '소년'의 비애를 볼 수 있습니다.

1

　　　난수蘭秀는 사랑스럽고 얌전하고 재조才操있는 처녀
라. 그 종형從兄 되는 문호文浩는 여러 종매從妹들을 다 사랑하는 중에도 특별
히 난수를 사랑한다.

　문호는 이제 십팔 세 되는 시골 어느 중등中等 정도 학생인 청년이나, 그는
아직 청년이라고 부르기를 싫어하고, 소년이라고 자칭한다. 그는 감정적이
요, 다혈질인 재조 있는 소년으로 학교 성적도 매양 일이 호一二號를 다툰다.
그는 아직 여자라는 것을 모르고, 그가 교제하는 여자는 오직 종매들과 기타
사오 인 되는 족매族妹들이다. 그는 천성이 여자를 사랑하는 마음이 있는지
부친보다도 모친께, 숙부보다도 숙모께, 형제보다도 자매께 특별한 애정을

가진다.

그는 자기가 자유로 교제할 수 있는 모든 자매들을 다 사랑한다. 그 중에도 자기와 연치年齒나이를 일컫는 말.가 상적相適서로 잘 맞는다는 의미.하거나 혹 자기보다 이하 되는 매妹들을 더욱 사랑하고 또 그 중에도 그 종매 중의 하나인 난수를 더욱 사랑한다.

문호는 뉘 집에 가서 오래 앉았지 못하는 성급한 버릇이 있건마는 자매들과 같이 앉았으면 세월 가는 줄을 모른다. 그는 자매들에게 학교에서 들은 바, 또는 서적에서 읽은 바 재미있는 이야기를 하여 자매들 웃기기를 좋아하고 자매들 또한 문호를 왜 그런지 모르게 사랑한다.

그러므로 문호가 집에 온 줄을 알면 동중洞中 자매들이 다 회집會集하고, 혹은 문호가 간 집 자매가 일동一同을 청하기도 한다.

토요일 오후나 일요일 오전에는 으레 문호가 본촌本村에 돌아오고, 본촌에 돌아오면 으레 동중 자매洞中姉妹들이 쓸어 모인다. 혹 문호가 좀 오는 것이 늦으면 자매들은 모여 앉아서 하품을 하여 가며 문호 오기를 기다리고, 혹 그 중에 어린 누이들—가령 난수 같은 것은 앞고개에 나가서 망을 보다가 저편 버드나무 그늘로 검은 주의周衣에 학생모를 젖혀 쓰고 활활 활개치며 오는 문호를 보면 너무 기뻐서 돌에 발부리를 채이며 뛰어내려와 일동에게 문호가 저 고개 너머 오더라는 소식을 전한다.

그러면 회집한 일동은 갑자기 회색이 나고 몸이 들먹거려 혹,

"어디까지 왔더냐?"

하는 자도 있고 혹,

"저 고개턱까지 왔더냐?"

하는 자도 있고, 혹 난수의 말을 신용치 아니하여,

"저것이 또 거짓말을 하는 게지."

하고 눈을 흘겨 난수를 보는 자도 있다. 학교에 특별한 일이 있거나 시험 때가 되어 문호가 혹 아니 올 때에는 난수가 고개에서 망을 보다가 거짓 보도를 한 적도 한두 번 있은 까닭이다.

이러할 때에 자매들은 대문 밖에 나섰다가 웃으며 마주 오는 문호를 반갑게 맞는다. 어린 누이들은 혹 손도 잡고 매달리고, 혹 어깨에 올려 업히기도 하고, 혹 가슴에 와 안기기도 하며, 좀 낫살 먹은 누이들은 얼른 문호의 손을 만지고 물러서기도 하고, 조금 문호의 옷을 당기어 보기도 하고, 혹 마주 보고 빙긋이 웃기만 하기도 한다.

난수도 작년까지는 문호의 손에 매달리더니 금년부터 조금 손을 잡아 보고 얼굴이 빨개지며 물러서게 되고, 작년까지 문호의 가슴에 안기던 연수蓮秀라는 난수의 동생이 손을 잡고 매달리게 된다. 그러고는 문호의 집에 몰려들어가 문호의 자친慈親께 매달리며 어리광을 부린다.

문호는 중앙에 웃으며 앉고, 일동은 문호의 주위에 돌라 앉는다. 그러나 그네와 문호와의 자리의 거리는 연령에 정비례한다. 제일 나이 많은 누이가 제일 멀리 앉고 제일 나이 어린 누이가 제일 가까이 앉거나 혹 문호의 무릎에 기대기도 하고 문호의 어깨에 걸어 엎디기도 한다. 문호는 이런 줄을 안다. 그리고 슬퍼한다. 이전에는 서로 안고 손을 잡고 하던 누이들이 차차차차 가까이 앉기를 그치고 손을 잡기를 그치고 피차의 사이에 점점 다소의 거리가 생기는 것을 보고 문호는 슬퍼하였다. 무슨 까닭인지 모르나 자연히 비감한 생각이 남을 금하지 못하였다.

사십이 넘은 문호의 어머니는 그 어린 질녀姪女들을 잘 사랑하였다. 그는 문중門中에서도 현숙하기로 유명하거니와 문호에게는 모범적 부인과 같이 보인다.

문호는 자기가 아는 부인들 중에 그 모친과 숙모(난수의 모친)를 가장 애경愛敬한다. 도리어 그 모친보다도 숙모叔母를 더욱 애경한다. 그래서 사오 세 적에는 꼭 숙모의 곁에 자려 하였다.

한번은 그 모친이,

"문호는 나보다도 동서를 더 따라!"

하고 시기 비슷하게 탄식한 적도 있었다.

그러나 지금은, 문호는 모친과 숙모를 평등하게 애경한다. 그러나 친누이 되는 지수芝秀보다도 종매 되는 난수를 더 사랑하였다.

문호의 종제從弟 문해文海도 문호와 막형막제幕兄幕弟한 쾌활한 소년이라. 종제라 하건만 문해는 문호보다 이십여 일을 떨어져 났을 뿐이라, 용모나 거동이 별로 다름은 없었다. 그러나 문해는 그 모친의 성격을 받아 문호보다 좀 냉정하고 이지적이라.

문호는 문해를 사랑하건만 문해는 문호의 감정적인 것을 싫어하였다. 그러므로 문호가 자매들 속에 섞여 노는 것을 항상 조소嘲笑하고 자매들이 문호에게 취하는 것을 말은 못하면서도 항상 불만히 여겼다. 그러므로 문해는 자매계姉妹界에 일종의 존경은 받으나 친애는 받지 못하였다.

문해는 자매들이 자기를 외경外境함으로 자기의 '젊지 아니하다'는 자랑을 삼고 문호에 비하여 인격이 일층 위인 것으로 자처하였다.

문호도 문해의 자기에게 대한 감정을 아주 모름은 아니나, 이는 문해가 아직 자기를 이해하기에 너무 유치한 것이라 하여 그리 괘념치도 아니하였다.

이렇게 종형제간從兄弟間에 연치의 점장漸長함을 따라 성격 차이가 생生하면서도 양인간兩人間에는 여전히 따뜻한 애정이 있었다. 물론 문호가 항상 문해를 더 사랑하고 문해는 문호에게 대하여 가끔 반감도 일으키건마는.

2

문호가 집에 돌아오면 문호의 모친은 혹 떡도 하고 닭도 잡아 문호를 먹인다. 그러할 때에는 반드시 문해와 문호를 따르는 여러 자매들도 함께 먹인다.

모친은 아랫목에 앉고 문호와 문해는 윗목에서 겸상하고 자매들은 모친을 중심으로 하여 좌우에 갈라 앉아서 즐겁게 이야기고 하고 혹 먹을 것을 서로 빼앗고 감추기도 하면서 방 안이 떠들썩하도록 떠들며 먹는다. 이때 문호의 부친이 문 밖에서,

"왜 이리 떠드느냐?"

하면 일동이 갑자기 말소리를 그치고 어깨를 움츠리다가 부친이 문을 열어 보고,

"장꾼 모이듯 했구나."

하고 빙긋이 웃고 나가면 여전히 떠들기를 시작한다. 이것을 보고 문호는 더할 수 없이 기뻐하건마는 문해는 양미간을 찌푸린다. 그러할 때에는 난수도 웃고 지껄이기를 그치고 걱정스러운 듯이, 원망스러운 듯이 문해의 눈을 본다. 그러다가도 문호의 웃는 얼굴을 보면 또 웃는다. 이러다가 식후가 되면 문호와 문해는 윗간에 올라가서 무슨 토론을 한다.

그네의 토론하는 화제는 흔히 중국과 서양의 위인에 관한 것이라. 여기도 두 사람의 성격의 차이가 드러난다. 문호는 이백李白, 왕창령王昌齡 같은 중국 시인이나 톨스토이, 사옹沙翁영국의 문호 셰익스피어, 괴테 같은 서양 시인을 칭찬하되, 문해는 그러한 시인은 대개 인생에 무익한 나타자懶惰者게으른 사람 라고 매도하고 공맹주자孔孟朱子라든가 서양이면 소크라테스, 워싱턴 같은 사람을 칭송한다. 양인兩人이 다 어떤 의미로 보아 문학에 뜻이 있는 것은 공통이었다. 그러나 문호가 미적美的, 정적靜的 문학을 애愛함에 반하여, 문해는 지적知的, 선적善的 문학을 애한다. 즉 문해는 문학을, 사회를 교화하는 일방편으로 여기되, 문호는 꽤 분명하게 예술지상주의를 이해한다.

그러므로 문호는 문해를 유치幼稚하다 하고, 문해는 문호를 방탕하다 한다.

이러한 토론을 할 때에는 자매들은 자기네끼리 무슨 이야기를 한다. 실로 차동중此洞中에 양인의 담화를 알아듣는 사람은 양인 외에 없다. 부모들도 이제는 양인의 지식이 자기네들보다 승勝한 줄을 속으로는 인정한다. 더구나 자매들은 오직 국문소설國文小說을 읽을 뿐이다.

원래 문호의 당내堂內는 적이 부요富饒하고 또 대대로 문한가文翰歌라. 석일昔日에는 여자들도 대개는 사서四書와 소학小學, 열녀전烈女傳, 내칙內則

같은 것을 읽더니 삼사십 년래로 점차 학풍이 쇠衰하여 근래에는 국문조차 불능해不能解하는 여자가 있게 되었다.

그러나 문호와 문해는 천생 문학을 좋아하여 그 자매들에게 국문을 가르치고 또 국문소설 읽기를 권장하였다.

삼사 년 전에 문호가 그 자매들을 위하여 소설 한 편을 작作하고 익년翌年에 문해가 또 소설 한 편을 작하였다. 그러나 자매간에는 문호의 소설이 더욱 환영되었고, 문해도 자기의 소설보다 문호의 소설을 추장推獎^{추천하고 장려한다는 말} 하여 자기의 손으로 좋은 종이에다가 문호의 소설을 베끼고 그 표지에, '김문호 저著, 종제 문해 서書'라고 뚜렷하게 썼다.

문호의 부친도 이것을 보고 양인의 정의情誼의 친밀함을 찬탄하고 또 아들의 손으로 된 소설을 일독一讀하였다.

"이런 것을 쓰면 사람을 버리나니라."

하고 책망은 하면서도 십오 세 된 문호의 재주를 속으로 기뻐하기는 하였다. 그리고 과거제도가 폐廢하지 아니하였던들 문호와 문해는 반드시 대과大科에 장원급제를 할 것인데 하고 아깝게 여겼다.

3

문호는 난수가 시인의 자질이 있다고 믿는다. 재미있는 노래나 시를 읽어 주면 난수는 손으로 무릎을 치며 좋아하고 또 즉시 그것을 암송하며 유치하나마 비평도 한다.

문호는 이것을 기뻐하여 집에 돌아올 때마다 반드시 새로운 노래나 시나 단편소설을 지어 가지고 온다. 난수도 문호가 돌아올 때마다 이것을 기다린다. 그러나 문호의 친누이는 난수와 동갑이요, 재주도 있건마는 문호가 보기에 난수만큼 미美를 감수感受하는 힘이 예민치 못하다.

그러므로 문호가,

"애 지수야, 너는 고운 것을 볼 줄 모르는구나."

하고 경멸하는 듯이 말하면 지수는 얼굴이 빨개지며,

"내야 아나, 난수나 알지."

하고 눈물 고인 눈으로 문호의 얼굴을 힐끗 본다. 이렇게 되면 문호도 지수의 우는 것이 불쌍하여 머리를 쓸며,

"아니, 너도 남보다야 낫지. 그러나 난수가 너보다 더 낫단 말이지."

한다.

과연 지수도 재주가 있다. 그러나 지수는 문호보다 문해와 동형同型이라. 말이 적고 지혜롭고 침착하고…… 그러므로 지수는 문호보다도 문해를 사랑한다.

한번은 문호가 난수와 지수 있는 곳에서 문해더러,

"애 문해야, 참 이상하구나. 난수는 나를 닮고 지수는 너를 닮았구나. 흥, 좋지. 한 집에서 시인 둘하고 도덕가 둘이 나면 그 아니 영광이냐."

하였다. 문해도 지수의 머리를 쓸며,

"지수야, 너와 나와는 도덕가가 되자. 형님과 난수와는 시인이 되어 술주정이나 하고."

하자 일동이 웃었다. 더욱이 평생에 불만한 마음을 품던 지수는 이에 비로소 문호에게 대하여, 나도 평등이거니 하는 위로를 얻었다. 그리고 문해에게 대한 사랑이 더욱 많아졌다.

다른 누이들 중에도 난수의 형 혜수惠秀가 매우 재주가 있다. 그는 차동중此洞中 청년 여자계靑年女子界에 문학으로 최선각자最先覺者라. 국문소설을 유행케 한, 말하자면 차문중此門中에 신문단新文壇을 건설한 자는 문호의 고모라. 그는 오래 외가에서 길러나는 동안에 내종제자內從諸子의 영향을 받아 국문소설을 애독하게 되었다. 또 십사 세에 외가에서 올 때에는 「숙향전」, 「사씨남정기」, 「월봉기」 같은 국문소설을 가지고 와서 동중 여러 처녀들에게 일변 국문을 가르치며 일변 소설을 권장하였다.

마침 문중에 존경을 받는 문호의 조모가 노년에 소설을 편기偏嗜하므로, 문호 부친형제의 다소多少한 반대도 효력이 없이 국문문학의 세력은 점점 문호의 당내 여자계에 침윤浸潤하였다.

그러므로 문호와 문해의 집 부인네도 처음에는 국문도 잘 모르더니, 지금은 열렬한 문학 애호자가 되었다. 그러나 그네는 며느리 된 몸이라 딸 된 자와 같이 자유롭지 못하므로 겨우 명절 때를 타서 독서할 뿐이요, 그 밖에는 누이들의 틈에 끼어서 조금씩 볼 뿐이었다.

이 모양으로 김문 여자계金門女子界에 문학을 수립한 자는 문호의 고모로 되, 그 고모는 출가한 지 삼 년이 못하여 요절夭折하고 문학계의 주권은 혜수의 손에 돌아왔더니 재작년 혜수가 출가한 이래로 문학계는 군웅할거群雄割據의 상태라. 그 중에 문호의 재종매再從妹 되는 자가 가장 유력하나, 그는 가세가 빈한하여 독서할 틈이 없고 그나마 대개 재질이 둔하여 장족의 진보가 없고, 현재에는 지수와 난수가 문학계의 쌍태성雙台星이라.

그러나 난수는 훨씬 지수보다 감수성이 예민하다.

그래서 문호는 한사코 난수를 공부시키려 하건마는 문호의 계부季父는,

"계집애가 공부는 해서 무엇하게!"

하고 언하言下에 거절한다.

문해도 난수를 공부시킬 마음이 없지 아니하건마는 워낙 냉정하여 열정이 없는 데다가, 부모의 명령에 절대로 복종하는 미질美質이 있고, 난수 당자當者는 아직 공부가 무엇인지 모르므로 부모에게 간구도 아니하여 문호 혼자서 애를 쓸 뿐이라.

그러므로 '내가 중학교를 마치고서 서울에 갈 때에는 반드시 지수를 데리고 가리라. 될 수만 있으면 난수도 데리고 가리라' 하고 어서 명춘明春이 돌아오기만 기다린다.

4

그 해 가을에 십육 세 되는 난수는 모부가某富家의 십오 세 되는 자재와 약혼이 되었다. 문호가 이 말을 듣고 백방으로 부친과 계부에게 간諫하였으나 듣지 아니하였다. 그래서 문호는 난수에게,

"애, 시집가기 싫다고 그래라. 명춘에 내 서울 데려다 줄 것이니."

하고 여러 말로 충동하였다. 그러나 난수는,

"내가 어떻게 그러겠소. 오빠가 말씀하시구려."

난수는 미상불未嘗不 남자를 대하고 싶은 생각이 없지 아니하였다. 어서 혼인날이 와서 그 신랑 되는 자의 얼굴도 보고 안겨도 보았으면 하는 생각조차 없지 아니하였다. 난수는 지금껏 가장 정답게 사랑하던 문호보다도 아직 만나지 아니한 어떤 남자가 그립다 하게 되었다.

문호는 난수의 이 말에,

"엑, 못생긴 것!"

하고 눈물이 흐를 뻔하였다. 그리고 아까운 시인이 그만 썩어지고 마는 것을 한탄도 하였다. 또 자기가 가장 사랑하던 누이를 어떤 사람에게 빼앗기는 것이 아깝기도 하고 분하기도 하였다.

마치 영국 시인 워즈워스가 그 누이와 일생을 같이 보낸 모양으로, 자기도 난수와 일생을 같이 보냈으면 하였다.

얼마 있다가 신랑 되는 자가 천치天痴라는 말이 들려 오고, 온 집안이 모두 걱정하였다. 그러나 그 중에 제일 슬퍼한 자는 문호라. 문호의 부친이 이 소문의 허실虛實을 사실査悉할 양으로 오륙십 리 정도 되는 신랑가新郎家를 방문하여 신랑을 보았다. 그리고 돌아와서,

"좀 미련한 듯하더라마는 그래야 복이 있나니라."

하고 혼인은 아주 확정되었다. 그러나 전하는 말을 들건대 신랑은 논어일행論語一行을 삼 일에도 못 외운다는 둥, 코와 침을 흘리고 어른께도 '너, 나' 한다는 둥, 지랄을 부린다는 둥, 눈에 흰자위뿐이요, 검은자위가 없다는 둥, 심지어 그는 고자라는 소문까지 들려서 문호의 조모와 숙모는 날마다 눈물을 흘리

고 약혼한 것을 후회한다.

난수도 이런 말을 듣고는 안색顔色에 드러내지는 아니하여도 조그마한 가슴이 편할 날이 없어서 혹 후원에 돌아가 돌을 던져서 이 소문이 참인가 아닌가 점도 하여 보고, 문호의 시키는 대로, '나는 시집가기 싫소' 하고 떼를 쓰지 아니한 것을 후회도 하였다.

문호는 이 말을 듣고 울면서 계부께 간하였다. 그러나 계부는,

"못한다. 양반의 집에서 한번 허락한 일을 다시 어찌 한단 말이냐. 다 제 팔자지."

"그러나 양반의 체면은 잠시 일이지요. 난수의 일은 일생에 관한 것이 아니오니까. 일시의 체면을 위하여 한 사람의 일생을 희생한다는 것이 말이 됩니까."

하였으나 계부는 성을 내며,

"인력으로 못하느니라."

하고는 다시 문호의 말을 듣지도 아니한다. 문호는 그 '양반의 체면'이란 것이 미웠다. 그리고 혼자 울었다. 그날 난수를 만나니 난수도 문호의 손을 잡고 운다.

문호는 난수를 얼마 위로하다가,

"다 네가 약한 죄로다. 왜 내가 시키는 대로 하지 아니하였느냐."

하고 왈칵 난수의 손을 뿌리치고 뛰어나왔다.

그러나 문해는 울지 아니한다. 물론 문해도 난수의 일을 슬퍼하지 아님은 아니나, 문해는 그러한 일에 울 만한 열정이 없고 그 부친과 같이 단념할 줄을 안다. 그러나 문호는, 이것은 그 계부가 난수라는 여자에게 대하여 행하는 대

죄악이라 하여 그 계부의 무지무정無知無情함을 원망하였다. 이 혼인 때문에 화락和樂하던 문호의 집에는 밤낮 슬픈 구름이 가리었다.

5

혼인날이 왔다. 소를 잡고 떡을 치고 사람들이 다 술에 취하여 즐겁게 웃고 이야기한다. 동네 부인들은 새 옷을 갈아입고 난수의 집 부엌과 마당에서 분주히 왔다갔다한다.

문호의 부친과 계부도 내외內外로 다니면서 내빈을 접대한다. 그러나 그 양미간에는 속일 수 없는 근심이 보인다. 문해도 그날은 감투에 갓을 받쳐 쓰고 분주하다.

그러나 문호는 두루마기도 아니 입고 집에 가만히 앉았다. 혼인날이라고 고모들과 시집 간 누이들이 모여들어 문호의 집 안방에는 노소老少 여자가 가득히 차서 오래간만에 만난 반가운 정회情懷를 토로吐露한다. 늙은 고모들은 혹 눕기도 하고 젊은 누이들은 공연히 자리를 잡지 못하고 들어왔다 나갔다한다. 마치 오랫동안 시집에 있어서 펴지 못하던 기운을 일시에 다 펴려는 것 같다. 가는 말소리, 굵은 말소리가 들리다가는 이따금 즐거운 웃음소리가 합창 모양으로 들린다. 그러나 문호는 별로 이야기 참례도 아니하고 한편 구석에 가만히 앉았다. 시집 간 누이들과 집에 있는 누이들이 여러 번 몰려와서 웃기려 하였으나 마침내 실패에 종終하였다.

문호의 어머니가 음식을 감독하다가 문호가 아니 보임을 보고 문호를 찾아

와서,

"애, 왜 여기 앉았느냐. 나가서 손님 접대나 하지그려. 어디 몸이 편치 아니하나?"

하여도 문호는 성난 듯이 가만히 앉았다. 여기저기서 취한 사람들의 웃고 지껄이는 소리가 들릴 때마다 문호는 분노한 듯이 주먹을 부르쥐었다.

난수는 형들 틈에 앉았다가 시끄러운 듯이 뛰어나와 문호의 곁에 들어와 앉는다. 형들은 난수를 대하여, '좋겠구나', '기쁘겠구나', '부자라더라' …… 이러한 농담을 하였다. 그러나 난수는 이러한 농담을 들을 때마다 가슴을 찌르는 듯하였다.

난수는 문호의 어깨에 기대며 문호의 눈을 본다. 문호는 난수의 눈을 보았다. 그 눈에는 절망과 단념의 빛이 있는 듯하다. 그러나 난수는 다만 신랑이 천치라는 말에 근심이 되고 절망이 될 뿐이요, 이 사건에 대하여 어떠한 태도를 취할 줄을 모르고 다만 나는 불가불 천치와 일생을 보내게 되거니 할 뿐이라.

문호는 눈물을 난수에게 아니 보일 모양으로 고개를 돌리며,

"아깝다. 그 얼굴에 그 재주에 천치의 아내 되기는 참 아깝고 절통하다."

하고 어느 준수한 총각이 있으면 그와 난수를 부부 삼아 어디로나 도망을 시키리라 한다. 차라리 부모의 억제로 마음 없는 곳에 시집가기보다는 자기의 마음에 드는 남자와 도망하는 것이 마땅하다고 문호는 생각한다. 그리고 다시 난수를 보매 사랑스러운 마음과 불쌍한 마음과 아까운 마음과 천치 신랑이 미운 생각이 한데 섞여 나온다.

문호는 난수의 손을 힘껏 쥐었다. 난수도 문호의 손을 힘껏 쥔다. 그러고는 이빨로 가만히 문호의 팔을 물고 바르르 떤다. 문호는 무슨 결심을 하였다.

　신랑이 왔다.

　신랑을 맞는 일동은 모두 다 낙심하고 고개를 돌렸다. 비록 소문이 그러하더라도 설마 저렇기야 하랴 하였더니, 실제로 보건대 소문보다 더하다.

　머리는 함부로 크고 시뻘건 얼굴이 두 뼘이나 길고 커다란 눈은 마치 소 눈깔과 같고 커다란 입은 헤 벌려서 걸쭉한 침이 턱에서 떨어진다.

　문호의 숙모는 이 꼴을 보고 문호 집 안방에 뛰어들어와 이불을 쓰고 눕고, 지금껏 웃고 떠들던 고모들과 누이들도 서로 마주 보기만 하고 아무 말도 없다. 다만 문호의 부친 형제와 문해가 웃을 때에는 웃기도 하면서 여전히 내빈을 접하고, 동네 부인네와 남자들이 분주할 뿐이요, 양가 가족들은 모두 다 낙심하여 앉았다.

　문호는 한참이나 신랑을 보다가 집에 뛰어들어와 난수를 보고 눈물을 흘렸다. 난수는 문호의 등에 얼굴을 대고 운다. 문호는 저고리 등이 눈물에 젖어 따뜻함을 깨달았다. 이 때 혜수가 와서 난수를 안아 일으키며,

　"얘, 난수야. 오라비 두루마기 젖는다. 울기는 왜 우느냐, 이 기쁜 날."
하고 난수를 달랜다. 난수는 속으로, '흥, 제 서방은 얼굴도 똑똑하고 사람도 얌전하니까' 하였다.

　과연 혜수의 남편은 얼굴이 어여쁘고 얌전도 하였다. 아까 그가 신랑을 맞아들여 갈 때에 중인衆人은 양인兩人을 비교하고 혜수와 난수의 행불행幸不幸을 생각지 아니한 자가 없었다. 난수가 처음에 기다리던 신랑은 혜수의 신랑

과 같은 자 또는 문호나 문해와 같은 자러라.

　밤이 왔다.

　문호는 어디서 돈 오 원을 구하여 가지고 가만히 난수에게,

　"얘, 이제 나하고 서울로 가자. 이 밤차로 도망하자. 가서 내가 공부하도록
하여 주마."

하였다.

　그러나 난수는 문호의 말에 다만 놀랄 뿐이요, 응應할 생각은 없었다.

　'서울로 도망!' 이는 못할 일이라 하였다. 그래서 고개를 흔들었다. 문호는,

　"얘, 이 못생긴 것아. 일생을 그 천치의 아내로 지낼 터이냐."

하며 팔을 끌었다. 그러나 난수는 도망할 생각이 없다. 문호는 울며 쓰러지는
난수를 발길로 차며,

　"죽어라. 죽어!"

하고 꾸짖었다. 그리고 외따른 방에 가서 혼자 누웠다.

　혜수 신랑이 들어와,

　"자, 나하고 자세."

하고 문호의 곁에 눕는다. 문호는 또 난수 신랑과 혜수 신랑을 비교하고 난수
를 '불쌍히 여기는 정이 격렬해진다. 그리고 혜수 신랑의 아름다운 얼굴과 자
기(혜수 신랑) 얼굴의 아름다움을 자랑하는 듯하는 웃음을 보고 문호도 빙긋
이 웃는다.

　혜수 신랑은,

　"여보게, 그 신랑이란 자가……"

하고 웃음이 나와서 말을 이루지 못하면서 겨우,

"내가 떡을 권하였더니 먹기 싫다고 밥상을 발길로 차데그려. 그래 방바닥에 국이 쏟아지고."

하면서 자기의 젖은 바지를 보이며 웃는다. 문호도 그 소 눈깔 같은 눈을 희번덕거리며 발질로 차던 모양을 상상하고 웃음을 금치 못한다.

혜수 신랑도 혜수에 비기면 열등하였다. 그는 지금 십칠 세이나 아직 사숙私塾에서 맹자를 읽을 뿐이라 도저히 혜수의 발달한 상상력과 취미에 기급企及지 못할뿐더러, 혜수의 정신력이 자기보다 우월한 줄도 이해하지 못하는 아직 유취소아乳臭小兒였다.

그러므로 혜수도 부夫에게 대하여는 일종의 모멸하는 감정을 가진다. 그러나 문호나 혜수나 다같이 그의 용모의 미려함과 성질의 온순영리溫順怜悧함을 사랑한다.

이튿날 아침에 문호는 계부의 집에 갔다. 아랫방 아랫목에 난수가 비단옷을 입고 머리를 쪽 찌고 앉은 모양을 문호는 말없이 물끄러미 보았다.

난수는 얼른 문호의 얼굴을 보고 고개를 돌린다. 문호는 그 비단옷과 머리의 변한 것을 볼 때에 형언치 못할 비애와 혐오를 깨달았다.

난수가 작야昨夜에 저 천치와 한 자리에 잤는가, 혹은 저 천치에게 처녀를 깨뜨렸는가 생각하매 비분한 눈물이 흐르려 한다. 난수의 주위에 둘러앉았던 고모들과 누이들은 문호의 불평하여 하는 안색을 보고 웃기와 말하기를 그친다.

지수는 문호의 팔을 떼밀치며,

"오빠는 나가시오."

한다. 난수도 문호의 심정을 대강은 짐작한다. 그러나 문호는 입으로 '쩝쩝' 하는 소리를 내며, 난수의 돌아앉은 꼴을 본다.

그러고 속으로 '아아, 만사휴의萬事休矣로구나' 한다. 왜 저렇게 어여쁘고 얌전하고 재주 있는 처녀를 천치의 발 앞에 던져 주어 짓밟히게 하는가 생각하매, 마당과 방 안에 왔다갔다하는 인물들이 모두 다 난수 하나를 못 되게 만들고 장난감을 삼는 마귀의 무리들같이 보인다. 힘이 있으면 그 악한 무리들을 온통 때려부수고 그 무리들의 손에서 죽는 난수를 구원하여 내고 싶다.

문호의 눈에 난수는 죽은 사람이로다. 이런 생각을 할 때 지수가 또 한 번,

"어서 오빠는 나가셔요!"

하고 떼밀친다. 그제야 비로소 난수를 보던 눈으로 지수를 보았다. 지수의 눈에는 사랑과 자랑의 빛이 보인다. 문호는 지수나 잘 되도록 하리라 하고 나온다.

나와서 바로 집으로 오려다가 혜수 신랑한테 끌려 신랑방으로 들어갔다. 혜수 신랑은, 신랑의 우스운 꼴을 구경하려고 문호를 끌고 들어가는 것이라.

신랑방에는 소년들이 많이 모였다.

혜수 신랑이 신랑의 곁에 앉으며,

"조반 자셨나?"

하고 인사를 한다. 신랑은 침을 질질 흘리며 헤하고 웃는다. 그래도 어저께 자기를 맞던 사람을 기억하는구나 하고 문호는 코웃음을 하였다.

곁에서 누가 문호를 신랑에게 소개한다.

"이 이가 신랑의 처종형妻從兄일세."

그러나 신랑은 여전히 침을 흘리며 다만 '처종형?' 하고 문호의 얼굴을 본다. 그 눈이 마치 죽은 소 눈깔같이 보여 문호는 구역이 나서 고개를 돌렸다. 그러고는 속으로, '아아 저것이 내 난수의 배필!' 하였다.

6

익년춘翌年春에 문호는 동경으로 유학을 갔다가 이태 되는 여름에 집에 돌아왔다. 그러나 앞 고개에는 이미 난수의 나와 맞음이 없고 대문 밖에는 웃고 맞아 주던 자매들만 보인다.

문호가 동경 갈 때에 십여 세 되던 자매들이 지금은 십이삼 세의 커다란 처녀가 되어 역시 반갑게 문호를 맞는다. 그러나 그 처녀들은 결코 문호의 친구가 아니러라.

문호는 방에 들어가 이전 앉던 자리에 앉는다. 그러자 처녀들도 이전 모양으로 문호를 중심으로 하고 둘러앉는다. 그 어머니는 여전히 닭을 잡고 떡을 만들어 문호와 문해와 둘러앉은 처녀들을 먹인다. 그러나 삼 년 전에 있던 즐거움은 영원히 스러지고 말았다.

문호는 울고 싶었다. 그러나 삼 년 전과 같이 눈물이 흐르지 아니한다. 문호는 마주 앉은 문해의 까맣게 난 수염을 본다. 그리고 손으로 자기의 턱을 쓸며,

"문해야, 우리 턱에도 수염이 났구나."

하며 턱 아래 한치나 자란 외대 수염을 툭툭 잡아채며 웃는다.

문해도 금석수昔의 감感을 금치 못하면서 코 아래 까맣게 난 수염을 만진다. 처녀들도 양인兩人이 수염 만지는 것을 보고 웃는다. 그러나 그네는 양인의 뜻을 모른다.

모친은 어린아이 둘을 안아다가 문호의 앞에 놓는다. 물끄러미 검은 양복 입은 문호를 보더니 토실토실한 팔을 내어 두르고 으아 하고 울면서 모친의 무릎으로 기어간다.

모친은 두 아이를 안으면서,

"이 애들이 벌써 세 살이 되었구나."

한다. 문호는 하나는 자기 아들이요, 하나는 문해의 아들인 줄은 아나, 어느 것이 자기 아들인 줄을 몰라 우두커니 우는 아이들을 보고 앉았다가 자탄하는 모양으로,

"흥, 우리도 벌써 아버질세그려. 소년의 천국은 영원히 지나갔네그려."

하고 웃으면서도 눈에 눈물이 고인다.

가만히 문호를 보고 앉았던 모친의 얼굴에도 전보다 주름이 많게 되었다.

문호는 정신없는 듯이 모친만 보고 앉았다. 집 앞 버드나무에서는, '꾀꼬리오' 하는 소리가 들린다.

문호는 여러 누이와 종매들 가운데에서 가장 사랑스럽고 얌전할 뿐 아니라 남다른 재주를 가지고 있는 난수를 사랑한다. 16세가 되자, 난수는 어느 부잣집 아들과 약혼을 한다. 그런데 그 약혼자가 논어 한 줄을 사흘 걸려서도 못 외울 정도로 지능이 모자라는 사람이라는 말을 듣자, 문호는 계부에게 난수의 약혼을 파하고 그녀를 서울로 보내 공부시키라고 권유한다. 하지만 계부는 양반 체면상 그럴 수 없다고 거절하고, 난수 역시 부모의 뜻을 어길 수 없다고 말한다.

혼인날, 난수는 문호의 어깨에 기대어 한없이 운다. 난수가 혼인한 다음날, 문호는 죽은 소의 눈깔 같은 난수 신랑의 눈을 보고는 저절로 탄식이 나오면서 구역질이 날 정도로 환멸을 느낀다. 그 뒤 문호는 동경으로 유학을 갔다가 3년 만에 집으로 돌아왔는데, 토실토실한 아이를 안고 온 문호의 어머니가 그에게 '너의 아들'이라고 말한다. 그때 문호는 '이제 소년의 천국은 지났구나' 하고 생각한다.

이 작품은 이광수의 첫 번째 단편소설로 계몽적인 작가의 취향이 짙게 반영되어 있습니다. 그리고 『무정』과 내용도 비슷하다고 할 수 있습니다. 유교적 인습에 따른 결혼 제도의 허구성, 이러한 제도에서 희생되는 남녀의 이야기, 신교육의 필요성을 주제로 하는 등이 그러합니다. 이들 작품의 주제 중 빼놓을 수 없는 하나는 바로 사랑입니다. 특히, "영국 시인 워즈워스가 그 누이와 일생을 같이 보낸 모양으로, 자기도 난수와 일생을 같이 보냈으면 하였다"에서처럼,

서구 근대 사회에서 이루어지는 자유 연애를 기초로 한 개성적인 남녀 사이의 자유로운 사랑의 욕구를 보여주고 있습니다.

「소년의 비애」는 작가 이광수의 자기 고백으로 읽어도 무방한데, 이는 소설의 주인공인 문호를 바로 이광수의 분신으로 보아도 큰 무리가 없기 때문이지요. 왜냐하면 조선 사회의 모든 제도를 봉건적인 것으로 비판하고, 새로운 서구 문명을 받아들여야 한다는 춘원 이광수의 사상이 문호의 입을 통해 그대로 드러나기 때문입니다. 그러나 이러한 사상은 우리의 전통은 무조건 나쁘고, 서구의 것은 무엇이든 좋다는 무비판적인 사고가 깔려 있어, 비판을 받을 소지를 남기기도 하지요.

이 소설에서 우리가 가장 눈여겨보아야 할 부분은, 작가가 문호와 문해의 성격 차이를 설명하는 대목입니다. 이 부분에서 작가의 문학관·세계관이 적나라하게 드러나고 있는데, 다음의 인용문은 이러한 것을 선명하게 보여주고 있지요.

이것을 보고 문호는 더할 수 없이 기뻐하건마는 문해는 양미간을 찌푸린다. 그러할 때에는 난수도 웃고 지껄이기를 그치고 걱정스러운 듯이, 원망스러운 듯이 문해의 눈을 본다. 그러다가도 문호의 웃는 얼굴을 보면 또 웃는다. 이러다가 식후가 되면 문호와 문해는 윗간에 올라가서 무슨 토론을 한다.

그네의 토론하는 화제는 흔히 중국과 서양의 위인에 관한 것이라. 여기도 두 사람의 성격의 차이가 드러난다. 문호는 이백李白, 왕창령王昌齡 같은 중국 시인이나 톨스토이, 사옹沙翁, 괴테 같은 서양 시인을 칭찬하되, 문해는 그러한 시인은 대개 인생에 무익한 나타자懶惰者라고 매도하고 공맹주자孔孟朱子라든가 서양이면 소크라테스, 워싱턴 같은 사람을 칭송한다. 양인兩人이 다 어떤 의미로 보아 문학에 뜻이 있는 것은 공통이었다. 그러나 문호가 미적美的, 정적靜的 문학을 애애愛함에 반하여, 문해는 지적知的, 선적善的 문학을 애한다. 즉 문해는 문학을, 사회를 교화하는 일 방편으로 여기되, 문호는 꽤 분명하게 예술지상주의를 이해한다.

여기서 작가는 문해와 문호를 다르게 표현합니다. 즉, 문호는 '~라 여기다' 라고 표현해 그저 그렇게 생각할 뿐이고, 문호는 '이해한다' 라고 표현해 제대로 파악하고 있다는 식으로 말하는 것입니다. 게다가 후에 보면, "문해는 울지 아니한다. 물론 문해도 난수의 일을 슬퍼하지 아님은 아니나, 문해는 그러한 일에 울 만한 열정이 없고 그 부친과 같이 단념할 줄을 안다"에서처럼, 문호가 느끼는 처절한 슬픔을 문해는 대수롭지 않게 넘겨 버리고 있습니다. 문해는 어쩐지 남의 슬픔을 대수롭지 않게 여기는 듯하지요? 그에 반해, 문호는 울고 불며 난수의 비극을 슬퍼합니다.

작가는 왜 문해와 문호를 이렇게 달리 표현했을까요? 그것은 작가인 춘원 이광수가 바로 문호이기 때문일 것입니다. 춘원은 논리적이고 비판적인 문학보다는 여성적이고 감성적인 문학을 옹호했습니다. 조선에서 비판적인 문학을 한다는 것은 병든 환자에게 갑자기 독한 주사를 놓아, 오히려 환자를 죽게 만들 수 있다는 것이 춘원의 생각이었습니다. 따라서 조선과 같은 병적인 상태에는 사랑과 감정에 호소하는 문학이 필요하다고 보았던 것이지요. 감정적인 것을 좋아하는 문호는 춘원의 분신으로 볼 수 있습니다.

위에 예를 든 부분에서 보듯이, 이 작품 속에서 문호는 이백·왕창령 같은 중국 시인이나 톨스토이·셰익스피어·괴테를 좋아하고, 문해는 공자·맹자·주자·소크라테스·워싱턴을 존경하는 것으로 설정되어 있습니다. 우리는 여기에서 문호가

더 알아두기

계몽주의 계몽 사상(봉건적인 사고·가치관을 혁신적인 그것으로 유도하려는 사상)에 근거해, 미신이나 악습에 사로잡힌 무지한 사람들에게 논리적이고 현명한 사고를 심어 주려는 경향을 가리킨다.

유미주의 아름다움을 창조해 내는 것이야말로 예술의 유일한 목적이며, 제일 중요한 과제라고 여기는 예술 사조. 김동인의 「광염 소나타」는 우리나라에서 손꼽히는 유미주의 소설 중의 하나로 평가받고 있다.

순수한 문학 작품을 선호하고, 문해는 역사·철학·정치학과 관련된 종합적인 학문을 좋아한다는 사실을 알 수 있습니다. 좀더 극단적으로 분류하자면, 문호는 감성을 위주로 한 문학을 좋아하고, 문해는 역사 위인전 류類의 독서 편향을 가지고 있다 하겠죠.

누구나 자기 식의 취향을 가질 권리가 있습니다. 그러므로 문호가 순수문학을 사랑하고, 특히 애정소설을 좋아한다 해서 그것만으로 그를 비난할 수는 없습니다. 그러나 세심히 들여다보면, 문호의 주장에는 작가 춘원의 주장이 담겨 있고, 문호가 문해에 비해 인간적이고 우수한 사람인 것처럼 표현되어 있습니다.

그런데 이 소설을 아무런 비판적인 생각 없이 읽어 나간다면, 자칫 문호의 생각과 취향이 문해의 생각과 취향에 비해 고상하고 인간적인 것이라고 오해하게 되는 위험에 빠질 수 있습니다. 더욱이 이 작품 속에 드러난 작가의 주장이 당대의 현실 속에서 어떤 의미를 지니고 있는가 하는 문제를 생각하지 않고서, 전적으로 그의 주장에 동조하는 것은 문제가 있겠지요.

그러므로 문호의 주장을 바탕으로 삼아, 이를 비판해 보는 작업이 필요합니다. 문호는 아름다움과 감정을 내세운 작품, 즉 미적 · 정적 문학을 사랑하는 것으로 되어 있습니다. 그러나 문호의 입을 빌려 얘기하는 정적 문학은 유미주의 문학, 즉 오직 문학과 아름다움 자체에만 가치를 두는 것입니다.

　그런데 여기서 우리가 조심해야 할 것은, 윤리적 가치보다 미적인 가치를 중시하는 유미주의 문학의 성향은 정작 이 글의 작가인 춘원 이광수의 문학과 거의 관계가 없다는 점입니다. 이광수 자신도 일개 문사文士가 아니라 폭넓은 의미에서 계몽주의자임을 여러 차례 강조했습니다. 그러므로 그에게서 유미주의적 문학을 기대하기란 거의 불가능하지요. 이 작품 내에서도 일관되게 유지되고 있는 이광수의 계몽주의적 태도를 보면 확실히 알 수 있습니다. 따라서 미적 문학에 대한 문호의 강조는 작가가 여성 편향의 문학에 대한 자신의 선호를 잘못 표현한 것에 지나지 않습니다.

　이 작품이 발표된 시기는 일제에 의해 합병이 이루어지고 3 · 1운동을 목전에 둔 시기였습니다. 즉, 폭풍 전야의 긴장감이 감돌던 시기였지요. 그러나 이 작품 내에는 이러한 시대적 배경에 대한 언급은 거의 보이지 않습니다. 아무리 시대적 배경을 외면하려 해도 그 분위기마저 외면하기는 힘들었을 텐데 말이지요. 그러므로 이광수는 사랑을 주제로 한 정적인 문학이 좀더 가치가 있다는 주장을 함으로써, 시대적 배경을 외면한 자신의 문학 행위를 합리화시키고 있음을 알 수 있는 것입니다.

1 지수는 왜 문호보다 문해를 더 좋아했을까요?

2 이 작품에서 가장 중요한 사건은 무엇일까요?

3 이 작품에서 말하는 '소년'은 어떤 의미인지 생각해 봅시다.

4 문호가 난수의 신랑뿐 아니라, 난수의 아버지마저 못마땅하게 여기는 이유는 무엇일까요?

5 문호와 문해가 서로 수염을 만지며 웃는 이유는 무엇이라고 생각하나요?

구성	발단	'문호'는 친사촌 누이동생들 중에서 머리가 좋고 감수성이 풍부한 '난수'를 가장 예뻐한다.
	전개	'문호'와 '문해'는 머리가 좋은 '난수'와 '지수'를 서울로 데리고 가 공부시키고 싶어한다.
	위기	나이가 찬 '난수'가 시집을 가게 되지만, '문호'는 난수의 신랑 될 사람이 형편없는 인물이라는 사실을 알게 된다.
	절정	'문호'는 '난수'를 아끼는 마음에 그 결혼을 막아 보려 하지만, 결국 실패한다.
	결말	동경 유학에서 돌아온 문호는 자기의 자식을 보며, '소년의 천국은 영원히 지나갔다'며 씁쓸해한다.

핵심 정리	갈래	단편소설, 성장소설
	배경	봉건적 인습에 젖어 있는 1910년대의 어느 양반 가정.
	주제	유교적 인습에 따른 결혼 제도의 비판과 신교육의 필요성.
	시점	3인칭 전지적 작가 시점
	구성	직선적 구성
	문체	고어체古語體, 간결체

작중인물의 성격	문호	문학을 사랑하며 예술지상주의를 이해하는 인물(춘원의 분신). 부모가 강제로 시키는 결혼을 반대하는 진보적인 사상을 지녔으나, 적극적인 성격은 되지 못하며, 성장을 부정하고 소년기로 돌아가려는 심리를 가지고 있음.
	문해	문학을 사회 교화 수단으로 생각하는 인물. 문호의 문학관과 대립하지만, 서로 존중하고 있음.
	난수	문호를 사랑하나, 주어진 현실에 순응하며 양반 체면을 살리기 위해 부모가 정해 놓은 신랑에게 시집을 가는 정적인 인물.
	지수	문호의 여동생. 문해와 닮은 부분이 많은 인물.

말, 말, 말

"국어를 못하면 다른 과목도 못한다."
노래를 못하면 시집을(장가를) 못 가는 것이 아니라 국어를
못하면 영어도 못하고, 수학 응용 문제도 못 푼다.

"나는 왕이다. 더 간단하게 설명하라."
프톨레마이오스 왕이 수학을 공부하기 위해 기하학의 창시
자인 유클리드에게 한 말. 이에 유클리드가 대답했다. "수학
에는 왕도가 없습니다." 이것이 어디 수학뿐이랴! 국어도 마
찬가지다. 힘들이지 않고 한꺼번에 모든 것을 이루려는 마
음은 허황된 욕심이다. 국어 공부를 잘하는 방법 Best11 을
참고해서 인내와 자신감을 갖고 국어 공부에 매진하자.

"자수성가"
물려받은 재산 없이 스스로 재산을 모아 일가를 이룸. 국어
는 다른 어떤 과목보다도 교과서 의존도가 높다. 따라서 수
업 시간에 선생님의 말씀을 잘 듣는 것이 중요하다. 그러나
선생님이 수업 시간에 국어의 모든 것을 우리에게 줄 수는
없다. 수업 시간 외에도 선생님은 엄청 바쁘시기 때문이다.
국어의 자기 주도적 학습이 중요한 이유가 여기에 있다.

"Rome was not built in a day."
로마가 하루아침에 이루어졌다고 생각하는가? 천만의 말씀
만만의 콩떡이다. 국어 실력 역시 하루아침에 이루어지지
않는다. 오늘 하루 공부했다고 해서 내일 당장 100점 맞을
수는 없다. 국어는 단순 암기 과목이 아니다. 생각하는 힘을
기르지 않는 한 국어 실력은 향상되지 않는다.

봄봄

● 김유정 金裕貞

이태면 이태, 삼 년이면 삼 년, 기한을 딱 작정하고 일을 했어야 할 것이다. 덮어놓고 딸이 자라는 대로 성례를 시켜 주마, 했으니 누가 늘 지키고 섰는 것도 아니고 그 키가 언제 자라는지 알 수 있는가.

김유정은 1908년 강원도 춘성군에서 8남매 중 막내로 태어났습니다. 그는 유년 시절에 부모님을 여의고 누이들의 손에서 자라났습니다. 집안살림을 도맡은 형의 방탕으로 천석지기였던 그의 집안이 순식간에 풍비박산하는 바람에, 매우 불우한 시절을 보내야 했습니다.

1929년 휘문고보를 졸업하고 연희전문학교 문과에 입학한 그는, 결국 생활고와 질병으로 학교를 중퇴한 뒤 고향에 돌아와, 그만의 독특한 문학 세계를 펼치게 됩니다.

1935년 《조선일보》 신춘문예에 「소낙비」가, 같은 해 《조선중앙일보》에 「노다지」가 당선되면서 왕성한 창작 활동을 시작합니다. 그리고 순수문예 단체인 '구인회' 회원으로 활동하기도 하죠.

그는 작가 생활을 한 지 불과 2년 동안에 「금 따는 콩밭」·「만무방」·「산골」·「가을」·「동백꽃」·「따라지」·「봄봄」 등 30여 편의 단편을 발표하는데, 한국 농촌의 어둡고 비참한 현실을 해학적으로 그려 낸 작가로 인정을 받기에 이릅니다. 그러나 떨쳐낼 수 없는 가난과 폐결핵으로 고생하다가 1937년 스물아홉 살의 젊은 나이로 사망하고 맙니다.

김유정은 농촌의 현실을 해학적으로 표현해 그만의 독특한 문학 세계를 이루었다
(1908~1937)

김유정의 작품 특징으로 무엇보다도 등장 인물들의 해학성을 꼽을 수 있습니다. 대개 모자라고 어수룩한 인물, 불우하고 무지한 인물들이 등장하는데, 그들이 겪는 삶의 애환은 비참함에도 불구하고 웃음을 자아냅니다. 그리고 구수한 토속어를 자유롭게 구사하면서 '최적의 장소에 최적의 말을 배치하는' 정확하고 치밀한 문장으로 한결 소설 읽는 재미를 느끼게 합니다.

그의 초기 작품들은 1930년대 일제 식민지하의 어둡고 삭막한 농촌 현실을 따뜻한 연민의 시선으로 그려내고 있는데요, 대표적인 작품으로는 「동백꽃」·「봄봄」·「산골」 등을 들 수 있죠. 이 작품들은 주로 순박하고 우직한 농촌 사람들의 생활에 대한 애정을 보여주고 있답니다.

그러나 후기 작품들은 초기의 목가적 세계에서 벗어나 농촌의 비참한 현실을 그리고 있어요. 「만무방」·「소낙비」·「가을」 등의 작품들에는 작가 특유의 해학성과 더불어 농촌 사회의 가난하고 비참한 생활이 무게 있게 그려지고 있죠. 그의 인물들이 엉뚱하고 모자란 행동들로 독자들에게 선사하는 웃음은 단순히 흘려 버릴 유쾌한 웃음이 아니라, 당

김유정의 행장비

시 농촌의 문제를 깊이 생각해 보게 하는 뼈 있는 웃음이라 할 수 있습니다.

먹을 것을 가지고 부녀지간에 원수 같은 감정을 느끼거나(「떡」), 지주에게 소작료를 물지 않기 위해 자기가 1년 동안 농사지은 논의 벼를 훔치며(「만무방」), 일본인 의사의 실험 대상으로 쓰이는 줄도 모르고 아내의 병든 몸이 팔리기를 바라는 암담한 현실(「땡볕」) 등이 웃음의 겉옷에 감추어진 채 현실을 생생하게 그려내고 있기 때문이지요. 바로 이 점이 김유정만의 독특한 문학 세계입니다.

읽기 전에 생각하기

한국적인 해학(유머)과 풍자의 멋이 담겨 있는 「봄봄」은 특히 주인공의 심리 묘사를 친근감 있게 표현하는 1인칭 주인공 시점의 기법을 이용하여 '나'의 우직하고 순박한 성품과 행동을 생생하게 드러내고 있어요. 여기에 '나'와 대조적인 인물로 장인을 내세워 이들의 갈등을 해학적으로 만들어 소설 전반에 웃음이 넘치게 하지요. 이러한 해학적 분위기와 개성적 인물의 부각은 김유정의 독특한 문체, 곧 토착적인 속어나 잘 다듬어지지 않은 듯한 말투 등을 익살스럽게 사용하는 데서 나오고 있다는 점을 기억하세요.

"장인님! 인젠 저⋯⋯."

내가 이렇게 뒤통수를 긁고 나이가 찼으니 성례를 시켜 줘야 하지 않겠느냐고 하면 대답이 늘,

"이 자식아! 성례구 뭐구 미처 자라야지!"

하고 만다.

이 자라야 한다는 것은 내가 아니라 장차 내 아내가 될 점순이의 키 말이다.

내가 여기에 와서 돈 한 푼 안 받고 일하기를 삼 년하고 꼬박이 일곱 달 동안을 했다. 그런데도 미처 못 자랐다니까 이 키는 언제야 자라는 겐지 짜장 영문 모른다. 일을 좀더 잘해야 한다든지, 혹은 밥을 (많이 먹는다고 노상 걱정하니까) 좀 덜 먹어야 한다든지 하면 나도 얼마든지 할 말이 많다. 하지만 점

순이가 안직 어리니까 더 자라야 한다는 여기에는 어쩨 불 수 없이 고만 벙벙하고 만다.

　이래서 나는 애초 계약이 잘못된 걸 알았다. 이태면 이태, 삼 년이면 삼 년, 기한을 딱 작정하고 일을 했어야 할 것이다. 덮어놓고 딸이 자라는 대로 성례를 시켜 주마, 했으니 누가 늘 지키고 섰는 것도 아니고 그 키가 언제 자라는지 알 수 있는가. 그리고 난 사람의 키가 무럭무럭 자라는 줄만 알았지 붙박이 키에 모로만 벌어지는 몸도 있는 것을 누가 알았으랴. 때가 되면 장인님이 어련하랴 싶어서 군소리 없이 꾸벅꾸벅 일만 해 왔다. 그럼 말이다, 장인님이 제가 다 알아차려서,

　"어참, 너 일 많이 했다. 고만 장가들어라."

하고 살림도 내주고 해야 나도 좋을 것이 아니냐. 시치미를 딱 떼고 도리어 그런 소리가 나올까 봐서 지레 펄펄 뛰고 이 야단이다. 명색이 좋아 데릴사위지 일하기에 싱겁기도 할뿐더러 이건 참 아무것도 아니다.

　숙맥이 그걸 모르고 점순이의 키 자라기만 까맣게 기다리지 않았나.

　언젠가는 하도 갑갑해서 자를 가지고 덤벼들어서 그 키를 한 번 재 볼까 했다마는 우리는 장인님이 내외를 해야 한다고 해서 마주 서 이야기도 한마디 하는 법 없다. 우물길에서 어쩌다 마주칠 적이면 겨우 눈어림으로 재 보고 하는 것인데 그럴 적마다 나는 저만큼 가서,

　"제에미 키두!"

하고 논둑에서 침을 튀, 뱉는다. 아무리 잘 봐야 내 겨드랑(다른 사람보다 좀 크긴 하지만) 밑에서 넘을락말락 밤낮 요 모양이다. 개 돼지는 푹푹 크는데

왜 이리도 사람은 안 크는지, 한동안 머리가 아프도록 궁리도 해 보았다. 아하, 물동이를 자꾸 이니까 뼈다귀가 움츠러드나 보다, 하고 내가 넌짓넌짓이 그 물을 대신 길어도 주었다. 뿐만 아니라 나무를 하러 가면 서낭당에 돌을 올려놓고,

"점순이의 키 좀 크게 해 줍소사. 그러면 담엔 떡 갖다 놓고 고사드립죠니까."

하고 치성도 한두 번 드린 것이 아니다. 어떻게 돼먹은 킨지 이래도 막무가내니, 그래 내 어저께 싸운 것이지 결코 장인님이 밉다든가 해서가 아니다.

모를 붓다가 가만히 생각을 해 보니까 또 성겁다. 이 벼가 자라서 점순이가 먹고 좀 큰다면 모르지만 그렇지도 못한 걸 내 심어서 뭘 하는 거냐. 해마다 앞으로 축 불거지는 장인님의 아랫배(너무 먹는 걸 모르고 냇병이라나, 그 배)를 불리기 위하여 심곤 조금도 싫지 않다.

"아이구 배야!"

난 몰 붓다 말고 배를 쓰다듬으면서 그대로 논둑으로 기어올랐다. 그리고 겨드랑에 꼈던 벼 담긴 키를 그냥 땅바닥에 털썩, 떨어치며 나도 털썩 주저앉았다. 일이 암만 바빠도 나 배 아프면 고만이니까. 아픈 사람이 누가 일을 하느냐. 파릇파릇 돋아오른 풀 한 숲을 뜯어 들고 다리의 거머리를 쓱쓱 문대며 장인님의 얼굴을 쳐다보았다.

논 가운데서 장인님이 이상한 눈을 해 가지고 한참을 날 노려보더니,

"너 이 자식, 왜 또 이래 응?"

"배가 좀 아파서유!"

하고 풀 위에 슬며시 쓰러지니까 장인님은 약이 올랐다. 저도 논에서 철벙철
벙 올라오더니 잡은 참 내 먹살을 움켜잡고 뺨을 치는 것이 아닌가.

"이 자식아, 일허다 말면 누굴 망해 놀 속셈이냐. 이 대가릴 까놀 자식!"

우리 장인님은 약이 오르면 이렇게 손버릇이 아주 못됐다. 또 사위에게 이
자식 저 자식 하는 이놈의 장인님은 어디 있느냐. 오죽해야 우리 동리에서 누
굴 막론하고 그에게 욕을 안 먹는 사람은 명이 짧다 한다. 조그만 아이들까지
도 그를 돌아 세워 놓고 욕필이(본 이름이 봉필이니까) 욕필이, 하고 손가락
질을 할 만큼 두루 인심을 잃었다. 하나 인심을 정말 잃었다면 욕보다 읍의 배
참봉 댁 마름으로 더 잃었다. 본디 마름이란 욕 잘하고, 사람 잘 치고, 그리고
생김 생기길 호박개 같아야 쓰는 거지만 장인님은 외양이 똑 됐다. 장인에게
닭마리나 좀 보내지 않는다든가 애벌논 때 품을 좀 안 준다든가 하면 그해 가
을에는 영락없이 땅이 뚝뚝 떨어진다. 그러면 미리부터 돈도 먹이고 술도 먹
이고 안달 채신으로 돌아치던 놈이 그 땅을 슬쩍 돌려 앉는다. 이 바람에 장인
님 집 외양간에는 눈깔 커다란 황소 한 놈이 절로 엉금엉금 기어들고, 동리 사
람들은 그 욕을 다 먹어가면서도 그래도 굽신굽신하는 게 아닌가.

그러나 내겐 장인님이 감히 큰소리할 계제가 못 된다. 뒷생각은 못하고 뺨
한 대를 딱 때려 놓고는 장인님은 무색해서 덤덤히 쓴 침만 삼킨다. 난 그 속
을 퍽 잘 안다. 조금 있으면 갈도 꺾어야 하고 모도 내야 하고, 한참 바쁜 때인
데 나 일 안 하고 우리 집으로 그냥 가면 고만이니까. 작년 이맘때도 트집을
좀 하니까 늦잠 잔다구 돌멩이를 집어던져서 자는 놈의 발목을 삐게 해 놨다.
사날씩이나 건숭 끙끙 앓았더니 종당에는 거반 울상이 되지 않았는가.

"애, 그만 일어나 일 좀 해라. 그래야 올 갈에 벼 잘 되면 너 장가들지 않니."

그래 귀가 번쩍 띄어서 그날로 일어나서 남이 이틀 품 들일 논을 혼자 삶아 놓으니까 장인님도 눈깔이 커다랗게 놀랐다. 그럼 정말로 가을에 와서 혼인을 시켜 줘야 원 경우가 옳지 않겠나. 볏섬을 척척 들여쌓아도 다른 소리는 없고 물동이를 이고 들어오는 점순이를 담배통으로 가리키며,

"이 자식아 미처 커야지. 조걸 무슨 혼인을 한다구 그러니 원!"
하고 남 낯짝만 붉게 해 주고 고만이다.

골김에 그저 이놈의 장인님, 하고 댓돌에다 메꽂고 우리 고향으로 내뺄까 하다가 꾹꾹 참고 말았다.

참말이지 난 이 꼴 하고는 집으로 차마 못 간다. 장가를 들러 갔다가 오죽 못났어야 그대로 쫓겨왔느냐고 손가락질을 받을 테니까…….

논둑에서 벌떡 일어나 한풀 죽은 장인님 앞으로 다가서며,

"난 갈 테야유, 그 동안 사경 쳐 내슈."

"너 사위로 왔지 머슴 살러 왔니?"

"그러면 얼찐 성례를 해 줘야 안 하지유. 밤낮 부려만 먹구 해 준다, 해 준다……."

"글쎄, 내가 안 하는 거냐, 그년이 안 크니까……."
하고 어름어름 담배만 담으면서 늘 하는 소리를 또 늘어놓는다.

이렇게 따져 나가면 언제든지 늘 나만 밑지고 만다. 이번엔 안 된다, 하고 대뜸 구장님한테로 판단 가자고 소맷자락을 내끌었다.

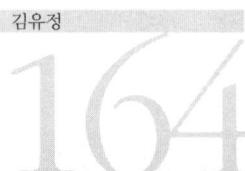

"아 이 자식아, 왜 이래 어른을."

안 간다고 뻗디디고 이렇게 호령은 제 맘대로 하지만 장인님 제가 내 기운은 못 당한다. 막 부려먹고 딸은 안 주고 게다 땅땅 치는 건 다 뭐야…….

그러나 내 사실 참 장인님이 미워서 그런 것은 아니다.

그 전날 왜 내가 새고개 맞은 봉우리 화전밭을 혼자 갈고 있지 않았느냐. 밭가생이로 돌 적마다 야릇한 꽃내가 물컥물컥 코를 찌르고 머리 위에서 벌들은 가끔 붕, 붕, 소리를 친다. 바위틈에서 샘물 소리밖에 안 들리는 산골짜기니까 맑은 하늘의 봄볕은 이불 속같이 따스하고 꼭 꿈꾸는 것 같다. 나는 몸이 나른하고(몸살은 아직 모르지만) 병이 나려고 그러는지 가슴이 울렁울렁하고 이랬다.

"이러이! 말이! 맘 마 마……."

이렇게 노래를 하며 소를 부리면 여느 때 같으면 어깨가 으쓱으쓱한다. 웬일인지 밭을 반도 갈지 않아서 온몸의 맥이 풀리고 대고 짜증만 난다. 공연히 소만 들입다 두들기며,

"안야! 안야! 이 망할 자식의 소(장인님의 소니까), 대리를 꺾어 줄라."

그러나 내 속은 정말 안야 때문이 아니라 점심을 이고 온 점순이의 키를 보고 울화가 났던 것이다.

점순이는 뭐 그리 썩 이쁜 계집애는 못 된다. 그렇다고 또 개떡이냐 하면 그런 것도 아니고, 꼭 내 아내가 돼야 할 만치 그저 툽툽하게 생긴 얼굴이다. 나보다 십 년이 아래니까 올해 열여섯인데 몸은 남보다 두 살이나 덜 자랐다. 남은 잘도 훤칠히들 크건만 이건 위아래가 뭉툭한 것이 내 눈에는 헐없이 감

참외 같다. 참외 중에는 감참외가 제일 맛좋고 예쁘니까 말이다. 둥글고 커단 눈은 서글서글하니 좋고 좀 지쳐 찢어졌지만 입은 밥술이나 톡톡히 먹음직하니 좋다. 아따, 밥만 많이 먹게 되면 팔자는 고만 아니냐. 한데 한 가지 파가 있다면 가끔가다 몸이(장인님은 이걸 채신이 없이 들까분다고 하지만) 너무 빨리빨리 논다. 그래서 밥을 나르다가 때없이 풀밭에다 깻박을 쳐서 흙투성이 밥을 곧잘 먹인다. 안 먹으면 무안해할까 봐서 이걸 씹고 앉았노라면 으적으적 소리만 나고 돌을 먹는 겐지 밥을 먹는 겐지……

그러나 이날은 웬일인지 성한 밥채로 밭머리에 곱게 내려놓았다. 그리고 또 내외를 해야 하니까 저만큼 떨어져 이쪽으로 등을 향하고 웅크리고 앉아서 그릇 나기를 기다린다. 내가 다 먹고 물러섰을 때 그릇을 와서 챙기는데, 난 깜짝 놀라지 않았느냐. 고개를 푹 숙이고 밥 함지에 그릇을 포개면서 날더러 들으라는지 혹은 제 소린지,

"밤낮 일만 하다 말 텐가!"

하고 혼자서 쫑알거린다. 고대 잘 내외하다가 이게 무슨 소린가, 하고 난 정신이 얼떨떨했다. 그러면서도 한편 무슨 좋은 수가 있는가 싶어서 나도 공중을 대고 혼잣말로,

"그럼 어떡해?"

하니까,

"성례시켜 달라지 뭘 어떡해……."

하고 되알지게 쏘아붙이고 얼굴이 빨개져서 산으로 그저 도망질을 친다.

나는 잠시 동안 어떻게 되는 셈판인지 맥을 몰라서 그 뒷모양만 덤덤히 바

라보았다.

봄이 되면 온갖 초목이 물이 오르고 싹이 트고 한다. 사람도 아마 그런가 보다, 하고 며칠 내에 부쩍 (속으로) 자란 듯싶은 점순이가 여간 반가운 것이 아니다.

이런 걸 멀쩡하게 안직 어리다구 하니까······.

우리가 구장님을 찾아갔을 때 그는 싸리문 밖에 있는 돼지우리에서 죽을 퍼 주고 있었다. 서울엘 좀 갔다 오더니 사람은 점잖아야 한다고 윗수염이(얼른 보면 지붕 위에 앉은 제비 꼬랑지 같다) 양쪽으로 뾰죽이 뻗치고 그걸 에헴, 하고 늘 쓰다듬는 손버릇이 있다.

우리를 멀뚱히 쳐다보고 미리 알아챘는지,

"왜 일들 허다 말구 그래?"

하더니 손을 올려서 그 에헴을 한 번 후딱 했다.

"구장님! 우리 장인님과 즘에 계약하기를······."

먼저 덤비는 장인님을 뒤로 떠다밀고 허둥지둥 달려들다가 가만히 생각하고,

"아니 우리 빙장님과 즘에."

하고 첫번부터 다시 말을 고쳤다. 장인님은 빙장님 해야 좋아하고 밖에 나와서 장인님 하면 괜스레 골을 내려 든다. 뱀두 뱀이래야 좋으냐구 창피스러우니 남 듣는 데는 제발 빙장님, 빙모님 하라구 일상 당조짐을 받아 오면서 난 그것도 자꾸 잊는다. 당장도 장인님 하다 옆에서 내 발등을 꾹 밟고 곁눈질을 흘기는 바람에야 겨우 알았지만······.

구장님도 내 이야기를 자세히 듣더니 퍽 딱한 모양이었다. 하기야 구장님 뿐만 아니라 누구든지 다 그럴 게다. 길게 길러 둔 새끼손톱으로 코를 후벼서 저리 탁 튀기며,

"그럼 봉필 씨! 얼른 성례를 시켜 주구려, 그렇게까지 제가 하구 싶다는 걸……."

하고 내 짐작대로 말했다. 그러나 이 말에 장인님이 삿대질로 눈을 부라리고,

"아 성례구 뭐구 계집애년이 미처 자라야 할 게 아닌가?"

하니까 고만 멀쑥해서 입맛만 쩍쩍 다실 뿐이 아닌가.

"그것두 그래!"

"그래, 거진 사 년 동안에도 안 자랐다니 그 킨 언제 자라지유? 다 그만두구 사경 내슈……."

"글쎄, 이 자식아! 내가 크질 말라구 그랬니, 왜 날 보구 떼냐?"

"빙모님은 참새만한 것이 그럼 어떻게 앨 낳지유?(사실 장모님은 점순이보다도 귀때 하나가 작다)"

장인님은 이 말을 듣고 껄껄 웃더니(그러나 암만해두 돌 씹은 상이다) 코를 푸는 척하고 날 은근히 곯리려고 팔꿈치로 옆 갈비께를 퍽 치는 것이다. 더럽다. 나두 종아리의 파리를 쫓는 척하고 허리를 구부리며 그 궁둥이를 꽉 떼밀었다. 장인님은 앞으로 우찔근하고 싸리문께로 쓰러질 듯하다 몸을 바로 고치더니 눈총을 몹시 쏘았다. 이런 상년의 자식! 하곤 싶으나 남의 앞이라서 차마 못하고 섰는 그 꼴이 보기에 퍽 쟁그라웠다.

그러나 이 밖에는 별반 신통한 귀정을 얻지 못하고 도로 논으로 돌아와서

모를 부었다. 왜냐면 먼 장인님이 뭐라구 귓속말로 수군수군하고 간 뒤다. 구장님이 날 위해서 조용히 데리고 아래와 같이 일러주었기 때문이다(뭉태의 말은 구장님이 장인님에게 땅 두 마지기 얻어 부치니까 그래 꾀었다고 하지만 난 그렇게 생각 않는다).

"자네 말두 하기야 옳지, 암 나이 찼으니까 아들이 급하다는 게 잘못된 말은 아니야. 허지만 농사가 한창 바쁜 때 일을 안 한다든가 집으로 달아난다든가 하면 손해죄루 그것두 징역을 가거든! (여기에 그만 정신이 번쩍 났다.) 왜 요전에 삼포말서 산에 불 좀 놓았다구 징역간 거 못 봤나. 제 산에 불을 놓아도 징역을 가는 이땐데 남의 농사를 버려 주니 죄가 얼마나 더 중한가. 그리고 자넨 정장을(사경 받으러 정장 가겠다 했다) 간대지만 그러면 괜시리 죄를 들쓰고 들어가는 걸세. 또 결혼두 그렇지. 법률에 성년이란 게 있는데 스물하나가 돼야 비로소 결혼을 할 수 있는 걸세. 자넨 물론 아들이 늦을 걸 염려하지만 점순이루 말하면 이제 겨우 열여섯이 아닌가. 그렇지만 아까 빙장님의 말씀이, 올 갈에는 열일을 제치고라두 성례를 시켜 주겠다 하니 좀 고마울 겐가. 빨리 가서 모 붓던 거나 마저 붓게, 군소리 말구 어서 가."

그래서 오늘 아침까지 끽소리 없이 왔다.

장인님과 내가 싸운 것은 지금 생각하면 전혀 뜻밖의 일이라 안 할 수 없다. 장인님으로 말하면 요즈막 작인들에게 행세를 좀 하고 싶다고 해서, '돈 있으면 양반이지 별게 있느냐!' 하고 일부러 아랫배를 쑥 내밀고 걸음도 뒤틀리게 걷고 하는 이판이다. 이까짓 나쯤 두들기다 남의 땅을 가지고 모처럼 닦아 놓았던 가문을 망친다든지 할 어른이 아니다. 또 나로 논지면 아무쪼록 잘

뭬서 점순이에게 얼른 장가를 들어야 하지 않느냐.

이렇게 말하자면 결국 어젯밤 뭉태네 집에 마슬 간 것이 썩 나빴다. 낮에 구장님 앞에서 장인님과 내가 싸운 것을 어떻게 알았는지 대고 빈정거리는 것이 아닌가.

"그래 맞구두 그걸 가만둬?"

"그럼 어떡허니?"

"임마, 봉필일 모판에다 거꾸로 박아 놓지 뭘 어떡해?"

하고 괜히 내 대신 화를 내 가지고 주먹질을 하다 등잔까지 쳤다. 놈이 본시 괄괄은 하지만 그래 놓고 날더러 석윳값을 물라구 막 지다위를 붙는다. 난 어안이 벙벙해서 잠자코 앉았으니까 저만 연방 지껄이는 소리가,

"밤낮 일만 해 주구 있을 테냐?"

"영득이는 일 년을 살구두 장가를 들었는데 넌 사 년이나 살구두 더 살아야 해?"

"네가 세 번째 사윈 줄이나 아니? 세 번째 사위."

"남의 일이라두 분하다. 이 자식아, 우물에 가 빠져 죽어."

나중에는 겨우 손톱으로 목을 따라고까지 하고 제 아들같이 함부로 훅닥이었다. 별의별 소리를 다해서 그대로 옮길 수는 없으나 그 줄거리는 이렇다.

우리 장인님이 딸이 셋이 있는데 맏딸은 재작년 가을에 시집을 갔다. 정말은 시집을 간 것이 아니라 그 딸도 데릴사위를 해 가지고 있다가 내보냈다. 그런데 딸이 열 살 때부터 열아홉 즉 십 년 동안에 데릴사위를 갈아들이기를, 동리에선 사위 부자라고 이름이 났지마는 열 놈이란 참 너무 많다. 장인님이 아

들은 없고 딸만 있는 고로 그담 딸을 데릴사위를 해 올 때까지는 부려먹지 않으면 안 된다. 물론 머슴을 두면 좋지만 그건 돈이 드니까, 일 잘하는 놈을 고르느라고 연방 바꿔 들였다. 또 한편 놈들이 욕만 줄창 퍼붓고 심히도 부려먹으니까 밸이 상해서 달아나기도 했겠지. 점순이는 둘째딸인데 내가 일테면 그 세 번째 데릴사위로 들어온 셈이다. 내 담으로 네 번째 놈이 들어올 것을 내가 일도 참 잘하고 그리고 사람이 좀 어수룩하니까 장인님이 잔뜩 붙들고 놓질 않는다. 셋째딸이 인제 여섯 살, 적어도 열 살은 돼야 데릴사위를 할 테므로 그 동안은 죽도록 부려먹어야 된다. 그러니 인제는 속 좀 차리고 장가를 들여 달라구 떼를 쓰고 나자빠져라, 이것이다.

나는 건성으로 엉, 엉, 하며 귓등으로 들었다. 뭉태는 땅을 얻어 부치다가 떨어진 뒤로는 장인님만 보면 공연히 못 먹어서 으릉거린다. 그것도 장인님이 저 달라고 할 적에 제 집에서 위한다는 그 감투(예전에 원님이 쓰던 것이라나, 옆구리에 뽕뽕 좀먹은 걸레)를 선뜻 주었더라면 그럴 리도 없었던걸……

그러나 나는 뭉태란 놈의 말을 전수히 곧이듣지 않았다. 꼭 곧이들었다면 간밤에 와서 장인님과 싸웠지 무사히 있었을 리가 없지 않은가. 그러면 딸에게까지 인심을 잃은 장인님이 혼자 나빴다.

실토이지 나는 점순이가 아침상을 가지고 나올 때까지는 오늘은 또 얼마나 밥을 담았나, 하고 이것만 생각했다. 상에는 된장찌개하고 간장 한 종지, 조밥 한 그릇, 그리고 밥보다 더 수부룩하게 담은 산나물이 한 대접, 이렇다. 나물은 점순이가 틈틈이 해 오니까 두 대접이고 네 대접이고 멋대로 먹어도 좋으나 밥은 장인님이 한 사발 외엔 더 주지 말라고 해서 안 된다. 그런데 점순이

가 그 상을 내 앞에 내려놓으며 제 말로 지껄이는 소리가,

　"구장님한테 갔다 그냥 온담 그래!"

하고 엊그제 산에서와 같이 되우 쫑알거린다. 딴은 내가 더 단단히 덤비지 않고 만 것이 좀 어리석었다, 속으로 그랬다. 나도 저쪽 벽을 향하여 외면하면서 내 말로,

　"안 된다는 걸 그럼 어떡헌담!"

하니까,

　"쇰을 잡아채지 그냥 둬, 이 바보야!"

하고 또 얼굴이 빨개지면서 성을 내며 안으로 샐쭉하니 튀들어 가지 않느냐. 이때 아무도 본 사람이 없었게 망정이지 보았다면 내 얼굴이 어미 잃은 황새 새끼처럼 가없다, 했을 것이다.

　사실 이때만큼 슬펐던 일이 또 있었는지 모른다. 다른 사람은 암만 못생겼다 해두 괜찮지만 내 아내 될 점순이가 병신으로 본다면 참 신세는 따분하다. 밥을 먹은 뒤 지게를 지고 일터로 가려 하다 도로 벗어 던지고 바깥마당 공석 위에 드러누워서 나는 차라리 죽느니만 같지 못하다 생각했다.

　내가 일 안 하면 장인님 저는 나이가 먹어 못 하고 결국 농사 못 짓고 만다. 뒷짐으로 트림을 꿀꺽 하고 대문 밖으로 나오다 날 보고서,

　"이 자식아! 너 왜 또 이러니?"

　"관격이 났어유, 아이구 배야!"

　"기껀 밥 처먹구 나서 무슨 관격이야. 남의 농사 버려 주면 이 자식아 징역 간다 봐라!"

"가두 좋아유, 아이구 배야!"

참말 난 일 안 해서 징역 가도 좋다 생각했다. 일후 아들을 낳아도 그 앞에서 바보, 바보 이렇게 별명을 들을 테니까 오늘은 열 쪽이 난대도 결정을 내고 싶었다.

장인님이 일어나라고 해도 내가 안 일어나니까 눈에 독이 올라서 저편으로 힝 하게 가더니 지게 작대기를 들고 왔다. 그리고 그걸로 내 허리를 마치 들떠 넘기듯이 쿡 찍어서 넘기고 넘기고 했다. 밥을 잔뜩 먹고 딱딱한 배가 그럴 적마다 퉁겨지면서 밸창이 꼿꼿한 것이 여간 켕기지 않았다. 그래도 안 일어나니까 이번에는 배를 지게 작대기로 위에서 쿡쿡 찌르고 발길로 옆구리를 차고 했다. 장인님은 원체 심술이 궂어서 그러지만 나도 저만 못하지 않게 배를 채였다. 아픈 것을 눈을 꽉 감고 넌 해라 난 재밌단 듯이 있었으나 볼기짝을 후려갈길 적에는 나도 모르는 결에 벌떡 일어나서 그 수염을 잡아챘다마는 내 골이 난 것이 아니라 정말은 아까부터 부엌 뒤 울타리 구멍으로 점순이가 우리들의 꼴을 몰래 엿보고 있었기 때문이다. 가뜩이나 말 한마디 톡톡히 못 한다고 바보라는데 매까지 잠자코 맞는 걸 보면 짜장 바보로 알 게 아닌가. 또 점순이도 미워하는 이까짓 놈의 장인님 나하곤 아무것도 안 되니까 막 때려도 좋지만 사정 보아서 수염만 채고(제 원대로 했으니까 이때 점순이는 퍽 기뻤겠지) 저기까지 잘 들리도록,

"이걸 까셀라부다!"

하고 소리를 쳤다.

장인님은 더 약이 바짝 올라서 잡은 참 지게 작대기로 내 어깨를 그냥 내리

갈겼다. 정신이 다 아찔하다. 다시 고개를 들었을 때 그때엔 나도 온 몸에 약이 올랐다. 이 녀석의 장인님을, 하고 눈에서 불이 퍽 나서 그 아래 밭 있는 넝 아래로 그대로 떠밀어 굴려 버렸다. 조금 있다가 장인님이 씩, 씩, 하고 한번해 보려고 기어오르는 걸 얼른 또 떠밀어 굴려 버렸다.

기어오르면 굴리고, 굴리면 기어오르고, 이러길 한 너덧 번을 하며 그럴 적마다,

"부려만 먹구 왜 성례 안 하지유!"

나는 이렇게 호령했다. 하지만 장인님이 선뜻, 오냐 낼이라두 성례시켜 주마, 했으면 나도 성가신 걸 그만두었을지 모른다. 나야 이러면 때린 건 아니니까 나중에 장인 쳤다는 누명도 안 들을 터이고 얼마든지 해도 좋다.

한번은 장인님이 헐떡헐떡 기어서 올라오더니 내 바짓가랑이를 요렇게 노리고서 단박 움켜잡고 매달렸다. 악, 소리를 치고 나는 그만 세상이 다 팽그르르 도는 것이,

"빙장님! 빙장님! 빙장님!"

"이 자식! 잡아먹어라, 잡아먹어!"

"아! 아! 할아버지! 살려 줍쇼, 할아버지!"

하고 두 팔을 허둥지둥 내절 적에는 이마에 진땀이 쭉 내솟고 인젠 참으로 죽나 보다, 했다. 그래두 장인님은 놓질 않더니 내가 기어이 땅바닥에 쓰러져서 거진 까무러치게 되니까 놓는다. 더럽다, 더럽다. 이게 장인님인가? 나는 한참을 못 일어나고 쩔쩔맸다. 그러다 얼굴을 드니 (눈에 참 아무것도 보이지 않았다) 사지가 부르르 떨리면서 나도 엉금엉금 기어가 장인님의 바짓가랑이

를 꽉 움키고 잡아 낚았다.

내가 머리가 터지도록 매를 얻어맞은 것이 이 때문이다. 그러나 여기가 또한 우리 장인님이 유달리 착한 곳이다. 여느 사람이면 사경을 주어서라도 당장 내쫓았지 터진 머리를 불솜으로 손수 지져 주고, 호주머니에 희연 한 봉을 넣어 주고 그리고,

"올 갈엔 꼭 성례를 시켜 주마. 암말 말구 가서 뒷골의 콩밭이나 얼른 갈아라."

하고 등을 뚜드려 줄 사람이 누구냐. 나는 장인님이 너무나 고마워서 어느덧 눈물까지 났다. 점순이를 남기고 인젠 내쫓기려니, 하다 뜻밖의 말을 듣고,

"빙장님! 인제 다시는 안 그러겠어유!"

이렇게 맹세를 하며 부랴부랴 지게를 지고 일터로 갔다.

그러나 이때는 그걸 모르고 장인님을 원수로만 여겨서 잔뜩 잡아당겼다.

"아! 아! 이놈아! 놔라, 놔."

장인님은 헛손질을 하며 솔개미에 챈 닭의 소리를 연해 질렀다. 놓긴 왜, 이왕이면 호되게 혼을 내주리라, 생각하고 짓궂이 더 댕겼다마는 장인님이 땅에 쓰러져서 눈에 눈물이 피잉 도는 것을 알고 좀 겁도 났다.

"할아버지! 놔라, 놔, 놔, 놔놔."

그래도 안 되니까,

"애 점순아! 점순아!"

이 악장에 안에 있었던 장모님과 점순이가 헐레벌떡하고 단숨에 뛰어나왔다.

나의 생각에 장모님은 제 남편이니까 역성을 할는지도 모른다. 그러나 점

순이는 내 편을 들어서 속으로 고소해서 하겠지—대체 이게 웬 속인지(지금까지도 난 영문을 모른다) 아버질 혼내 주기는 제가 내래 놓고 이제 와서는 달려들며,

    "에그머니! 이 망할 게 아버지 죽이네!"

하고 내 귀를 뒤로 잡아당기며 마냥 우는 것이 아니냐. 그만 여기에 기운이 탁 꺾이어 나는 얼빠진 등신이 되고 말았다. 장모님도 덤벼들어 한쪽 귀마저 뒤로 잡아채면서 또 우는 것이다.

    이렇게 꼼짝도 못하게 해 놓고 장인님은 지게 작대기를 들어서 사뭇 내려 조겼다. 그러나 나는 구태여 피하려지도 않고 암만해도 그 속 알 수 없는 점순이의 얼굴만 멀거니 들여다보았다.

    "이 자식! 장인 입에서 할아버지 소리가 나오도록 해!"

'나'는 봉필의 둘째딸 점순이와 결혼하려고 3년 7개월 간을 그의 집에서 돈 한푼 받지 않고 일하고 있는 데릴사위이다. 그러나 늘 점순이가 덜 자랐다는 이유로 성례는 기약이 없다.

'나'는 모를 붓다가 어제 "밤낮 일만 하다 말 텐가!" 하고 쏘아붙이던 점순이의 말이 생각나 온몸에 기운이 빠지는데, 아프다는 핑계로 논둑으로 올라가 있자니 장인은 다짜고짜 내 뺨을 때린다. 그러고는 또다시 곧 성례를 시켜 주겠다고 '나'를 구슬린다. '나'는 내 딱한 사정을 구장에게 말해 보지만, 마름인 장인에게 땅을 얻어 농사짓고 있는 그는 도리어 '나'에게 마음대로 내 집으로 가 버리면 징역을 살게 된다고 겁을 준다.

다음날 아침, 점순이는 '나'가 구장댁에 갔다가 아무런 성과 없이 온 것을 알고는 '바보'라고 쏘아붙이고는 가 버리는데, 이 말에 '나'는 내 신세가 가여워서 일터에 나가다 말고 바깥 마당 공석 위에 드러눕는다. 그러면서 오늘은 무슨 일이 있어도 결정을 내야겠다고 마음먹는다. 늑장을 피우는 '나'를 장인은 사정없이 내려치고, 매를 맞고만 있던 '나'는 점순이가 이 광경을 엿보고 있다는 사실에 벌떡 일어나서 장인의 수염을 잡아챈다. 장인이 소리를 지르자 단숨에 달려온 점순이는 내게 달려들면서 울며 악을 쓴다. 내 편을 들어줄 거라 믿었던 점순이의 태도에 '나'는 그만 넋이 빠져 장인이 모질게 내려치는 매를 피할 생각도 않고 점순이의 얼굴만 멀거니 들여다본다.

작품 해설

이 작품은 돈 한푼 받지 않고 거의 머슴처럼 일하고 있는 우직한 데릴사위와, 억지스런 핑계를 대며 혼인을 시켜 주지 않는 교활한 장인 간의 해학적 갈등을 담고 있습니다. 여기서도 농촌에 사는 젊은 남녀의 사랑 이야기가 김유정 특유의 향토색 짙은 언어로 재미있게 그려지고 있어요. 그래서 작품의 전체적인 분위기가 김유정의 또 다른 작품 「동백꽃」과 아주 많이 닮았지요.

이 소설은 '나' 라는 주인공이 점순이를 가운데 두고, 점순이의 아버지와 갈등을 빚고 있는 모습을 해학적으로 그리고 있어요. '나' 는 점순이네 집에서 3년 7개월이란 긴 세월을 돈 한푼 받지 않고 일하고 있는 데릴사위입니다. 오로지 이 집 둘째 딸인 점순이와 결혼하기 위해서, 심술궂은 장래의 장인(봉필) 밑에서 고생을 하고 있는 거지요.

하지만 정작 '장인님' 의 속셈은 딴 데 있습니다. '나' 를 돈 한푼 들이지 않고 농사일에 부려먹는 '머슴' 정도로 생각하고 있지요. '나' 는 기회가 있을 때마다 점순이와 성례를 시켜 달라고 조르지만, 그때마다 '장인님' 은 열여섯 살이나 된 점순이가 아직 어려서 안 된다는 핑계를 내세웁니다. 너무나 어수룩하고 숙맥인 '나' 는 할 수 없이 점순이의 키 작은 것만을 원망하고 말지요. 이처럼 '나' 의 바보스러움은 이야기 속에서 지나칠 정도로 익살스럽게 묘사되고 있답니다.

이야기의 전체 흐름을 보면, 이런 '나' 의 모습과 대조되어 장인의 이기적인 욕심이 더욱 두드러집니다. 그래서 심술궂고 음흉한 장인에게 이용만 당하며 고생하는 '나' 에게 동정과 연민이 생기기도 하지요. 하지만 '나' 의 바보 같은 모습은 그런 감정보다는 오히려 웃음을 유발시키고 있습니다.

'나'가 '장인'과 이런 갈등을 가지고 있다면, 점순이에 대한 생각은 어떨까요? '나'와 점순이는 장인과의 처음 약속대로라면 언젠가는 부부가 될 사람들입니다. 그런데도 이들은 제대로 마주앉아 말도 한번 못 해본 사이입니다. '나'는 점순이가 썩 예쁜 얼굴은 아니지만 참외 중에 제일 맛좋고 예뻐 보이는 '감참외' 같다고 생각할 정도로 귀하게 여기죠. 여기에서 그녀를 좋아하는 '나'의 순박하고 착한 마음을 엿볼 수 있습니다. 그런데 이렇게 좋아하는 점순이와의 결혼은 장인 때문에 쉽지 않습니다.

한편, '나'의 어수룩한 점을 악용하고 있는 장래 장인은 '봉필'이라는 이름이 버젓이 있지만, 동네에서 심술궂고 욕 잘하기로 소문이 나 있어 '욕필이'로 통하지요. 그가 동네 사람들에게서 인심을 잃은 결정적인 이유는 악랄한 마음이기 때문이죠. 다음의 인용문을 보면, 마름으로서 '봉필'이라는 인물의 됨됨이가 직설적으로 잘 묘사되어 있습니다.

 더 알아두기

아이러니 irony 수사법 중 강조법의 하나. 의미를 강조하거나 특정한 효과를 유발하기 위해서, 자기가 생각하고 있는 것과는 반대되는 말을 함으로써 그 이면에 숨겨진 의도를 은연중에 드러내는 표현법을 가리킴. 또한, 인생에서 가끔 사건이나 그 연속이 기대하고 있던 것과는 정반대로 전개될 때, 이를 '아이러니하다'고 말한다. 흔히 '운명의 장난'이라는 말은 이러한 의미를 더욱 간결하게 표현해 준다.

본디 마름이란 욕 잘하고, 사람 잘 치고, 그리고 생김 생기길 호박개 같아야 쓰는 거지만 장인님은 외양이 똑 됐다. 장인에게 닭마리나 좀 보내지 않는다든가 애벌논 때품을 좀 안 준다든가 하면 그해 가을에는 영락없이 땅이 뚝뚝 떨어진다. 그러면 미리부터 돈도 먹이고 술도 먹이고 안달 채신으로 돌아치던 놈이 그 땅을 슬쩍 돌려 앉는다. 이 바람에 장인님 집 외양간에는 눈깔 커다란 황소 한 놈이 절로 엉금엉금 기어들고, 동리 사람들은 그 욕을 다 먹어가면서도 그래도 굽신굽신하는 게 아닌가.

장인은 읍의 배참봉 댁 '마름'으로 있습니다. '마름'이라는 것은 땅주인의 위임을 받아 소작지를 관리하는 사람을 이르는 말이지요. 당연히 소작을 하는 사람들은 마름에게 잘 보이기 위해 눈치를 보게 되죠. 그래서 '마름'이라는 자리는 대단한 권세를 가질 수 있는 자리라 할 수 있어요. 장인은 자기 권세를 이용해서 힘없고 가난한 소작인들을 괴롭히는 인물이랍니다. 대부분 소작을 하고 있는 가난한 이 동네 사람들은 그를 미워하면서도 어쩔 수 없이 농사지을 땅을 떼이지 않기 위해 뇌물을 바칠 수밖에 없지요. 장인이라는 사람이 이렇게 악랄하고 파렴치한 인물이니 이 집에 데릴사위로 들어와 있는 '나'의 고충은 더할 수 없이 큽니다.

그의 교활함은 데릴사위를 들여 돈 한 푼 안 들이고 머슴처럼 부려먹는 모습에서도 잘 나타나고 있지요. 그에게는 딸만 셋 있는데 데릴사위를 핑계삼아 마을 청년들을 머슴처럼 부려먹습니다. 그는 첫째딸을 이용해 십 년 동안 열 명의 사위를 갈아치우다가 결혼시킨 전력을 가지고 있을 정도예요. 딸을 미끼로 자기 잇속만 차리는 못된 인간성을 지닌 인물이죠. 그의 못된 성격이 어리석지만 순박한 본성을 지닌 '나'라는 인물과 대조되어 더욱 선명하게 드러납니다.

그러면 '나'가 머슴 대접을 받으며 그렇게 고되고 힘든 생활을 하면서도 툴툴 털어버리고 이 집을 떠나지 못하는 중대한 원인 제공자인 인물 '점순이'를 살펴볼 까요? 점순이는 봉필의 둘째딸이에요. 몸집이 작은 점순이는 '나'에게 다정하게 대하지는 않지만, 속으로는 '나'를 좋아하고 있지요. 그래서 그녀는 심술궂은 자기 아버지에게 속수무책으로 당하고 있는 '나'의 모습을 더욱 한심하게 여긴답니다.

자신이 직접 아버지에게 대들지는 못하지만, 기약도 없이 그들의 성례를 미루기만 하는 아버지에게 결단을 내라고 은근히 '나'를 들쑤시죠. 그녀는 '나'를 좋아하는데 아버지 때문에 성례도 못하고 있어서 속이 탄답니다. 그래서 자기 아버지에게 성례 약속을 받아내지도 못하고 있는 바보 같은 '나'에게 더 화가 날 수밖에 없지요. 결국 '나'는 자신의 짝이 될 점순이에게 '바보'라는 비아냥거림을 듣고 장인과 일대 활극을 벌이게 되지요. 요컨대, 어리석고 순해 빠진 '나'가 그렇게 엄청난 사건을 저지르게 된 것은 다 그녀 때문이라 할 수 있습니다.

이런 면에서 보면, '나'보다는 점순이가 좀더 영악하고 적극적인 인물이라 할 수 있지요. 밤낮 일만 하고 말 거냐고 팩 쏘아붙이는 점순이의 말에 자극받은 '나'는 장인과 담판을 지을 생각으로 동네 어른인 구장에게까지 가서 하소연하지만, 그들의 혼례 문제는 아무 진척이 없습니다. 배 참봉 댁 땅을 소작하고 있는 구장으로서는 이치에 맞는 판결로 마름인 봉필의 성질을 건드릴 수 없는 처지였기 때문이죠.

이 일을 안 점순이는 '나'를 '바보'라고 몰아세우고, 짝이 될 사람에게 '바보'라는 소리까지 듣게 된 '나'는 무슨 일이 있어도 장인과 꼭 담판을 지어야겠다는 결심을 하게 됩니다. 일을 하지 않고 마당에 드러누운 '나'에게 장인의 인정 사정없는 매타작이 시작되고, '나'는 이 광경을 몰래 숨어서 보고 있을 점순이를 의식해서 장인과 맞서 싸우기 시작하죠. 이렇게 데릴사위와 장인이 엎치락뒤치락 웃지도 못할 살벌한 싸움이 벌어지고, 상황이 다급해진 장인은 급기야 점순이까지 불러들입니다.

그런데 단숨에 달려온 점순이의 행동이 정말 어이가 없군요. '나'를 장인과 싸우도록 부추긴 게 바로 그녀였고, 그녀만은 자신의 편이 되어 주리라 믿었는데, 예상이 보기 좋게 빗나간 거죠. '나'로서는 이해할 수 없는 아이러니한 상황이 벌어진 거예요. 이처럼 예상치 못한 상황은 작품의 결말에서 절정을 이룹니다. 극적인 반전이 이루어지고 있죠. 자기 아버지를 감싸는 그녀의 알 수 없는 마음에 허탈해진 '나'는 곧이어 사정없이 내려치는 장인의 매도 피하지 않고 그녀를 멍하게 바라봅니다.

이 작품의 모든 사건은 점순이와의 '혼례' 문제를 둘러싼 것인 만큼 농촌 젊은이들의 순박한 사랑이 중심이 되고 있습니다. 때는 만물이 소생하는 봄! '봄'은 이 작품의 제목이기도 하고, 젊은 주인공들의 인생의 시기를 뜻하기도 하지요. '나'와 점순이, 이 인물들은 인생의 봄을 맞고 있는 젊은이들이죠. 이제 짝을 만나 사랑을 하고 결혼해 삶을 열심히 살아가야 할 출발점에 서 있는 이들의 상황은 작품의 제목대로 '봄봄'이지요. 하지만 소설에서는 '나'와 점순이의 순박한 사랑은 욕심 많은 장인 때문에 더욱 두드러져 보이고, 점순이가 만들어 내는 예기치 못한 아이러니한 상황은 이 소설을 한층 익살스럽게 만들고 있습니다.

Open Book Test

1 '나'와 장인 사이의 주요 갈등 원인은 무엇인가요?

2 이 작품에서 유머를 자아내는 비결은 무엇일까요?

3 점순이가 혼례 문제를 두고 '나'를 더욱 충동질하는 이유를 계절과 관련지어 생각해 봅시다.

4 동네 구장 어른이 '나'의 얘기를 듣고도 올바른 판결을 내려 주지 않는 이유는 무엇일까요?

5 '봄'이 내포하고 있는 의미에 대해 생각해 봅시다.

구성	발단	결혼 문제를 둘러싼 '나'와 장인 간의 갈등.
	전개	'나'와 장인 간의 갈등이 점차 심각해진다.
	위기	'나'와 장인 간의 갈등이 본격적으로 드러난다.
	절정	'나'와 장인 사이에 해학적인 활극이 벌어진다.
	결말	희극적인 싸움이 끝나고, '나'는 알 수 없는 점순이의 마음에 할 말을 잇는다.

핵심 정리	갈래	단편소설, 농촌소설
	배경	공간적—강원도 산골 마을/시간적—1930년대 봄.
	주제	교활한 장인과 우직한 데릴사위 간의 해학적 갈등. 순박한 농촌 남녀의 애정과 마름인 장인 될 사람의 횡포.
	시점	1인칭 주인공 시점
	구성	현재와 과거가 엇갈린 구성.
	문체	간결체

작중인물의 성격	나	이야기의 주인공이며 화자. 점순네 집에 데릴사위로 들어와서 돈도 받지 않고 열심히 일하는 머슴. 점순이와 혼인할 날만을 기다리는데, 순박하고 우직한 '나'는 장인의 못된 속셈을 알면서도 어쩌지 못하는 굉장히 소극적인 인물.
	장인(봉필)	'나'의 장인뻘 되는 사람. 딸만 셋을 둔 마름으로, 데릴사위를 바꿔치기하면서 노동력을 착취하는 아주 못된 사람. 이번엔 자신의 딸 점순이와 혼인시켜 주겠다는 핑계로 '나'를 데릴사위로 들였지만, 혼인시켜 줄 생각은 하지 않고 일만 시키는 교활하고 몰인정한 인물.
	점순	'나'의 장래 아내가 될 사람. 키는 작지만 당돌하고 야무지며, 다소 능동적인 여자. 혼인 문제에 대해 소극적인 태도를 지닌 '나'를 들쑤셔서 자기 아버지와 싸움을 붙여 놓지만, 정작 '나'가 장인과 싸우는 자리에서 엉뚱하게 자기 아버지의 편을 들어서 '나'를 아주 허탈하게 하는 인물.

젊은 느티나무

나는 그를 영원히 아무에게도 주기 싫다. 그리곤

나 자신을 다른 누구에게 바치고 싶지도 않다. 그

리고 우리를 비끄러매는 형식이 결코 '오누이' 라

는 것이어서는 안 될 것을 알고 있다.

강신재 康信哉

강신재는 1924년 서울에서 태어나 경기여고를 거쳐 1944년 결혼으로 인해 이화여전을 중퇴했습니다.

그는 1949년 김동리의 추천으로 단편소설 「얼굴」·「정순이」가 《문예》에 실리면서 문단에 데뷔했습니다.

이후 「안개」·「白夜」 등 많은 단편소설과, 「百萬人의 妾」·「感傷地帶」 등의 중편소설, 그리고 「褐沿里」 등의 희곡을 발표했습니다. 장편소설로는 『靑春의 不文律』·『原色의 廻廊』 등이 있으며, 1960년에는 단편소설 「젊은 느티나무」를 발표해 호평을 받았습니다.

이 외에도 매년 서너 편의 단편·중편·장편소설을 왕성하게 발표했고, 1983년부터는 대한민국 예술원 정회원을 지내 왔으며, 문인협회·펜클럽 이사를 역임했습니다.

3·1문화대상, 예술원상, 중앙문화대상, 여류문학상, 한국문인협회상 등을 수상한 그는 그 외에도 「임진강 민들레」·「파도」·『명성황후』 등의 작품을 발표했습니다.

●

감각적이고 섬세한 문체와 세련된 묘사로 1960년대를 대표하는 여성작가로 불린 강신재 (1924~2001)

강신재는 1950년대와 1960년대에 당시로는 파격적인 불륜을 그린 수많은 애정소설을 발표해 대표적인 여성 작가로서의 위치를 굳혔습니다.

그는 주로 불륜과 삼각 관계 등 사회적인 인습을 뛰어넘는 애정 관계를 통해 사랑과 도덕 사이에서 갈등하는 남녀의 심리를 보여주었는데요, 특히 현대인의 애정 모럴에 대한 지속적인 관심, 재치 있고 발랄한 문체, 세련된 감각과 인물 묘사의 기교 등을 그의 특징으로 꼽을 수 있습니다.

대중적으로 많은 인기를 얻은 「젊은 느티나무」 외에도, 1957년에 발표된 「표 선생 수난기」는 아들의 친구와 불륜에 빠진 여인을 등장시켜 화제를 모았었죠.

1950년대의 6·25전쟁과 1960년대 산업화 과정에서 나타나는 애정 풍속도를 세련되게 묘사한 강신재 특유의 감각적이고 신선한 문체는 대중소설의 위상을 한 단계 올려놓았다는 평가를 받았습니다.

첫사랑의 설레임을 섬세하게 표현한 작품 「젊은 느티나무」

여성의 섬세한 심리묘사가 뛰어난 「젊은 느티나무」는 등장 인물의 대사와 움직임에서 그들의 심리상태를 파악하며 읽는 것이 중요합니다. 또한 작가 특유의 시각적·후각적 이미지도 빈번히 등장하는데 이러한 이미지들이 작품의 방향을 암시하므로 이 점도 유의해야겠죠.

첫사랑의 설레임을 잘 표현한 이 소설은 뚜렷한 사건이나 인물이 등장하지는 않죠. 다만 이 소설에 등장하는 인물과 사건은 모두 첫사랑이라는 풍경을 그리는 것에 집중되어 있을 뿐이랍니다. 이를 소설 구성의 전문용어로 말한다면 전경화前景化에 해당되겠네요. 즉, 인물과 사건을 후경後景에 놓고, 전경에 사랑의 분위기만을 아름답게 내세우고 있는 것이죠. 따라서 이 소설의 주제는 전경에 그려진 첫사랑과 젊음의 묘사에서 찾아야 할 거예요.

첫사랑은 일생에 단 한 번뿐이기에 값진 것이라는 작가의 생각은 비누 냄새의 감각으로 예민하게 포착되고 있지요. 이 과정에서 작가는 숙희와 현규의 심리를 섬세하게 묘사하며 둘의 감정의 흐름을 산뜻하고 세련된 문장으로 표현함으로써, 여타 연애소설에서 흔히 보이는 신파조의 한계성을 극복하고 있어요.

1

그에게서는 언제나 비누 냄새가 난다.

아니, 그렇지는 않다. 언제나라고는 할 수 없다.

그가 학교에서 돌아와 욕실로 뛰어가서 물을 뒤집어쓰고 나오는 때면 비누 냄새가 난다. 나는 책상 앞에 돌아앉아서 꼼짝도 하지 않고 있더라도 그가 가까이 오는 것을―그의 표정이나 기분까지라도 넉넉히 미리 알아차릴 수 있다.

티셔츠로 갈아입은 그는 성큼성큼 내 방으로 걸어 들어와 아무렇게나 안락의자에 주저앉던가, 창가에 팔꿈치를 짚고 서면서 나에게 빙긋 웃어 보인다.

"무얼 해?"

대개 이런 소리를 던진다.

그런 때에 그에게서 비누 냄새가 난다. 그리고 나는 나에게 가장 슬프고 괴로운 시간이 다가온 것을 깨닫는다. 엷은 비누의 향료와 함께 가슴속으로 저릿한 것이 퍼져 나간다―이런 말을 하고 싶었던 것이다.

"뭘 해?"

하고, 한마디를 던져 놓고는 그는 으레 눈을 좀더 커다랗게 뜨면서 내 얼굴을 건너다본다.

그 눈동자는 내 표정을 살피려는 것 같기도 하고 어쩌면 그보다도, 나에게 쾌활하게 웃고 떠들라고 권하고 있는 것 같기도 하다. 또 어쩌면 단순히 그 자신의 명랑한 기분을 나타내고 있는 것에 불과한지도 모른다.

어느 편일까?

나는 나의 슬픔과 괴로움과 있는 대로의 지혜를 일점에 응집시켜 이 순간 그의 눈 속을 응시하지 않을 수 없다.

나는 알고 싶은 것이다.

그의 눈 속에 과연 내가 무엇으로 비치는가?

하루해와, 하룻밤 사이, 바위를 씻는 파도 소리같이, 가슴에 와 부딪고 또 부딪고 하던 이 한 가지 상념에 나는 일순 전신을 불살라 본다.

그러나 매일 되풀이하며 애를 쓰지만 나는 역시 알 수가 없다. 그의 눈의 의미를 헤아릴 수가 없다. 그래서 나의 괴롬과 슬픔은 좀더 무거운 것으로 변하면서 가슴속으로 가라앉아 버리는 것이다.

그리고 다음 찰나에는 나는 그만 나의 자연스러운 위치―그의 누이동생이라는, 표면으로 보아 아무 시스러움도 불안정함도 없는 나의 위치로 돌아가 있지 않으면 안 될 것을 깨닫는다.

"인제 오우?"

나는 이렇게 묻는다. 그가 원한 듯이 아주 쾌활한 어투로. 이 경우에 어색하게 군다는 것이 얼마만한 추태인가를 나는 알고 있다.

내 목소리를 듣고는 그도 무언지 마음 놓였다는 듯이,

"응, 고단해 죽겠어. 뭐 먹을 거 좀 안 줄래?"

두 다리를 쭈욱 뻗고 기지개를 켜면서 대답을 한다.

"에에, 성화라니깐. 영작 숙제가 막 멋지게 씌어져 나가는 판인데……."

나는 그렇게 두덜거려 보이면서 책상 앞에서 물러난다.

"어디 구경 좀 해. 여류 작가가 될 가망이 있는가 없는가 보아줄게."

그는 손을 내밀며 몸까지 앞으로 썩 하니 기울인다.

"어머나, 싫어!"

나는 노트를 다른 책들 밑에다 잘 감추어 놓고 아래층으로 내려가서 냉장고 문을 연다.

뽀얗게 얼음이 내뿜은 코카콜라와 크래커, 치즈 따위를 쟁반에 집어 얹으면서 내 가슴은 비밀스런 즐거움으로 높다랗게 고동치기 시작한다.

그는 왜 늘 내 방에 와서 먹을 것을 달라고 할까? 언제나 냉장고 앞을 그냥 지나 버리고는 나에게 와서 달라고 조른다.

어떤 게으름뱅이라도 냉장고 문을 못 열 까닭은 없고, 또 누구를 시키는 것이 좋겠다면 부엌 사람들께 한마디 하는 편이 나을 것이다.

군소리를 지껄대거나 오래 기다리게 하거나 그렇지 않더라도 줄곧 먹을 것을 엎지르거나 내려뜨리거나 하는 나를 움직이기보다는 쉬울 것이 확실하다.

'어쩐 셈인지 나는 이런 따위 일이 참말 서툴다. 좀 얌전하고 재빠르게 보이려고 하여도 도무지 그렇게 되질 않는다.'

쟁반을 들고 돌아와 보면 그는 창 밖의 덩굴장미께로 시선을 던지고 옆얼굴을 보이며 앉아 있다.

무엇을 생각하는지, 내가 곁에 있을 때는 보이지 않는 조용히 가라앉은 눈초리를 하고 있다. 까무레한 피부와 꽤 센 윤곽을 가진 그의 얼굴을 이런 각도에서 볼 때 나는 참 좋아진다. 나에게는 보이려 하지 않는 혼자만의 표정도 무언지 가슴에 와 부딪는다.

그의 머리통은 아폴로^{아폴론(Apollon)의 라틴어 이름. 그리스 신화에 나오는 태양 · 예언 · 궁술 · 의술 · 음악 · 시의 신.}의 그것처럼 모양이 좋다. 아주 조금 곱슬거리는 머리카락이 몇 올 앞이마에 드리워 있다.

"고수머리는 사납다던데."

언젠가 그렇게 말하였더니,

"아니, 그렇지 않아. 숙희, 정말 그렇지 않아."

하고 그는 진심으로 변명을 하려 드는 것이었다. 나는 그저 농담을 하였을 뿐이었는데……

오늘도 그는 내 방에서 쉬고 나더니,

"정구 칠까?"

하며, 자리에서 일어섰다.

"응."

"아니 참, 내일부터 중간 시험이라구 하잖았던가?"

"괜찮아, 그까짓 거……."

사실 시험이고 무엇이고 없었다. 나는 옷 서랍을 덜컹거리며 흰 반바지와 곤색 셔츠를 끄집어내었다.

"괜히 낙제하려구."

하면서도 그는 이내 라켓을 가지러 방을 나갔다.

햇볕은 따가웠으나 나뭇잎들의 싱싱한 초록 사이로 서늘한 바람이 지나가곤 한다. 우리는 뒷산 밑 담장께로 걸어갔다. 낡은 돌담의 좀 허수룩한 귀퉁이를 타고 넘어서 옆집 코트로 미끄러져 들어간다.

옆집이라고 하는 것은 구왕가에 속한다는 토지의 일부인데 기실 집이라고는 까마득히 떨어져서 기와집이 두어 채 늘어서 있고 이쪽은 휘엉 하니 비어 있는 공터였다. 그 낡은 기와집에 사는 사람들은 이 공터를 무슨 뜻에선지 매일 쓸고 닦고 하여서 장판처럼 깨끗이 거두어 오고 있었다.

"아깝게끔…… 테니스 코트나 만들면 좋겠는데. 응 그러면 어떨까?"

어느 날 돌담에 가 걸터앉아서 내려다보던 끝에 그런 제의를 했다.

처음에는 그는 움직이려 들지 않았으나 결국 건물께로 걸어가서 이야기를 해 보았다.

이튿날 우리는 석회를 들고 가 금을 그었다. 또 며칠 후에는 네트를 치고 땅을 깎아 내어서 아주 정식으로 코트를 만들어 버렸다.

그렇게까지 할 줄은 몰랐을 주인이 야단을 치면 걷어 버리자고 주춤거리며 일을 했는데 호호백발의 할아버지인 그 집 주인은 호령을 하지 않을뿐더러 가끔 지팡이를 끌고 나와 플레이를 구경하는 것이었다.

이렇게 나이 많은 노인네의 표정은 언제나 나에게는 판정하기 어려운 것이지만 특히 이 할아버지의 경우는 그러하였다. 구태여 말한다면 웃고 있는 것 같기도 하고 신기해하고 있는 것 같기도 했지만 또 동시에 하늘 밖의 일을 생각하는 듯 아득해 보이기도 하였으니 기묘했다.

한두 번은 담을 넘는 나의 기술을 적이 바라보고 분명히 무슨 말을 할 듯이 하더니 그만 입을 봉하고 말았다. 말을 했자 들을 법하지도 않다고 짐작을 대었는지 알 수 없었다. 어쨌든 그곳은 아주 좋은 우리의 놀이터인 것이었다.

물리학 전공의 그는 상당히 공부에도 몰리고 있는 눈치였으나 운동을 싫어하는 샌님도 아니었다.

테니스를 나는 여기 오기 전에도 하고 있었지만 기술이 부쩍 는 것은 대부분 그의 덕분이다. 그가 내 시골 학교의 코치보다도 훌륭한 솜씨를 갖고 있음을 알았을 때의 나의 만족이란 이루 말할 수도 없는 것이었다.

머리가 둔한 사람을 나는 도저히 좋아할 수 없지만 또 운동을 전연 모른다는 사람도 매력적이라고 생각할 수 없다. 스포츠는 삶의 기쁨을 단적으로 맛보여 준다. 공을 따라 이리저리 뛰면서 들이마시는 공기의 감미함이란 아무것에도 비할 수 없다.

나는 오늘 도무지 컨디션이 좋지가 못하였다. 이렇게 엉망진창인 때는 엉망진창인 대로, 또 턱없이 좋으면 좋은 그대로 적당히 이끌고 나가 주는 그의 솜씨가 적이 믿음직해질 따름이었다.

"와아, 참 안 된다. 퇴보 일로인가 봐."

"괜찮아. 아주 더워지기 전에 지수랑 불러서 한번 시합을 할까?"

하늘이 리라빛으로 물들 무렵 우리는 볼들을 주워 들고 약수터께로 갔다.

바위 틈으로 뿜어 나는 물은 이가 시리도록 차갑고 광물질적으로 쌉쓰름하다.

두 손으로 표주박을 만들어 떠내 가지고는 코를 틀어박고 마신다. 바위 위로 연두색 버들잎이 적이 우아하게 늘어지고, 빨간 꽃을 다닥다닥 붙인 이름 모를 나무도 한 그루 가지를 펼친 것으로 보아, 이런 마심새를 하라는 샘터는 아닌 모양 같지만 우리는 늘 그렇게 하여 왔다.

"약수라니까 많이 마셔. 약의 효험이나 좀 볼지 아나?"

"멋 땜에?"

"멋 땜에는. 정구 좀 잘 치게 되나 보려구 그러지."

이렇게 시끌덤벙 떠들던 샘가였다.

그런데 오늘 바위 언저리에는 조그만 표주박이 하나 놓여 있었다. 필시 그 할아버지가 갖다 놓아 준 것이 분명하였다.

"오늘부터 얌전히 마셔야 해."

"산신령님이 내다보신다."

정말 한동안 음전하게 앉아서 쉬었다. 그리고 그는 허리를 굽혀 표주박으로 물을 떴다. 그는 그것을 내 입가에 대어 주었다. 조용한, 낯선 표정을 하고 있었다. 나에게는 보이는 일이 없는 자기 혼자만의 얼굴의 하나인 것 같았다.

나는 아주 조금만 마셨다. 그리고 얼굴을 들어 그를 바라다보고 있었다. 그는 나머지를 천천히 자기가 마셨다.

그리고 표주박을 있던 자리에 도로 놓았으나 아주 짧은 사이 어떤 강한 감정의 움직임이 그 얼굴을 휘덮은 것 같았다. 그는 내 쪽을 보지 않았다.

나는 돌연 형언하기 어려운 혼란 속에 빠져 들어갔으나 한 가지의 뚜렷한 감각을 놓쳐 버리지는 않았다. 그것은 기쁨이었다.

나는 라켓을 둘러메고 담장께로 걸어갔다.

'오빠.'

그는 나에게는 그런 명칭을 가진 사람이었다.

'오빠.'

그것은 나에게 있어 무리와 부조리의 상징 같은 어휘이다.

그 무리와 부조리에 얽힌 존재가 나다.

나는 키보다 높은 담장 위에서 뛰어내렸다. 그리고 뒤도 안 돌아보고 정원 안을 걸어갔다.

운동화를 벗어 들고 맨발로 걷는다. 까실까실하면서도 부드러운 잔디의 촉감이 신이나 양말을 신고 디딜 생각은 나지 않게 한다.

"발바닥에 징을 박아 줄까? 어디든지 구두 안 신고 다니게 말야."

그는 옆에 있는 때면 이런 소리를 한다.

"맨발로 풀 위를 걸으면 고향에 온 것 같아. 아니 내가 나 자신에게 돌아온 것 같은 그런 맘이 드는걸……"

나는 중얼중얼 그런 소리를 지껄이는 것이나 저녁 이맘때가 되면 별안간 거의 수습할 수 없을 만큼 감정이 엉클리곤 하므로 그 뒤로는 완고 덩어리 할멈처럼 입을 봉하고 아무런 대꾸도 하질 않는다.

시무룩해 가지고 테라스 앞에 오면—그 안 넓은 방에 깔린 자색 양탄자, 여기저기에 놓인 육중한 가구, 그 속에 깃들인 신비한 정적, 이런 것들을 넘겨다 보면—그리고 주위에 만발한 작약, 라일락의 향기, 짙어진 풀내가 한데 엉켜 뭉쿳한 이곳에 와서 서면—나는 내 존재의 의미가 별안간 아프도록 뚜렷이 보랏빛 공기 속에 떠 있는 것을 보는 것이다.

내가 잠시 지녔던 유쾌함과 행복은 끝내 나의 것일 수는 없고, 그것은 그대로 실은 나의 슬픔과 괴로움이었다는 기묘한 도착倒錯을, 나는 어떻게도 처리할 길이 없다.

오누이…….

동생…….

이런 말은 내 맘속에서 혐오와 공포를 자아낸다.

싫다.

확실히 내가 느껴 온 기쁨과 즐거움은 이런 범주 내에서 허용될 수 있는 것이 아니었다.

날마다 경험하는 이 보랏빛 공기 속에서의 도착은 참 서글픈 감촉을 갖고 있었다. 나는 그의 곁에 더 오래 머무를 용기조차 없어진다.

검은 눈을 껌벅이면서 그는 또 농담이라도 할 것이다. 내게 더 웃고 더 쾌활해지라고 무언중에 명령할 것이다.

그가 내게 해줄 수 있는 일은 그것뿐이다.

오늘 나는 가슴속에 강렬한 기쁨을 안았던 까닭에 비참함도 더 한층 큰 것만 같았다.

나는 그곳에 한동안 서 있었다. 그리고 볼을 불룩하니 해가지고 마루로 올라갔다.

번들거리는 마룻바닥에 부연 발자국이 남아난다. 그렇게 마루가 더럽혀지는 것이 어쩐지 약간 기분 좋다. 몸을 씻고는 옷을 갈아입으면서 창으로 힐끗 내다보았더니 그는 등나무 밑 걸상에 앉아 있었다. 무릎 위에 팔꿈을 짚고 월계숲께로 시선을 던진 모양이 무언지 고독한 자세 같아 보였다. 그도 조금은 괴로운 것일까? 흠, 그러나 무슨 도리가 있담? 까닭없이 그에 대해 잔인해지면서 나는 그렇게 혼잣말을 하였다.

나는 방에 불도 켜지 않고 밖에서 보이지 않을 구석에 가만히 앉아 내다보고 있었다. 주위가 훨씬 어두워진 연에 그는 벤치에서 일어났다. 그리고 사라지기 전에 한참 내 창문께를 보며 서 있었다.

나는 어느 때까지나 불을 켜지 않았다.

저녁을 먹으러 내려가지도 않았다.

그 대신에 그가 마시다 둔 코크의 잔을 집어 들었다. 그리고 가만히 입술을 대었다. 아까 그가 내가 마신 표주박에 입술을 대었듯이······.

2

'그'를 무어라고 부르면 마땅할까.

오빠라고 불러야 한다는 것이 나의 운명이다.

재작년 늦겨울 새하얀 눈과 얼음에 뒤덮여서 서울의 집들이 마치 얼음 사탕처럼 반짝이던 날 무슈 리에게 손목을 끌리다시피 하며 이곳에 도착한 나에게 엄마는 그를 이렇게 소개했다.

"숙희의 오빠예요. 인사를 해. 이름은 현규라고 하고."

저 진보랏빛 양탄자 위에 서서 나는 그의 얼굴을 바라보았다.

"이과 대학의 수재란다. 우리 숙희두 시골서는 꽤 재원이라고들 하지만 서울 왔으니까 좀 어리벙벙할 테지. 사이좋게 해 줘요."

엄마의 목소리는 가벼웠으나 눈에는 두려움이 어려 있는 것 같았다. 엄마는 열심히 청년의 두 눈을 주시하고 있었다.

V네크의 다갈색 스웨터를 입고 그보다 옅은 빛깔의 셔츠 깃을 내보인 그는, 짙은 눈썹과 미간 언저리에 약간 위압적인 느낌을 갖고 있었으나 큰 두 눈은 서늘해 보였고, 날카로움과 동시에 자신自信에서 오는 너그러움, 침착함 같은 것을 갖고 있는 듯해 보였다. 전체의 윤곽이 단정하면서도 억세고, 강렬한 성격의 사람일 것 같았다. 다만 턱과 목 언저리의 선이 부드럽고 델리킷하여 보였다.

'키도 어깨 폭도 표준형인 듯하고……. 흐응, 우선 수재 비슷해 보이기는 하는걸…….'

하고 나는 마음속으로 채점을 하였다. 물론 겉 보매만으로 사람을 평가할 만큼 나는 어리석은 계집애는 아니었지만.

내가 그의 눈을 쏘아보자, 그는 눈이 부신 사람 같은 표정을 하면서 입술 한쪽으로 조금 웃었다. 그것은 약간 겸연쩍은 것 같기도 하였지만, 혼자 고소하고 있는 것같이도 보였다. 자기를 재어 보고 있는 내 맘속을 환히 들여다보는 때문일까? 그러자 나는 반대로 날카로운 관찰을 당하고 있는 듯한 긴장을 느꼈다.

그러나 그는 지극히 단순한 태도로,

"참 잘 왔어요. 집이 이렇게 너무 쓸쓸해서 아주 좋지 못했는데……."
하고 한 손을 내밀어서 내 손을 잡았다.

나를 도무지 어린애로만 보았다는 증거일 게고 또 아마 엄마의 감정을 존중한 결과였을 것이다.

아닌게아니라 엄마의 얼굴에는 일순 안도와 만족의 표정이 물결처럼 퍼져 갔다. 나는 이 청년이 엄마에게 어떤 존재인지를 짐작하였다. 말하자면 그들 인공적(?)인 모자 관계에 있어서는 항상 세심한 배려가 상호간에 베풀어져야 하는 것이다.

무슈 리는 매우 대범한 성질이어서 만사를 복잡하게 받아들이지는 않는 것 같았다. 그는 그저 미소를 띠고 우리를 바라다볼 뿐이고, 내가 고단할 게라는 소리를 몇 번이나 하였다.

어쨌든 그는 그로부터 나를 숙희라고, 쉽고도 간단하게 불러오고 있다.

"헤이, 숙!"
하기도 한다. 그리고 나에게 무조건 관대하였다. 지나칠 만큼. 그래서 때로는 섭섭할 만큼.

그러므로 그가 이즈음 내 방에 와서 배가 고프다고 한다거나 손 같은 데에 약을 발라 달라고 하게 된 것은 나에게는 대단히 귀중한 변화인 것이다.

그것은 어쨌든 내 편에서는 그를 오빠라고는 도저히 부를 수 없었다. 처음에는 너무 생소하여서, 그리고 나중에는 또 다른 이유들로.

이것은 무슈 리를 아버지라고 부르기 어렵기보다는 몇 갑절이나 힘든 일이었다. 나는 자기가 대단한 고집쟁이인지, 또는 부끄럼쟁이인지 분간할 수 없다. 나의 이런 곤란을 그도 엄마도 어느 정도 알고 있는 모양으로 요즈음은 내가 그 말을 피하려고 이리저리 애를 쓰지 않고도 적당한 대답을 할 수 있도록 저편에서 고려하여 말을 걸어 준다. 이런 의미에서 사양 없이 나를 곤경에 몰아넣곤 하는 것은 그러니까 무슈 리 한 사람뿐이다.

서울 와서 일년 남짓 지내는 새에 나는 여러 모로 조금씩 달라진 것 같다. 멋을 내는 방법도 배웠고 키가 커지고 살결도 희어졌다. 지난 사월에는 '미스 E여고'에 당선되어서 하룻동안 학교의 퀸 노릇을 하였다. 바스트가 약간 모자랄 거라고 나는 생각하고 있었는데 압도적으로 표가 많이 나와서 내가 오히려 놀랐다. 엄마는 좋아서 어쩔 줄을 몰랐고 무슈 리는 기막히게 비싼 손목시계를 사 주었다.

그는 별 말을 하지 않았다. 농담조차 하지 않았다. 축하한다고 한 번 그것도 아주 거북살스런 투로 말하고는 무언지 수줍은 것 같은 얼굴을 하고 있었다. 그런 것을 보니까 나는 썩 기분이 좋았다.

나는 성질도 조금 달라져 온 것 같다. 동무도 많았고 노래도 잘 부르던 시골 시절보다 조용한 이곳에서 더 감정이 격렬해진 것 같다.

삶의 기쁨이란 말을 나는 이제 이해한다.

이 집의 공기는 안락하고 쾌적하고, 엄마와 무슈 리와의 관계로 하여 약간 로맨틱한 색채가 감돌고 있기도 하다. 서울의 중심에서 떨어진 S촌의 숲속의 환경도 내 마음에 들고 무슈 리가 오래 전부터 혼자 살아왔다는 담쟁이덩굴로 온통 뒤덮인 낡은 벽돌집도 기분에 맞는다.

그는 엄마에게 예절 바르고 친절하고, 무슈 리는 내가 건강하고 행복스런 얼굴만 하고 있으면 어느 때고 지극히 만족해하고 있다. 그는 어느 사립대학의 경제학 교수인데 약간 뚱뚱하고 약간 호인다워 보인다. 불란서와 아무 관계도 없는 그를 무슈라고 내가 속으로 부르고 있는 까닭은 어느 불란서 영화에서 본 한 불쌍한 아버지의 모습과 그가 닮아 있기 때문이다. 무슈 리는 불쌍하지는 않다. 오히려 지금은 참 행복하다. 그러나 이렇게 호의 덩어리 같은 사람은 자칫하면—주위가 나쁘면—엉망으로 불행해질 것같이 보이는 것이다.

괴테의 베르테르 괴테의 작품인 「젊은 베르테르의 슬픔」에 등장하는 청년. 같은 청년의 비극에는 날카로운 아름다움이 있다. 그러나 우리 무슈 리 같은 타입의 슬픔에는 오직 비참만이 있을 듯하다……. 우리 엄마가 그의 곁에 와준 것은 하니까 얼마나 다행한 일이었을까!

엄마는 줄곧 집에만 들어앉아 있으나 행복해 보였고 예부터의 특징이던 부드러운 목소리가 한층 더 부드러워진 것 같다. 다만 엄마는 엄마의 행복에 대해서 한편으로 죄스러움 같은 것을 느끼고 있는 듯한 눈치로서 그래서 바깥으로 나다니지도 않고 큰 소리로 웃는 일도 없는 것 같았다. 그러나 그녀는 늘 고운 옷을 입고 있었고 엷게 화장을 하고 있었다. 이 일도 내 마음에 흡족하였다.

그러나 이곳에는 뜻하지 않은 괴로움이 또한 있었다. 현규에 대한 감정은 언제나 내 맘을 무겁게 하고 있다. 너무나 고통스럽게 여겨질 때에는 여기 오지를 말았더면 하고 혼자 중얼대는 일도 있다. 그러나 그 생각은 오래 가지 않는다. 나는 만약 내 생애에서 한 번도 그를 만나는 일이 없이 죽고 말 경우라는 것을 생각해 보면 가슴이 서늘해지기까지 한다. 아무 일도 이루어지지 않아도 좋았다. 나는 그를 만났다는 일만으로 세상의 어느 여자보다도 행복한 것이다. 그의 곁에서 호흡하고 있는 기쁨을 무엇으로 바꿀 수 있을까?

그러나 나는 여전히 슬프고 초조한 것도 사실이다. 정직히 말한다면 내 기분은 일 분마다 달라진다.

무슈 리가 요즘 외국을 여행중인 것은 내게는 하나의 구원과도 같다.

아침마다 행복 그것 같은 얼굴로 인사를 하지 않아도 좋고 저녁마다 시간에 식당에 내려가지 않아도 좋기 때문이다.

"돌아오실 때까지 눈감아 줘, 응 엄마. 시간 지키는 거 나 질색인 줄 알잖우? 먹고 싶은 때 먹고 안 먹고 싶은 때 안 먹고 그럴게, 응?"

무슈 리가 떠나는 즉시로 나는 엄마에게 이렇게 교섭을 하였다. 사실 현규의 얼굴을 보는 일이 두려운 때가 점점 잦아 오는 것만 같다.

그는 대개 엄마와 함께 저녁을 드는 모양이었다.

3

예절 바른 그가 식당에서 엄마의 상대를 하고 있을 동안 나는 멍하니 창가에 앉아서 저물어 가는 하늘을 바라다보고 있다.

군데군데 작은 집들이 몰려 있는 촌락과, 풀숲과 번득이는 연못 같은 것들이 있는 넓은 들판 너머에, 무디게 빛나며 강이 흐르고 있다. 강은 날씨와 시간에 따라 플래티나같이 반짝이기도 하고 안개처럼 온통 보얗게 흐려 버리기도 한다. 하늘이 보랏빛으로부터 연한 잿빛으로 변하여 가는 무렵이면 그 강도 부드러운 회색 구름과 한덩이가 되었다.

나는 여러 가지 감정이 뒤범벅이 된 혼란 상태에서 자기를 건져내야 한다고 어두운 강물을 바라보며 늘 생각하는 것이었다. 마음 가는 대로 몸을 내맡길 수 없는 것이 나의 입장이고 또 그 마음 가는 일 자체에 대해서도 분열된 생각을 수습할 수가 없었다.

현규를 사랑한다는 일 가운데에 죄의식은 없다. 그런 것은 있을 수 없었다. 그러나 엄마와 무슈 리를 그런 의미에서 배반하는 것은 곧 네 사람 전부의 파멸을 의미하는 것이었다. 파멸이라는 말의 캄캄하고 무서운 음양 앞에 나는 떨었다.

이곳에 오기 전에 나는 시골 외할아버지의 집에 있었다. 삼사 년 전까지는 엄마와도 함께, 그리고 그 후로는 할머니 할아버지와 단 셋이서. 일하는 사람들은 여럿 있었고 과수원을 지키는 개도 여러 마리, 그 중에는 내가 특별히 귀여워한 진돗개 복동이도 있었지만 나는 언제나 못 견딜 만큼 적적하였다. 엄마가 서울로 떠난 후에는 마음이 막 쓰라린 것을 참아야 했지만 그 엄마가 같이 있었을 때에라도 나는 우리의 생활에서 마음 든든하다거나 정말로 유쾌하다거나 하는 느낌을 가져 본 일은 없다.

젊고 아름다운 엄마가 언제나 조용히 집 안에서 세월을 보내고 있는 일은 내게 어떤 고통을 주었다. 그 무릎 위에는 늘 내게 지어 입힐 고운 헝겊 조각이나 털실 같은 것이 얹혀 있었지만, 그리고 그 입에서는 늘 나에 관한 이야기가 흘러나왔지만 나는 그것이 불만이고 불안하기조차 하였다.

그런 걸 만들어 주지 않아도 좋으니 다른 애들 엄마처럼 집안 살림에 볶이

어서 때로는 악도 쓰고 나더러 야단도 치고 어린애도 둘러업고 다니고—말하자면 그녀 자신의 생활을 하고 있으면 나도 흐뭇할 것 같았다. 할머니도 할아버지도 나에게와 마찬가지로 엄마에게도 그저 유하고 부드럽기만 하였다.

엄마의 그림자 같은 생활은 언제부터 시작되었는지 기억할 수 없다. 사변과 함께 우리가 시골 할아버지댁으로 내려가던 때 그러니까 지금부터 십 년쯤 전에도 이미 그랬었고, 또 그보다 전 서울 국민학교에 입학하던 즈음에도 역시 그런 느낌이던 것을 잊지 않고 있다.

'아버지'에 관하여 나는 아무것도 모른다. '돌아가셨다'는 설명을 언젠가 들은 적이 있었으나 어쩐지 정말 같지 않다는 인상으로 남아 있었다. 사변 후에,

"너의 아버지는 돌아가셨다."

하고 할머니가 일러 주셨는데 이때의 말투에는 특별한 것이 깃들여 있어서 그후로는 그것이 진실이거니 여기고 있다. 아마 나의 엄마와 아버지는 내가 아주 어릴 때부터 별거하고 있었고 그러는 사이 그들은 다시 만나는 일도 없이 사별하고 만 모양이었다. 어쨌든 나는 내 부친에 관해서 아무런 지식도 관심도 감정도 갖고 있지 않다. '윤'이라는 내 성이 그로부터 물려받은 유일의 것이지만 흔한 성이라고 느낄 뿐이다.

무슈 리가 피난지에서 할아버지의 과수원을 찾아온 것은 어떤 경위를 거친 뒤였는지 나는 알 수 없다. 그날 나뭇가지에 걸터앉아서 사과를 베어먹고 있노라니까 좀 뚱뚱한 낯선 신사가 걸어왔다. 대문 앞에서 망설이듯이 멈추었다가 모자를 벗어 들고 걸어 들어왔다. 나무 밑을 지나갈 적에 사과씨를 떨구었더니 발을 멈추고 쳐다보았으나 웃지도 않고 그냥 가 버렸다. 도무지 어수선

하기만 하다는 얼굴이었다. 나중에 방 안에서 정식으로 인사를 하였는데 그때의 판단으로는 나무 위로부터 환영받은 일을 까맣게 기억하지 못하는 것 같았다.

그는 하룻밤 체류하지도 않고 되돌아갔다. 그리고 할아버지와 할머니에게는 대단히 중요한 의논거리가 생긴 모양이었다. 밤에 가끔 사과밭 사이를 혼자 걷는 엄마를 보게 되었다.

무슈 리는 한 번 더 다녀갔다. 그리고 얼마 후에 엄마는 상경하였다.

"애초에 그렇게 혼인을 정했더면 애 고생을 안 시키는걸……."

어느 날 옆방에서 할머니가 우시며 수군수군 그런 소리를 하시는 걸 듣고 놀랐다.

"그럼 우리 숙희는 안 태어났을 것 아뇨? 공연한 소릴……."

"그저 팔자 소관이죠. 경애가 생각을 잘못 먹었었다느니보다도……."

애어멈이라고 하지 않고 그렇게 엄마의 이름을 대는 것을 듣고 나는 엄마의 젊은 시절을 생각하여 미소지었다.

그림자처럼 앉아서 내 블라우스 같은 것을 매만지는 엄마를 보는 서글픔은 이제는 없어졌다. 엄마가 그럭저럭 행복해진 듯한 것은 기뻤으나 뼈저리게 쓸쓸한 것도 사실이었다. 나는 밤낮 커단 소리로 노래를 부르고 있었다. 산모퉁이 길을 학교에서 돌아오는 때에도 사과나무의 흰 꽃 밑에서도 또 빨간 봉선화가 핀 마당에서도.

"이애야, 그렇게 큰 소릴 내면 남들이 웃는다."

할머니는 가끔 진정으로 그런 소리를 하셨다. 재작년 늦은 겨울 무슈 리가 내려와서 나를 데려가겠다고 우겨댔을 때에 제일 놀란 사람은 나 자신이었다. 두 분 노인네도 더러 망설였다. 그러나 무슈 리의 끈기 있는 태도에 양보를 하는 수밖에 없는 눈치여서, 노인네들은 그만 풀이 없었다. 나는 무슈 리가 할머니 할아버지에게,

"무엇보다 엄마가 그걸 원하고 있으니까요. 말은 안 하지만 절실히 바라고 있는 걸 내가 아니까요."

하고 열심히 이야기하는 것을 보다가 그만 싱그레 웃고 말았다. 나 보기에 할아버지 할머니는 이미 설복되어서, 무슈 리가 만약 그 연설을 잠시 끊기만 한다면 이내 대답을 할 것 같은데 그는 마치 그들이 결단코 나를 놓지는 않으리라고 굳이 믿는 사람처럼 애걸복걸을 하는 것이었다. 그가 말을 하면서 나를 흘낏 보았을 때 나는 조그맣게 끄덕여 보였다. 그랬더니 그는 말을 뚝 끊고 벙글 웃더니 손수건을 꺼내서 이마를 닦았다.

이래서 나는 서울 E여고로 전학을 하였다.

나는 생각한다.

무슈 리와 엄마는 부부이다. 내가 그를 아버지라고 부르기 어려운 것은 거의 그런 말을 발음해 본 적이 없는 습관의 탓이 크다.

나는 그를 좋아할 뿐더러 할아버지 같은 이로부터 느끼던 것의 몇 갑절이나 강한 보호 감정—부친다움 같은 것도 느끼고 있다.

그러나 나는 그의 혈족은 아니다.

현규와도 마찬가지다. 그와 나는 그런 의미에서는 순전한 타인이다. 스물 두 살의 남성이고 열여덟 살의 계집아이라는 것이 진실의 전부이다. 왜 나는

이 일을 그대로 알아서는 안 되는가?

　나는 그를 영원히 아무에게도 주기 싫다. 그리곤 나 자신을 다른 누구에게 바치고 싶지도 않다. 그리고 우리를 비끄러매는 형식이 결코 '오누이' 라는 것이어서는 안 될 것을 알고 있다.

　나는 또 물론 그도 나와 마찬가지로 같은 일을 생각하고 있기를 바란다. 같은 일을─같은 즐거움일 수는 없으나 같은 이 괴로움을.

　이 괴로움과 상관이 있을 듯한 어떤 조그만 기억, 어떤 조그만 표정, 어떤 조그만 암시도 내 뇌리에서 사라지는 일은 없다. 아아, 나는 행복해질 수는 없는 걸까? 행복이란, 사람이 그것을 위하여 태어나는 그 일을 말함이 아닌가?

　초저녁의 불투명한 검은 장막에 싸여 짙은 꽃향기가 흘러든다. 침대 위에 엎드려서 나는 마침내 느껴 울고 만다.

                              4

                        "숙희야, 나 이런 것 주웠는데……."

　일요일 아침 아래층으로 내려가니까 소파에 앉아 있던 엄마가 손에 쥐었던 봉투 같은 것을 들어 보였다.

　"뭔데?"

　나는 가까이 갔다.

　그리고 좀 겸연쩍어졌지만 하는 수 없이,

　"어디서 주웠수, 이걸?"

하면서, 손을 내밀어 그것을 잡으려고 하였다.

"잠깐…… 거기 좀 앉아 보아."

엄마는 짐짓 긴장한 낯빛을 감추려고 하면서 앞의 의자를 가리켰다.

나는 속으로 픽 하고 웃음이 나왔으나 잠자코 거기에 가 걸터앉았다.

지수는 K장관의 아들이다. 언덕 아래 만리장성 같은 우스꽝한 담을 둘러친 저택에 살고 있다. 현규랑 함께 정구를 치는 동무이고 어느 의과 대학의 학생인데 큼직큼직하고 단순하게 생겨 있었다. 지프차에다 유치원으로부터 고등학교까지의 동생들을 그득 싣고 자기가 운전을 하여 가곤 한다.

나도 두어 번 그 차를 얻어 탄 일이 있다. 한번은 현규와 함께였으니까 사양할 것도 없었고, 다른 한번은 시내에서 돌아오는 길목이라 굳이 싫다는 것도 이상할 것 같아서 탔다.

"작은 학생들이 오늘은 하나도 없군요."

"나 있는 데까지 시간 안에 오는 놈은 태워 가지고 오고 그 밖엔 뿔뿔이 재주대로 돌아오깁니다. 기차나 마찬가지죠."

그러한 그가 걸맞지 않게 적이 섬세한 표현으로 러브레터를 써 보냈다고 해서 나는 우습게 생각하는 것은 아니다. 그러나 엄마의 엄숙한 표정은 역시 약간 난센스가 아닐 수 없었다.

"글쎄, 이게 어디서 났을까?"

"등나무 밑 걸상에서."

"오오라, 참 게다 놨었군."

"오오라 참이 아니야. 숙희는 만사에 좀더 조심성이 있어야 해요. 운동을 하구 난 담에두 그게 뭐야? 라켓은 밤낮 오빠가 치워놓던데."

흐흥 하고 나는 웃었다.

"편지 보낸 사람에게 첫째 미안한 일이 아니야?"

"참 그래. 엄마 말이 옳아."

그리고 나는 편지를 잡아채었다.

"귀중한 물건인가? 엄마 좀 읽어 봄 안 되나?"

"읽어 봐두 괜찮아. 안 되는 거라면 게다 놔둘까? 감추지."

나는 조금 성가셔졌다.

"그럼 안심이군. 사실은 벌써 읽어 봤어."

"아이, 엄마두."

"그런데 엄마가 얘기하고 싶은 건 숙희가 자기 주위에 일어나는 일들을—이런 편지에 관한 거라든지 또 그 밖의 일들을, 혼자 처리하지 말고 그 요점만이라도 엄마한테 의논해 주었으면 좋겠어. 그건 그렇게 해야만 하는 거야."

듣고 있는 사이에 나는 점점 우울해져서 잠시라도 속히 이 자리에서 떠나고 싶은 생각밖에는 없어졌다.

"엄마가 언제나 숙희 편에 서서 생각하리라는 건 알고 있겠지?"

"응."

나는 선대답을 해놓고 천천히 밖으로 걸어나갔다.

'엄마의 아들을 사랑하고 있어요.'

이렇게 말한다면 엄마는 어떤 모양으로 내 편에 서 줄까?

엄마 힘에는 미치지 않는 일이었다. 무슈 리의 힘에도 미치지 않는 일이었다.

　나는 편지를 주머니에 구겨 넣고 아침 이슬로 무릎까지 폭삭 적시면서 경사진 풀밭을 걸어 내려갔다. 되도록 사람을 만나지 않을 방향으로—멀리 늪이 바라다보이는 쪽으로 천천히 걸음을 옮겨갔다. 아카시아의 숲이니 보리밭이니 잡목 옆을 지나갔다.

　현규와의 사이는 요즘 어느 때보다도 비관적인 상태에 놓여 있는 것 같았다. 나는 그와 마주치기를 피하고 있었다. 웃고 농담을 하고 아무것도 아닌 체 헤어지는 고통이 참기 어려운 것이다. 그가 예사 얘기를 하여도 나는 공연히 화를 냈다. 그러면 그는 상대를 안 해 주었다.

　머리 위에서 새들이 우짖었다. 하늘은 깊은 바닷물 속같이 짙푸르고 나무 잎새들은 빛났다. 여름이 무르익어 가고 있었다. 상수리 숲이 늪의 방향을 가려 버렸으므로 나는 풀 위에 앉아 턱을 괴고 생각에 잠겼다.

　세계적인 발레리나가 되어 보석처럼 번쩍이면서 무대 위에서 그를 노려보아 줄까? 한 번도 귀담아들은 적은 없지만 내 발레 선생은 늘 나에게 야심을 가지라고 충동을 한다. 그러면 그는 평범한 못생긴 와이프를 데리고 보러 왔다가 가슴이 아파질 터이지. 아주 짧은 동안 그것은 썩 좋은 생각인 듯 내 맘 속에 머물렀다. 그리고는 물거품처럼 사라져 없어졌다. 이어 그에게 아무것도 바라지를 말고 식모처럼 그저 봉사만 하는 일에 감사를 느끼자는 생각이 떠올랐다. 그러자 슬픈 마음이 들기도 전에 발등 위로 눈물이 한 방울 굴러 떨어졌다.

　나는 일어나서 돌아가려고 하였다. 그때 와삭거리고 풀 헤치는 소리가 등

뒤에서 나며 늘씬하게 생긴 세터가 한 마리 나타났다. 그 줄을 쥐고 지수가 걸어왔다. 건강한 체구에 연회색 스포츠웨어가 잘 어울린다. 그의 뒤에서 열 살 전후의 사내애와 계집아이가 둘 장난을 치면서 달려 나왔다. 지수는 나를 보고 좀 당황한 듯하였으나 이내 흰 이를 보이고 웃으면서 다가왔다.

"안녕하셨어요? 산봅니까?"

"네, 돌아가는 길이에요."

아이들은 우리를 새에 두고 떠들어대면서 잡기 내기를 한다. 지수는 한 아이를 붙들어 세터를 맨 줄을 들려주고는 어서 앞으로들 가라고 손짓하였다.

우리는 잠자코 한동안 함께 걸었다. 아카시아의 숲새 길에서 그는 앞을 향한 채 불쑥,

"편지 보아 주셨죠?"

하고 겸연쩍은 듯한 소리를 내었다.

"네."

"회답은 안 주세요?"

나는,

"네, 어떻게 써야 할지 모르겠어요."

했다.

그는 성급하게 고개를 끄덕거렸다. 귀가 좀 빨개진 것 같았다.

"그러나 여하간 제 의사를 알아주시긴 했겠죠?"

나는 그렇다고 하였다. 그리고 이야기를 끝맺기 위해서 현규가 가까이 또 정구를 치자고 하더라는 말을 했다.

"네, 가죠."

그도 단번에 기운을 회복하며 대답하였다.

그는 휘파람을 불기 시작했다. 그의 휘파람을 들으며 집 가까이까지 왔다.

"오늘 대단히 기뻤습니다. 감사합니다."

그는 조금 슬픈 어조로 인사를 하였다. 그리고 내 어깨로 기어오르는 풀벌레를 떨구어 주었다.

"안녕히 가세요. 그리구 연습 많이 하세요. 저희들 팀은 아주 세졌으니깐요."

그는 다른 일을 생각하고 있는 듯 입술을 문 채 끄덕끄덕하였다.

잡석을 접은 좁단 층계를 뛰어오르자, 나는 곧장 내 방으로 올라갔다. 지수가 하듯이 휘파람을 불고 있었다. 어쨌건 기운을 잃어서는 안 된다는 생각이었다. 내 팔뚝이나 스커트에는 아직도 풀과 이슬의 냄새가 묻어 있는 듯했다. 나는 기운차게 반쯤 열린 도어를 밀치고 들어섰다.

뜻밖에도 거기에는 현규가 이쪽을 보며 서 있었다. 내가 없을 때에 그렇게 들어오는 일이 없는 그라 해서 놀란 것은 아니었다. 그는 몹시 화를 낸 얼굴을 하고 있었다. 너무도 맹렬한 기세에 나는 주춤한 채 어떻게 할지를 모르고 있었다.

"어딜 갔다 왔어?"

낮은 목소리에 힘을 주고 말한다.

"……"

"편지를 거기 둔 건 나 읽으라는 친절인가?"

그는 한발 한발 다가와서, 내 얼굴이 그 가슴에 닿을 만큼 가까이 섰다.

"……."

"어디 갔다 왔어?"

나는 입을 꼭 다물었다.

죽어도 말을 할까 보냐고 생각했다.

별안간 그의 팔이 처들리더니 내 뺨에서 찰각 소리가 났다.

화끈하고 불이 일었다. 대번에 눈물이 빙글 돌았으나 그는 거들떠보지도 않고 방을 나가 버렸다.

나는 멍청하니 창 밖으로 시선을 던졌다.

연회색 셔츠를 입은 지수가 숲새 길을 걸어가고 있는 것이 보였다. 그리고 조금 전에 지수가 풀벌레를 털어 주던 자리도 손에 잡힐 듯이 내려다보였다.

전류 같은 것이 내 몸 속을 달렸다. 나는 깨달았다. 현규가 그처럼 자기를 잃은 까닭을. 부풀어오르는 기쁨으로 내 가슴은 금방 터질 것 같았다. 나는 침대 위에 몸을 내던졌다. 그리고 새우처럼 팔다리를 꼬부려 붙였다. 소리내며 흐르는 환희의 분류가 내 몸 속에서 조금도 새어나가지 못하도록.

5

나는 어떻게 하면 좋을까?

밤에 우리는 어두운 숲속을 산보하였다.

어두운 숲속에서 우리는 손을 잡고 걸었다

그리고 나는 그에게 안겨 버렸다.

나는 어떻게 하면 좋을까?

어떻게 해야 할지 점점 더 알 수 없어진다.

여하간 나는 숲속에 가는 일을 그만두어야 한다.

지금 확실히 말할 수 있는 일은 그것뿐이다.

      학교에서 돌아오니까 엄마가 기다린다고 안방으로 가라고 했다.

요즈음 인사도 않고 나가고 들어오던 나는 우선 가슴이 철걱 내려앉았다.

"인제 오니? 그런데 얼굴이 파랗구나. 어디 나쁜 것 아닌가?"

엄마는 내 이마에 손을 얹어 보았다.

"오빠는 밤늦어야 돌아오고 숙희도 이렇게 부르지 않음 보기 어렵고⋯⋯."

엄마는 조금 웃었다. 아무것도 알지 못하는 웃음 같았다.

"⋯⋯편지가 왔는데 어쩌면 엄마가 미국엘 가야 할지 모르겠어. 그렇게 되면 일년이나 아마 그쯤은 못 돌아올 것 같은데 숙희하고 오빠를 버리고 가기도 어렵고⋯⋯. 그래 싫다고 몇 번이나 회답을 냈지만⋯⋯."

엄마는 조금 외면을 하였다.

"어떨까? 오라는 찬성을 해 주었는데."

그러면서 내 눈 속을 들여다보았다.

"나도 좋아요."

우리는 그러면 어떻게 되는 걸까 하고 멍하니 생각하면서 나는 대답하였다.

"고맙다. 그럼 구체적으로 어떻게 할지는 내일이라도 또 의논하지. 큰댁 할머니더러 와 계셔 달랄까? 그래도 미덥잖긴 마찬가지고……."

큰댁의 꼬부랑 할머니는 사실 오나마나 마찬가지였다. 엄마가 없는 이 집에서 어떤 일이 일어나려고 하는 걸까?

현규와 단둘이 있어야 할 일을 생각하니 얼굴에서 핏기가 가시었다. 아무도 막아 낼 수 없는 운명적인 사건이, 이미 숲속에 가지 않는 것쯤으로는 어찌할 수도 없는 벅찬 일이 생기고야 말 것이다.

잠을 잘 수 없었다. 내 온 신경은 가엾은 상처처럼 어디를 조금만 건드려도 피를 흘렸다.

며칠이 지나니까 나는 더 견딜 수 없어졌다. 할머니한테 갔다 온다고 우겨 대어서 서울을 떠났다.

다시는 그곳에 돌아가지 않으리라고 결심하였다. 다시는 학교에 다니지도 않으리라고 마음먹었다. 내 삶은 일단 여기서 끝막았다고 그렇게 생각을 가져야만 이 모든 일이 수습될 것같이 여겨졌다. 그것은 칼로 살을 도려내는 듯한 아픔이었다. 그러나 다른 무슨 일을 내 머리로 생각해 낼 수 있었을까?

날이면 날마다 나는 뒷산에 올라갔다. 한 시간 남짓한 거리에 여승들의 절이 있다. 나는 절이라는 곳이 싫었으나 거기를 좀더 지나가면 맘에 드는 장소가 나타났다. 들장미의 덤불과 젊은 나무들의 초록이 바람을 바로 맞는 등성이었다.

바람을 받으면서 앉아 있곤 하였다. 젊은 느티나무의 그루 사이로 들장미의 엷은 훈향이 흩어지곤 하였다.

터키즈 블루의 원피스 자락 위에 흰 꽃잎을 뜯어서 올려놓았다. 수없이 뜯어서 올려놓았다. 꽃잎은 찬란한 하늘 밑에서 이내 색이 바래고 초라하게 말려들었다. 그러고 있다가 시선을 들었다. 다음 찰나에 나는 나도 모르게 일어서 있었다.

현규였다.

그는 급한 비탈을 올라오고 있었다. 입을 일자로 다물고 언젠가처럼 화를 낸 것 같은 얼굴이었다. 아니 일자로 다문 입은 좀 슬퍼 보여서 화를 낸 것 같은 얼굴은 아니었다.

그가 이삼 미터의 거리까지 와서 멈추었을 때 나는 내 몸이 저절로 그 편으로 내달은 것 같은 착각을 느꼈다. 사실은 그와 반대로 젊은 느티나무 둥치를 붙든 것이었다.

"그래, 숙희, 그 나무를 놓지 말어. 놓지 말고 내 말을 들어."

그는 자기도 한두 걸음 뒤로 물러서면서 말하였다. 그 얼굴에는 무언지 참담한 것이 있었다.

"숙희는 돌아와서 학교에 가야 해. 무엇이고 다 잊고 공부를 해야 해. 나도 그렇게 할 작정이니까. 우리는 헤어져 있어야 해. 헤어져서 공부해야 해. 어머니가 떠나시려면 비용도 들 테니까 집은 남 빌려주자고 말씀드렸어. 내가 갈 곳도 생각해 놓고. 숙희도 어머니 친구 댁에 가 있으면 될 거야. 그렇게 헤어져 있어야 하지만, 숙희, 우리에겐 길이 없는 것은 아니야. 내 말을 알아들어 줄까?"

그는 두 발로 땅을 꾹 딛고 서서 말하였다. 나는 느티나무를 붙들고 가늘게 떨고 있었다.

"그때 숲속에서의 일은 우리에게는 어찌할 수도 없는 진실이었다. 우리는 이 일을 잊을 수도 없고 이제 이 일을 부정하고는 살아가지도 못할 게다. 우리는 만나기 위해서 헤어지는 것이야. 우리에겐 길이 없지 않어. 외국엘 가든지……."

그는 부르쥔 손등으로 얼굴을 닦았다.

"내 말 알아주겠어, 숙희?"

나는 눈물을 그득 담고 끄덕여 보였다. 내 삶은 끝나 버린 것이 아니었다. 나는 그를 더 사랑하여도 되는 것이었다.

"이제는 집에 돌아오겠다고 약속해 주겠지? 내일이건 모레건 되도록 속히……."

나는 또 끄덕여 보였다.

"고마워, 그럼."

그는 억지로처럼 조금 미소하였다.

그리고 빙글 몸을 돌려 산비탈을 달려 내려갔다.

바람이 마주 불었다.

나는 젊은 느티나무를 안고 웃고 있었다. 펑펑 울면서 온 하늘로 퍼져 가는 웃음을 웃고 있었다. 아아, 나는 그를 더 사랑하여도 되는 것이다…….

숙희(나)는 젊고 아름다운 어머니와 함께 시골 외할아버지 댁에서 살고 있었다. 어느 날, 서울 모某 대학 교수(무슈 리)와 어머니가 재혼하면서 숙희도 서울로 와서 함께 살게 된다. 그곳에서 숙희는 새아버지의 아들, 곧 이복오빠가 되는 대학생 현규를 처음으로 만난다.

현규는 낯선 환경을 어색해하는 숙희에게 너그럽고 친절하게 대해 주는데, 시간이 흐르면서 숙희는 차차 현규를 오빠가 아닌 이성으로 느껴 사랑하게 된다. 하지만 그것은 모두의 파멸을 의미하는 것이기 때문에 그들은 자신이 혈족이 아닌, 단지 스물두 살의 청년과 열여덟 살의 계집아이일 뿐이라는 진실을 부정해야만 하는 현실에 고뇌한다.

그러던 중 숙희와 지수 사이를 오해해 민감한 반응을 보이는 현규에게서 숙희는 오히려 자신에 대한 현규의 사랑을 확인하고는 기뻐한다. 그들은 행복감과 고뇌를 동시에 안은 채 오누이 관계에서 연인 관계로 빠져든다. 그러나 엄마마저 무슈 리를 따라 미국으로 가게 되어 현규와 둘이서 집에 있게 될 상황에 놓이자 '운명적 사건'을 예감한 숙희는 고민 끝에 서울을 떠나 시골로 간다. 그곳에서 절망적인 나날을 보내고 있는데, 어느 날 현규가 찾아온다. 다시 만난 두 사람은 서로 순수한 감정을 지닌 채 서로를 더 사랑할 수 있는 방법을 찾으면서 미래를 약속하는 마음으로 각자 현재의 길을 걷자고 약속한다.

작품 해설

1960년 《사상계》에 발표해 호평을 받은 이 소설은 강신재 특유의 섬세한 여성적 필치가 돋보이는 낭만적 소설입니다. 금지된 사랑의 이야기를 다루고 있지만, 그 정서는 한없이 신선하고 아름답게 다가오지요. 첫 문장에서부터 그러한 점을 느낄 수 있는데요, 우선 한번 살펴볼까요.

그에게서는 언제나 비누 냄새가 난다.

아니, 그렇지는 않다. 언제나라고는 할 수 없다.

그가 학교에서 돌아와 욕실로 뛰어가서 물을 뒤집어쓰고 나오는 때면 비누 냄새가 난다. 나는 책상 앞에 돌아앉아서 꼼짝도 하지 않고 있더라도 그가 가까이 오는 것을—그의 표정이나 기분까지라도 넉넉히 미리 알아차릴 수 있다.

처음부터 '그'를 향한 화자의 호감과 관심을 읽을 수 있지요. 하지만 이 소설 전반에 흐르는 비극은 바로 거기에서 시작됩니다. 이 신선하고 아름답게 다가오는 문장은 앞으로 다가올 비극적 상황을 암시한다고나 할까요. 그래서 소설을 읽어 나가다 보면 첫 문장이 더욱 신선하게 느껴지는지도 모릅니다.

그럼 이 둘은 어떠한 관계일까요? 서로 좋아하고 사랑해도 되는 관계일까요? 전처 소생의 아들과 후처가 데리고 온 딸. 그들은 법으로 이루어진 가족일 뿐, 같은 피가 흐르는 가족이 아닙니다. 그렇다고 해서 다른 남녀처럼 평범한 사랑을 나눌 수도 없는 사이지요. 법으로 이루어졌다고 하지만 그들은 남이 보기엔 명백히 한 가족입니다. 가족이라는 울타리 안에서 서로 사랑하는 것, 즉 가족애를 넘어선 사랑, 다시 말해서 흔히 남자와 여자가 나누는 그러한 사랑을 해서는 안 되는 것입니다. 아무리 사랑한다고 해도 둘이 결혼하는 것은 법적으로 금지되어 있지요. 우리나라에서는 근친혼을 금하고 있기 때문이죠.

그러므로 이 둘은 부모의 결혼으로 오빠와 여동생 사이가 되었으니까 사회 규범상 결혼할 수가 없습니다. 여기에 이들 남녀의 견디기 힘든 고뇌와 번민이 시작되죠. 그런데도 숙희와 현규는 오랫동안 한 집에서 같이 생활하며 서로에 대한 애정을 쌓아 갑니다. 하지만 서로를 진심으로 좋아하고, 그 좋아하는 감정을 드러낼 수 없기 때문에 고통스러워합니다.

그러다가 숙희는 현규의 친구인 지수에게서 러브레터를 받고, 이 러브레터를 현규가 발견하게 됩니다. 현규는 몹시 화를 내며 숙희의 뺨을 사정없이 후려칩니다. 그러고는 거들떠보지도 않고 방을 나가 버리는데, 현규의 이 같은 행동은 아이러니하게도 숙희에게 기쁨을 주게 됩니다. 그것은 현규의 이러한 질투가 자신에 대한 애정이 없다면 생겨나지 않을 것이라는 사실을 숙희가 인식하고 있었기 때문이지요. 말하자면 숙희는 현규의 질투에서 자신에 대한 깊은 애정을 느끼고 기뻤던 것이지요.

 **더 알아두기**

낭만주의 다양한 해석이 있지만, 이 소설과 어울리는 낭만주의의 정의는 감상적인 정서를 좋아하는 정신적 경향, 즉 로맨티시즘이라고 할 수 있다.

대중문학 대중성, 즉 많은 사람들의 인기를 끌기 위해 흥미 위주의 소재를 다룬 소설. 통속소설이라고도 하며, 그 반대되는 문학을 순수문학·본격문학이라고 한다.

이 사건으로 둘은 서로의 마음속에 자신들이 깊숙이 들어와 있음을 깨닫게 됩니다. 하지만 앞서 얘기한 것처럼, 그것은 비극이며 일어나서는 안 되는 일이었죠. 그런데 어머니가 무슈 리를 따라 미국에 간다고 하자 집에 현규와 단둘이 있어야 한다는 사실에 겁을 먹은 숙희는 시골로 돌아가 고통스런 나날을 보냅니다. 이후 시골로 현규가 찾아오고 자신들에게 길이 아주 없는 것은 아니라며, 일단은 잠시 헤어져 자신의 일을 열심히 하자고 말합니다. 고개를 끄덕이는 숙희의 모습을 본 현규는 억지로 미소지으며 되돌아가는데 숙희는 그를 더 사랑해도 된다는 사실에 안도의 눈물을 흘리게 되죠.

이상에서 살펴본 것처럼, 이 작품의 기본 골격은 만남과 떠남, 그리고 만남의 가능성으로 요약됩니다. 열여덟 살의 민감한 감수성을 지닌 숙희는 이복오빠로 만난 현규에게서 비누 냄새처럼 상큼하고 순수한 사랑의 감정을 느끼지만, 그것은 사회적으로 금지된 사랑이기에 그의 곁을 떠납니다. 현규가 숙희를 찾아가 만나지만, 둘은 자신들의 사랑을 지속시키기 위해 잠시 헤어질 것을 약속합니다. 그것은 또 다른 만남을 위한 떠남이며 그래서 기쁨을 품은 슬픈 약속인 것입니다.

제목인 '젊은 느티나무'는 두 연인의 약속을 듣는 증인이 되며, 꿈을 잃지 않는 젊음을 상징한다고 볼 수 있겠지요. 이러한 과정에서 작가는 숙희와 현규의 애정 심리를 섬세하게 묘사하고 그들의 감정의 흐름을 산뜻한 감각을 지닌 세련된 문장으로 표현함으로써, 이런 소재의 작품이 흔히 보이기 쉬운, 지나치게 눈물에 호소하는 방식의 한계를 극복하고 있습니다.

결론적으로 이 작품은 사회 규범상 용납될 수 없는 사랑에 빠진 청춘 남녀의 갈등을 윤리적 차원에서 해결하려 하기보다는 인물들이 그러한 상황을 어떻게 받아들이고 어떻게 해소해 가는가에 초점을 두고, 사회 규범을 초월하는 사랑의 순수성을 보여줍니다.

끝까지 맑고 청순한 사랑의 감정을 깨뜨리지 않고 새로운 미래를 설계하기 위해 현실의 아픔을 현명하게 받아들이는 숙희와 현규의 의지가 돋보이지 않나요? 특히 이 소설의 제일 첫 부분인 "그에게서는 언제나 비누 냄새가 난다"는 상큼한 문장은 지금에는 다소 진부하게 들릴지 모르지만 당시에는 대단한 유행어가 되어 큰 인기를 끌었답니다.

1 숙희와 현규의 사랑을 가로막는 가장 큰 장애는 무엇일까요?

2 이 소설에서 느티나무는 무엇을 의미하지요?

3 어떤 것이 숙희와 현규가 택할 수 있는 가장 현명한 방법일까요?

4 어머니마저 미국으로 떠나가려 할 때 숙희가 예감한 운명적 사건은 무엇일까요?

5 소설의 처음에 나오는 비누 냄새가 의미하는 것은 무엇일까요?

구성		
	발단	숙희가 무슈 리(새아버지)의 집에 와서 기거하게 되면서 현규를 만남.
	전개	이복오빠인 현규에게 사랑의 감정을 갖기 시작함.
	위기	숙희는 현규의 질투하는 모습을 보고 서로의 감정을 확인하지만, 어머니가 무슈 리를 따라 미국으로 떠난다고 하자 다가올 운명적인 사건을 예감하고 불안해함.
	절정	시골로 돌아간 숙희가 괴로운 시간을 보내고 있을 때 현규가 찾아옴.
	결말	서로의 아픔을 참고 먼 훗날을 약속하며 각자 현재의 길을 걷기로 다짐함.

핵심 정리		
	갈래	단편소설
	배경	현대, 서울 중심에서 떨어진 S촌과 느티나무가 있는 시골.
	주제	현실의 굴레를 극복하고 순수한 사랑을 성취하는 청춘 남녀의 아름다운 모습.
	시점	1인칭 주인공 시점
	구성	복합적 구성
	문체	여성적이고 서정적인 부드러운 우유체.
	표현	① 등장 인물의 내면 심리와 외부 사건을 적절히 조화시켜 작품의 예술성을 살림. ② 오빠에게 느끼는 사랑의 감정을 내적 독백 형식으로 서술함.

작중인물의 성격	숙희	18세의 소녀. 이 소설의 주인공이며 그녀의 시선을 따라 이 소설은 전개됨. 이복오빠 현규를 사랑하는 순수한 여고생이며, 이룰 수 없는 사랑으로 고뇌하지만 진정한 연애의 기쁨을 누리기도 한다.
	현규	스물두 살의 대학생. 이복동생인 숙희를 동생이 아니라 이성異性으로 느끼며 사랑에 빠져 고민하지만, 순수한 의지로 극복하는 인물.
	엄마	젊어서 남편과 사별하고 무슈 리와 재혼한다.
	무슈 리	현규의 아버지이자 숙희의 새아버지. 성격이 온후하고 과묵한 경제학 교수.
	지수	현규의 친구이며 장관의 아들. 숙희를 좋아해 연애 편지를 보낸 일로 현규의 질투심을 불러일으키는 인물.

제 1 과 제 1 장

사실 이번 길은 수택의 일생에 있어서 커다란 분

기점이었다. 그것이 희망의 재출발이 될지 패배가

될지는 그가 타고난 운명(?)에 맡기려니와 현재

그의 가슴에 채워진 감회도 이 둘 중 어느 것인지

그 자신 모르고 있는 터다.

이무영 李無影

이무영은 1908년 충북 음성에서 태어났으며, 본명은 용구龍九입니다. 1925년 일본으로 건너가 일본 작가 가토 다케오 집에 기거하면서 문학 수업을 했습니다. 1926년 처녀 장편소설 『의지 없는 청춘』(청조사)으로 등단했고, 1927년 '무영'이라는 필명으로 장편소설 『폐허의 울음』(청조사)을 발표했습니다.

1931년 《동아일보》에 「한낮에 꿈꾸는 사람들」이란 희곡이 당선되었고, 1932년 중편소설 「지축을 울리는 사람들」을 발표하면서 작가로서의 위치를 확고히 했습니다.

같은 해 '극예술연구회' 동인으로 참가했으며, 1933년에는 이효석과 함께 '구인회' 동인이 되었습니다. 1939년 신문사를 사직한 그는 귀향해 그의 대표작이라 할 수 있는 「제1과 제1장」·「농민」·「흙의 노예」 등 본격적인 농촌 소설을 쓰기 시작했습니다.

그 후 「창」·「농부전초」·「난류」·「빙화」 등의 작품을 발표했으며, 1960년 단편 「범선에의 길」(《문예》)을 발표한 뒤 뇌일혈로 타계했습니다.

대표작으로는 「제1과 제1장」·「흙의 노예」·「사랑의 화첩」·「죄와 벌」·「농민」·「먼동이 틀 때」 등이 있습니다.

해군 정훈감 시절의 이무영
(1908~1960)

이무영은 「제1과 제1장」과 「흙의 노예」를 발표함으로써 농민문학의 선구자란 평을 받았습니다. 그는 초기엔 무정부주의적 저항과 지하 인물을 통한 이상론을 펼쳤었지요. 그것은 그가 카프에 직접 가담하지는 않았지만 다소 영향을 받았을 것이라는 추측을 하게 합니다. 이후 농촌으로 귀향하면서 그는 순박한 농민의 열망과 이상을 농민 의식, 또는 흙의 철학으로까지 발전시켰습니다. 또한 그는 농촌을 배경으로 농민을 인물로 내세운 것에만 그친 것이 아니라, 직접 농사를 지으면서 농민소설에 정열을 바침으로써 단연 독보적인 자리를 차지하게 됩니다.

특히 농촌의 피폐함과 농민들의 궁핍한 생활에 많은 안타까움과 분개를 표출하였는데, 이러한 그의 인식이 농민소설 창작에 전념할 수 있게 한 요소가 되었을 겁니다. 「제1과 제1장」 역시 이러한 인식의 결과물인 동시에 우리나라 농민소설의 수작으로 손꼽히지요. 그는 이 작품에서 농경의 신성함과 농민의 성실한 삶을 예찬하고 있으며, 아울러 당시 농촌의 참상을 묘사함으로 농촌의 피폐한 원인을 캐보려 하고 있습니다.

이무영 문학비

「제1과 제1장」은 전원파 문학인의 한 사람인 이무영이 귀향한 후에 발표한 첫 작품입니다.

제목이 말하고 있듯이 주인공 수택이 겪는 어려움, 또는 작가가 그것을 매개로 해 그리는 농촌의 모습은 매우 초보적인 것입니다.

주인공인 수택은 단지 "흙 냄새를 맡아야 한다"는 지극히 소박한 이유만으로 귀향을 합니다. 문명의 편리함으로 가득찬 도시 생활에 익숙했던 수택이지만 차츰 힘든 노동의 보람과 인간다운 정이 느껴지는 농촌 생활에 적응하며 흙 냄새를 사랑하는 일꾼으로 변해가는 모습에서 농촌의 참모습과 낭만적 지식인의 때를 완전히 벗고 한 사람의 참농민이 된 수택을 발견하게 됩니다.

이러한 주인공 수택의 농촌 정착 과정은 그의 다음 작품인 「흙의 노예」에서 구체화되는데요, 이 작품이 처음 발표되었을 때 당시의 평단은 낭만을 찾아 농촌에 내려간 이 소설의 주인공은 진정한 농민이 될 수 없음을 지적하기도 합니다.

1

덜커덕덜커덕, 퍼언한 신작로에 소마차 바퀴 소리가
외로이 울린다. 사양斜陽에 키만 멀쑥하니 된 가로수 포플러의 그림자가 느른
하니 길을 가로막고 있을 뿐 별로이 행인도 없는 호젓한 신작로다. 동리 앞에
는 곰방대를 문 영감님이 벌거숭이 손자놈을 데리고 앉아서 돌장난을 시키고
있다. 약삭빠른 계절에 뒤떨어진 매미 소리는 마치 남의 나라에 갇힌 공주의
탄식처럼 청승맞다.

"이러 이 소, 쯔쯔!"

안반짝을 칠 때 쓰는 두껍고 넓은 나무판. 같은 소 엉덩이에 철썩 물푸레 회초리가 운다. 소
란 놈은 파리를 날려 주어 고맙게 여길 정도인지 아무런 반응도 없다. 그저 뚜

벅뚜벅 앞만 내다보고 걸을 뿐이다.

　소마차가 동리 앞을 지날 때마다 주막집 뜰팡에 멍석을 깔고 땀을 들이던 일꾼들의 눈이 일시에 마차 짐으로 옮겨진다. 이삿짐을 처음 보아서가 아니라 그들의 눈에는 이 우차 위에 실려진 가구며 세간이 진기한 모양이다. 항아리니 독이니 메주덩이 바가지짝―이런 세간은 한 개도 볼 수 없고 농짝은 분명히 농짝이다. 생김생김도 그러려니와 시골서는 볼 수 없는 호들갑스럽게 큰 장이다.

　이모저모에 가마니짝을 대어서 전부는 보이지 않으나마 넘어가는 햇빛을 받아 거울이 번쩍 한다. 함짝 대신에 화류 단층장 버들상자도 큰 것이 네모 번듯하다. 뭣에 쓰이는 것인지 알 길도 없는 혼란스러운 갓이며 검고 붉은빛이 도는 가죽가방, 면장나리나 무슨 주임나리가 놓고 있는 그런 책상에 걸상도 화려하다.

　"뉘 집 살림인 게군."

　키만 멀쑥하니 여덟팔자 노랑수염이 담숭담숭 난 하릴없이 노름꾼처럼 생긴 한 친구가 이렇게 운을 뗀다.

　"토자에 ㄱ했네."

　누군지가 이렇게 받자,

　"토자에 ㄱ이 아냐. 트자에 ㄹ일세. 어디루 보나 저게 첩 살림 같은가. 첩 살림이면야 자개장이 번득이면 번득였지. 사물상이 당한 겐가. 짐 임자들을 보지!"

　이삿짐에서 여남은 칸쯤 뒤떨어져서 곤색 저고리에 흰 바지를 받쳐입은 청년이 하나 따라 섰다. 아직 햇살이 따가우련만 모자도 단정히 썼다. 나이는 한 삼십사오 세쯤 되었을까…….

청년은 한 손으로 양장을 한 오륙 세 된 계집아이의 손을 잡고 그 옆에는 청년보다는 열 살이나 차이가 있음직한 젊은 여인이 양복을 입힌 머슴애의 손을 잡고 간다. 한 너덧 살 되었음직한 토실토실하게 생긴 아이다. 과자 주머니인지 바른손에는 새빨간 주머니를 늘였다.

"아빠, 아직두 멀었수?"

말소리까지 타박타박하다.

"인저 조곰만 더 가면 된다. 에이 참 우리 철이 착하다."

청년은 담배에 불을 붙여 물고 덤덤히 우차 뒤를 따라간다.

"화신상회만큼 되우?"

어린것은 몹시 지친 모양이다.

"그래 그만큼 가면 되어."

하고 안타까운 듯이 젊은 여인이 대신 대답을 하자니까 어린것이 고개를 반짝 들구서 항의를 한다.

"뭘 엄만 아나? 엄마두 첨이라면서."

"그래두 난 알아. 그렇지요, 아빠?"

"암, 엄만 알구말구."

청년과 여인은 어린것을 번갈아 업기도 하고 안기도 하다가 몇 걸음 걸려도 보고 몹시 거추장스러우련만 별로이 그런 티도 없다. 소에 끌려가는 이삿짐처럼 그는 묵묵히 끌려가고만 있다.

"거 어디루 가는 이삿짐요?"

동리 앞을 지날 때마다 소보고 묻듯 한다. 마차꾼은 '나는 소 아니오!' 하고 퉁명을 부리듯,

"샌터 짐요!"

하고 돌아다보지도 않고 대답할 뿐이다.

"샌터 뉘집 짐요?"

"난두 모르오!"

하고는 소 엉덩이에다 매질을 한다.

"이러 이 소! 대꾸하기 귀찮다. 어서 가자."

동리를 빠져 나오더니 청년도 여인네도 뒤를 한 번씩 돌아다본다. 무슨 감시의 구역에서 벗어나기나 한 때처럼 여인네는 가벼운 안도의 빛을 얼굴에 나타내기까지 한다.

"인저 내가 좀 물어 봐야겠군. 아직두 멀었어요?"

"인저 얼마 안 돼. 전에 다닐 때 얼마 안 되던 것 같았는데 왜 이리 멀까?"

혼잣말에 우차꾼이 받아넘긴다.

"여름이라 길두 늘어나 그렇지요."

얼마 안 가니 조그만 실개천이 흐른다. 청년—수택은 어려서 수수미꾸리 잡던 기억도 새로웠고 땀도 들일 겸 길목 포플러 그늘에서 참을 들이기로 했다. 이 개천을 건너서 한 십 분이면 그의 고향인 샌터에 다다르는 것을 알기 때문이기도 했다.

"영감두 쉬어 같이 갑시다. 자 담배 한대 피슈."

"고약두 있으십니까?"

"고약이라께?"

"이런 담밸 피구 입술이 성할 수가 있을라구요."

이렇게 재미있는 늙은인 줄 알았더면 정거장에서부터 말벗을 해 왔다면 오는 줄 모르게 왔을걸…… 하고 수택은 오늘 처음으로 웃었다.

수택은 차를 먼저 가게 하고 천천히 세수도 하고 발도 벗고 씻었다. 아내가 핸드백의 조그만 면경을 꺼내어 화장을 하는 동안에 어린것들을 벗기고 말끔히 씻어 주었다. 물에 손을 잠그고 있으려니 어려서 물장난하던 기억이며 그동안 세파와 싸운 삼십 년간의 생활이 추억되어 덜커덕덜커덕 멀어져 가는 이 삿짐 소리도 한층 더 서글펐다.

"패배자."

그는 가만히 이렇게 자기를 불러 본다. 시냇물은 조약돌이 옹기종기 몰려 있는 수택의 발 밑을 지날 때마다 뭐라고인지 종알대고 흘러간다. 이 물소리를 해득만 한다면 여러 가지 의미가 포함되어 있으리라. 그러나 지금의 수택으로서는 이 속삭이는 물소리보다도 지난날의 추억보다도 패배자의 짐을 싣고 가는 마차바퀴 소리만이 과장이 돼서 울리는 것이었다.

"패배자? 어째서 패배자냐? 오랜 동안 동경해 오던 이상 생활의 첫출발이지!"

누가 있어 자기를 패배자라고 부르기나 했던 것처럼 그는 분명히 이렇게 반항을 해 본다.

사실 이번 길은 수택의 일생에 있어서 커다란 분기점이었다. 그것이 희망의 재출발이 될지 패배가 될지는 그가 타고난 운명(?)에 맡기려니와 현재 그의 가슴에 채워진 감회도 이 둘 중 어느 것인지 그 자신 모르고 있는 터다. 그가 농촌 생활을 꿈꾸고 이른봄 서지소모사로짠양복감 안을 두둑하게 넌 춘추복 안주머니에 넣어 두었던 사직원이 이중 봉투를 석 장이나 갈갈이 피우고 여름을 났을 때는 그래도 '패배자'란 감정이 없을 때였다. 일금 팔십 원의 샐러리라면 그리 적은 봉급도 아니었다. 회사총무주임 말마따나 이런 자리를 노리는 대학 출신의 이력서가 기백 장 서랍 속에서 신음을 하고 있는 터다. 사변으로 해서 갑자기 물가가 고등해진 터라 이 정도의 수입만 가지고는 도저히 도회에서 생활을 유지하기가 어렵기는 하나 그렇다고 전혀 수입이 없는 것보다 날 것은 주먹구구까지도 필요치 않은 것이었다. 그의 계획을 듣고 친구의 대부분이, 아니 거의 전부가 반대를 한 것도 실로 이 단순한 타산에 서였다. 너 굴러든 복바가지를 차 버리고 어쩔 테냐는 듯싶은 총무부 주임의 눈치나 철없이 날뛴다고 가련해하는 눈으로 보는 동료들의 말투가 그의 결심에 되레 기름을 쳐 준 것도 사실이기는 하나 수택의 계획은 그네들이 보듯이 그렇게 근거가 적은 것은 아니었다. 그의 계획의 무모함을 충고하는 친구와 동료들의 거의 전부가 생활난에 중심을 둔 것이다. 그러나 일찍이 수택만큼 생활고를 겪어 온 사람도 그만한 나이로는 드물 것이었다. 열두 살에 고향을 떠나서 중학교를 고학으로 마쳤고, 열일곱에 동경으로 가서 C대학 전문부를 마치는 동안도 식당에서 벗겨 내버린 식빵 껍질과 먹고 남아 버리는 밥 덩어리를 사다 먹고 살아온 그였고, 일정한 직업이 없이 오륙 년 동안 동경서 구르는 동안에도 공중식당일망정 버젓하니 밥 한 끼 사 먹어 보지 못한 채 삼십줄에 접어든 그였다. 조선에 나와서도 지금의 ×신문사 사회부 기자라는 직업을 얻기까지의 삼 년간은 십 전짜리 상밥으로 연명을 해 온 그였고 직업이라고 얻어서 결혼을 한 후도 고기 한칼 떳떳이 사 먹어 보지 못한 그였다. 더욱이 십 개월이란 긴 동안 신문이 정간을 당하고 푼전의 수입이 없었을 때도 세 끼나 밥을 못 끓이고 인왕산 중허리 같은 배를 끌어안고 숨까지 가빠하는 아내와 만 하루를 얼굴만 쳐다보고 시간을 보낸 쓰라린 경험도 갖고 있는 그였다.

이 십 개월 동안에 그는 평상시 오고 가던 친구들도 수입이 끊어지는 날로 거래가 끊어지는 것도 경험했고 쌀말이나 설렁탕 한 그릇도 월급봉투가 없이는 대주지 않는 것도 잘 안 터였다.

"인젠 널 것도 없지?"

하고 물을 때,

"입은 것밖에……."

하고 대답하던 아내의 우울한 음성도 아직 귀에 새로웠고 십여 장이나 되는 전당표를 삼 개년 계획으로 찾아내던 쓰라린 경험도 아직 기억에 새로운 터였다. 바로 신문이 해간되던 그 전날이었지만 막역지간이라고 사양해 오던 M이라는 친구한테 마침 그날이 월급이라서 (아니 월급날을 일부러 택한 것이었지만) 삼 원 돈을 취대하러 갔다가 거절을 당하고 분김에 욕을 하고 돌아온 사실을 기록해 둔 일기가 아직도 그의 책상 어느 구석에 끼워져 있을 것이었다.

이 수택이가 선선히 사직원을 내놓고 나선 것이니 놀랄 만한 사실임에 틀림은 없었다.

"그래 갑자기 회살 그만두면?"

마지막으로 사직원을 접수한 R씨가 이렇게 말했을 때 그는 금후의 생활 설계를 설명하는 데 조금도 불안을 느끼지 않았던 것이었다. 다행히 고향에 가면 십여 두락의 땅이 있고 생활 수준이 얕아질 것이요, 고료 수입도 다소 있을 것이고……. 마치 R씨까지도 유인해서 끌고 나갈 듯이 호기가 있었던 것이었다.

"좀더 신중히 하지?"

호의에서 나온 이런 말에 그는 적의나 있는 듯이,

"그럴 필요 없지요."

하고 그 자리에서 내찼던 것이다.

사직 이유는 병이었다. 간부측에서 병? 하고 반문했을 만큼 그는 그렇게 잘못된 병자는 물론 아니다. 병이라면 그것은 생리적인 병보다도 정신적인 병이 더 위기에 가까웠었다. 의사들이 폐가 어떠니 늑막이 위험하니 할 때도 한편 겁은 내면서도 또 한편으로는 속짐작이 있기는 했었다. 그와 같이 소설을 써오던 H가 자기와 같은 자신으로 버티다가 쓰러진 그 길로 끝을 막은 무서운 사실에 잠시 '아차' 하는 생각도 없지는 않았지마는 그러나 그렇다고 해서 직업을 버릴 만큼 심약한 그도 아니었다. 이른봄 그가 아내도 몰래 사직원을 쓰고 도장까지 단정히 눌러 가진 것은 그의 조그만 영웅심에서였다.

수택은 동경서부터 소설을 써 왔다. 장방형도 아니요, 삼각형도 아니요, 그렇다고 똑떨어진 원도 아니다. 세상에서는 그를 혹은 스타일리스트라고 불렀고 한때 경향 문학이 성할 때는 혹은 반동 또 혹은 동반자라고 불렀고 또는 허무주의자라고 야유도 했다. 그러나 기실은 그 중 어느 것도 아니었다. 그 자신 자기의 특징이 어디 있는지를 모르는 작가였다. 소설가로서 차차 알려질 임시해서—아니 그 덕택이었겠지마는—그는 취직을 했었다. 그것이 그의 작가 생활의 마지막이었다. 저널리즘이란 문학의 매개체를 통해서 그 갓난애 숨길 만한 잔명을 유지해 왔다.

첫 월급을 타던 기쁨은 '지난 ×일 밤 자정도 가까워 바야흐로 삼라만상이 잠들려 할 때 ××동 ××번지 근방에서 뜻 아니한 비명이 주위의 정적을 깨뜨렸다. 이제 탐문한 바에 의하면⋯⋯' 이런 식의 기사를 쓸 때마다 희미해졌고 그것이 거듭되기 일 년이 못 돼서 그는 자기가 문학도였다는 의식까지도 완전히 잃어버리고 말았던 것이다. 경찰서를 드나들며 강절도 밀매음 사기 등속의 사건 전말을 듣는 것이 문학 수업의 좋은 찬스나 되는 것처럼 생각던 것도 일시적이었고 악을 폭로해서 써 민중의 좋은 시종이 되게 한다던 의협심도 기실 자기 위안의 좋은 방패이어서 아무것도 아니라는 것을 깨달은 후부터는 그는 완전히 기계였던 것이다. 아침이면 나와서 종일 돌아다니다가 저녁, 대개는 밤에 집이라고 찾아든다. 친구에 휩쓸려 술잔도 마시고 회합에서 늦어 이차회가 벌어지고 이러구러 하루가 가고 이틀이 가고 달이 바뀌고 연도가 갈리었다. 그러기를 오 년, 그 동안에 수택이가 얻은 것은 허영과 태만이다. 그밖에 얻은 것이 있다면 자기가 아닌 이런 사회에서의 독특한 존재인 이르는바 친구, 아니 지인知人이다.

그리고 잃은 것이 얻은 것에 비하여 너무나 많았다. 그는 적어도 세 사람의 친구는 가졌던 사람이다. 그러나 그가 한 해 두 해 지나는 동안에 세 친구도 없어졌고 문학도로서 쌓았던 조그만 탑도 출판기념회나 무슨 축하회의 발기 인난에서나 겨우 발견하는 그런 존재가 되고 말았다.

동료들이 그달그달 발표하는 작품을 읽을 때마다 그는 우울했다. 우두커니 맞은편 흰 회벽을 건너다본다. 성급한 전화 종소리도 그를 깨우쳐 주지 못할 때가 한두 번이 아니다.

"받잖을 전환 뭣 하러 놨나요?"

문득 고개를 들면 천리안이라고 소문난 편집장의 두 줄 시선이 쏜다.

아무것 하나 얻을 것도 없는 회합에서 늦도록 붙잡혔다가 홀로 막차에 앉은 때의 그 공허, 허무감, 그것도 비길 데 없는 것이다. 어떤 때는 그 큰 전차 간에 동그마니 혼자 앉아 갈 때가 있다. 그럴 때면 저도 모르게 눈 속이 뜨끈해지는 일도 있었고 얼근히 술이 취했다가 깰 무렵에 집에 돌아가면 문득 수 보가 덮인 책상이 눈에 뜨인다. 펜까지 꽂혀 있는 잉크 스탠드, 한 달 가야 한 번 건드려 주지도 않는 원고지가 마치 영원히 돌아오지 못할 주인을 기다리고 망망한 대해에 떠 있는 목선처럼 애처로워진다. 다소 술기운이 작용을 했겠지마는 그대로 책상에 엎드려 통곡을 하는 것이었다.

'아니다! 낼부터는 나도 단연 공부를 하리라!'

이렇게 일 년을 별러서 시작한 것이 「소설 못 쓰는 소설가」라는 단편이었다. 한 소설가가 취직을 했다. 박쥐처럼 해를 못 보는 생활이 계속된다. 무서운 정열로 창작욕을 흥분시켜 주기는 하나 그 상이 마무러지기도 전에 출근이다. 잡다한 사무에 얽매어 허덕이는 동안에 해가 지고 오뉴월 엿가락처럼 늘어진 몸을 이끌고 회합이다, 이차회다, 야근이다를 계속한다. 이런 슬픈 이야기를 짜던 그는 자기도 모르게 내일 형사들을 녹여 내어 재료를 얻어 낼 계획이며 안(案)의 진행 방법 등을 공상하고 있는 자신을 발견한다. 그리고 운다. 그러나 이 소설도 끝끝내 소설이 못 되고 말았다.

그것은 몹시 무더운 날 밤이었다. 그는 소학생처럼 벽에다 좌우명을 써 붙였다. ① 조기할 것 ② 퇴사 즉시로 귀가할 것 ③ 독서 혹은 창작할 것 ④ 일찍 취침할 것. 그러나 이 좌우명은 이튿날로 권위를 잃고 말았다. 이튿날은 사회부 부회가 밤 아홉시까지나 계속되었다. 갑론을박의 삼사 시간을 겪은 그는 돌아오는 길로 쓰러져 자고 말았다. 이튿날은 신문사 주최인 축구대회 기사로 야근을 했고 다음날은 부득이한 회합이 있어 역시 거기서 다시 이차 삼차를 거듭해서 집에 돌아온 것은 새벽 세시였다.

"도대체 나는 뭣 때문에 사는 걸까. 누구를 위해서 사는 걸까. 문화사업? 흥!"

이러한 반문을 해 본다는 것은 벌써 한 전설이 되어 있었다.

이러한 수택은 또 한 가지 위대한 발견을 했다. 그것은 적어도 자기는 신문기자가 아니라는 것이다. 과거나 현재 아닐 뿐만 아니라 영원히 신문기자로서 성공하기 어렵다는 사실을 발견했던 것이다. 아니 신문기자로서의 성공이 곧 문학적으로 그를 파멸시키는 것이라는 것을 그제서야 발견했던 것이었다. 그것은 희극, 아니 비극이었다.

　　　수택이가 하루 이틀 쉬기 시작한 것도 이때부터다. 그는 하는 일 없이 교외를 빈들빈들 돌아다니었다. 하루는 S라는 동료를 유인해 가지고 청량리로 나갔다. 전부는 아니나 그만둘 계획만을 이야기하고 생계로 이야기가 옮아갔을 때다. 그도 처음에는 그것이 무슨 낸지 몰랐었다. 매캐한 냄새가 코를 콕 찌른다. 그 냄새는 코를 통해서 심장으로 깊이깊이 기어 들어가는 것 같았다. 흙내였다.

　　그것이 흙내라는 것을 인식한 순간 일찍이 그가 어렸을 때 듣던 아버지의 음성이 바로 귓전에서 울리는 것을 느끼었다. 사람은 흙내를 맡아야 산다. 너도 공불하고 나선 아비와 같이 와서 농사를 짓자. 학문? 학문도 좋긴 하다. 하지만 학문이 짐이 될 때도 있으리라. 그때 그는 아버지를 비웃었다. 흙에서 헤어나지를 못하면서도 흙에 대한 미련을 버리지 못하는 아버지가 가엾기까지 했었다. 그러나 조소하던 그 말이 지금 그의 마음을 꾹 하니 사로잡는 것이다.

　　'집으로 가자, 흙을 만지자.'

　　수택의 로맨틱한 계획은 이리하여 세워진 것이다. 그의 첫 계획은 그 동안 장만했던 가구를 전부 팔아 버리려 한 것이나 아내가 너무 섭섭해하기도 했지마는 그들이 상상한 것의 절반도 못 되었다.

　　이백 원도 못 되는 퇴직금이 그들의 유일한 재산이었다.

　　소꼴 지게와 함께 수택의 일행이 싸리삽짝문 안에 들어서자 누렁이란 놈이 컹하고 물어 박는다. 빈집처럼 찬바람이 휘돈다. 남의 집으로 잘못 들어온 모양이다. 수택은 부리나케 나와 문패를 보나 분명히 자기 집이다.

"짐이 들어왔으니까 마중들을 나가신 모양이군요."

아내가 들어가도 나오도 못하고 있는데,

"오빠!"

소리가 나며 와들 몰려든다. 육칠 년 못 본 묵은 아버지도 설명을 듣지 않고는 모를 아이들 속에 끼였었다. 뒤미처 찢어진 고무신짝을 집어든 고모도 왔고 폭 늙은 어머니도 뒤따라왔다.

"그래 이 몹쓸 것아 그렇게두……."

하고 막 어머니의 원망이 나오자 그는 사랑으로 나갔다. 이칸 장방에 새 장지를 질러 윗방은 남에게 세를 주었는지 주판 소리가 달그락거린다.

"저 밖엣 게 너들 짐이냐?"

"네."

"그래? 헌데 갑자기 이게 웬일이나?"

"차차 말씀드리겠습니다."

수택은 안으로 들어왔다.

안채 위쪽으로 달린 골방이 치워졌다. 바람이 잔뜩 든 벽하며 벽흙을 안고 자빠진 종잇장이며 비워 두었던 탓인지 곰팡내가 펄썩 한다. 색지를 붙인 궤짝이며 주둥이도 없는 단지, 도깨비라도 나와 멱살을 잡을 듯싶은 방이다. 횃대에 걸린 헌옷은 흡사 죽은 사람같이 늘어졌다.

수택의 그 아름다운 농촌생활의 첫 꿈이 깨진 것은 이 방에서였다. 그의 공상에서는 방부터가 이렇게 허무하지는 않았다.

그날 밤 아버지와 아들은 오래간만에 자리를 마주했다. 윗방에서 주판 알을 튀기던 장사치도 갔고 단둘이 호젓이 앉았다. 고향으로 내려오기로 하기는 하면서도 기실 수택은 집안에 대한 지식이 전혀 없다. 자기가 집을 나갈 때는 논이 한 이십여 두락에 밭이 여남은 갈이나 있었다. 그 후 동경서 나와서 들렀을 때는 논 닷 마지기가 줄었고 밭이 하루갈이 남의 손에 넘어갔었다. 그런 지 칠 년, 그 동안 거의 딴 남처럼 서신 하나 없이 지내 온 아버지와 아들이었다. 물론 이렇다는 원인이 있는 것도 아니다. 의식적으로 그런 것도 물론 아니다. 다만 이 문화인인 아들은 원시인 그대로인 아버지를 경멸했고 아버지는 또 아버지대로 너무나 문화한 아들을 경이원지했을 뿐이다.

　　"흙냄새를 싫어하는 것이 사람이냐. 그깐 놈 눈만 다락같이 높았지."

　　그는 이렇게 아들을 조소했다.

　　아들은 무엇보다도 아버지의 흙투성이가 되어 사는 꼴이 싫다 했다. 흙에서 나서 흙을 만지며 컸고, 흙을 먹고사는 아버지—옷에까지 흙투성이가 되어 사는 흙인지 사람인지 모를 한낱 평범한 농부에게 털끝만한 존경도 갖지 못했다. 당당한 문화인인 아들은 흙투성이인 김 영감을 내 아버지요라고 내세우기조차 꺼려했다. 이러한 아버지를 가졌다는 것은 자기의 큰 치욕이라고까지 생각해 온 터다. 결혼을 하면서도 자기 아버지를 청하지 않은 것도 그 자신의 친구나 동료들한테 달리 변명을 했겠지마는 기실 자기 아버지의 그 흙투성이 꼴을 보고 싶지 않다는 허영심에서였다. 김 영감만 해도 이런 눈치를 못 챌 리는 없었다. 집안에서고 동리에서 왜 며느리 보는 데 안 가느냐고 해도,

　　"아 그 잘난 놈 잔치에 못난 애비가 가? 댕꼴 곽주식이 아들놈처럼 저 애빌

보구 누구냐니까 '우리 집 머슴' 하고 대답하더라는데 그런 놈들이 애빌 보구 행랑 아버님이라구 하지 말란 법이 있다던가?"

이렇게 격분을 했었다. 또 사실 그때의 수택으로서는 응당 그렇게 대답했을 것이었다. 그러기가 싫으니까 차라리 못 오게 한 것이었다. 이런 아들이 지금 도시에는 얼마나 많을 건고……

"사람이란 흙내를 맡아야 하느니라. 대처(도회) 사람들이 암만 고량진미로 음식을 만든대도 시골 음식처럼 구수한 맛이 없느니라. 마찬가지야. 사람이란 흙내를 맡고 된장 맛도 나고 해야 구수한 맛이 나는 게지. 음식이나 사람이나 대처 사람이 밝구 정오(경위)야 밝지! 허지만 사람이란 정오만 가지고 산다더냐! 일테면 말이다. 내가 네 발등을 잘못해서 밟았다고 치자꾸나. 그러면 넌 발끈할 게다. 허지만 우리 시골 사람들은 잘못해 밟았나보다 하군 그만이거든. 정오로 친다면야 남의 발을 밟은 사람이 글치. 그래 이 많은 인총에 정오만 가지고 살려고 들어?"

수택이가 중학교를 다닐 때 고향에 돌아온 것을 붙잡고 김 영감은 이렇게 자기의 지론을 폈던 것이다. 그때만 해도 도회 물을 먹는 아들은 물론 코웃음을 쳤었다.

몇 핸가 후다. 음력 과세를 한다고 고향에 내려온 일이 있었다. 이십년래의 혹한이니 삼십 년래의 추위니 날마다 신문이 떠들어낼 때였다. 그는 겉으로는 하도 오래간만이니 집에 와서 과세를 한다고 꾸몄지만 기실은 근방 읍에까지 출장이 있어서 온 김에 들른 것이었다.

그날 밤 수택의 집에는 도적이 들었다. 벽에서 나는 황토냄새와 그야말로

된장내처럼 퀴퀴한 냄새로 잠을 못 이루고 있을 때 울 안에서 발소리가 난다. 조금 있더니 누군지 방에서,

"아무것두 없으니 나오! 나오!"

하는 애원 소리가 들린다. 아버지의 음성이었다.

수택은 문구멍으로 가만히 내다봤다. 도적이 분명하다. 밖에서는 나오라고 하나 나갈 길을 막아선지라 어쩔 줄을 모르는 모양이었다. 황당해한 도적은 급기야 애원을 하기 시작했다.

"나갈 길을 좀 틔워 주서유!"

이때 그는 벌써 부엌을 돌아서 울 안에 와 있었다. 손에 흉기 하나 들지 않은 좀도적임을 발견한 그는 '억' 소리와 함께 덮치어 잡아 낚았다. 그는 학생시절에 배운 유도로 도적을 메어다치고는 제 허리끈으로 두 팔을 꽁꽁 묶었다.

온 집안이 깨고 뒤미처 김 영감도 달려들었다. 영감의 손에는 지게 작대기가 쥐어 있었다. 도적놈도 그랬고 온 집안 사람들도 다 그렇게 생각했다. 몽둥이에 맞을 사람은 그 도적이라고…….

그러나 아니었다. 지게 작대기에 아래 종아리를 얻어맞은 것은 아들이었다. 수택 자신도 그랬고 도적도 그랬을 게고 집안 사람들도 그렇게 생각했다. 이것은 영감이 흥분한 나머지 잘못 때린 것이라고. 그렇게 생각했기 때문에 수택은 얼른 피했었다. 피하고는 안심을 했던 것이다.

그러나 아니었다. 김 노인의 작대기는 재차 아들에게로 향하고 겨누어졌다.

"몰인정한 녀석, 내 물건 도적 안 맞았으면 그만이지, 사람은 왜 친단 말이

냐! 응, 이 치운 겨울에 도적질하는 사람은 여북해 하는 줄 아냐? 우리네 시골 사람은 그런 법이 없다!"

도적은 울고 있었다. 도적의 등에는 쌀 한 말이 짊어지어졌다.

이튿날 수택은 지루할 만큼 긴 설교를 듣지 않으면 안 되었다.

"사람이란 법만 가지고 사는 게 아니니라. 법만 가지고 산다면야 오늘날처럼 법이 밝은 세상이 또 어디 있겠니. 법으루만 산다면야 법에 안 걸릴 놈이 또 어딨단 말이냐. 넌 법에 안 걸리는 일만 하고 사는 상싶지? 그런 게 아니니라. 올 갈에두 면소 뒤 과수원에서 사괄 하나 따먹다가 징역을 갔느니라. 남의 것을 따는 건 나쁘지. 나쁘기야 하지만 그게 징역갈 죈 아니지. 어젯밤 일을 본다면 너두 네 과밭의 실괄 따면 징역 보낼 사람이 아니냐. 너 어제 그게 누군 줄 아냐? 모르는 체하긴 했다만 내 저 아버진 잘 안다. 알구 보면 다 알 만한 사람야. 시굴서야 서로 모르는 사람이 어딨겠냐. 모두 한집안 식구거든……. 사람 사는 이치가 다 그런 게란 말야!"

이러한 일이란 적어도 도회인의 감정으로는 이해하기 어려운 일이었다.

그러나 수택은 오늘 아버지와 마주앉아 이야기하는 동안에 막연하나마 이이르는바 '흙 냄새의 감정'이 이해되어지는 것같이 느껴지는 것이었다.

김 영감은 아들의 이 뜻하지 않은 계획을 듣고는 떨 듯이 기뻐했다. 아들은 논 닷 마지기에 밭 하루갈이만을 요구했음에도 불구하고 물자리 좋은 논으로만 여섯 마지기를 내주었고 집도 한 채 세워 주기로 했다. 물론 소작권을 이동받은 것에 불과했었다. 그의 집안에는 논 닷 마지기와 밭 두어 뙈기가 남아 있을 뿐이란 것도 그제서야 알았다.

"피란 무서운 것인가 보구나. 난 네가 아비 옆으로 와서 이렇게 살게 되리라고는 꿈에도 생각을 못했더니라! 첨엔 답답하겠지마는 차차 농사에도 자밀 붙이구……허지만 네 처가 이런 구석에서 살려고 하겠느냐?"

"웬걸요. 저보다두 제가 서둘러서 한 노릇이니까 별말 없을 겝니다."

"그래, 그럼 됐구나 뭐. 인저 나두 남들한테 떳떳스럽구."

버젓이 아들을 둘씩이나 두고도 자식을 거느리고 있지 못한 것이 동리 사람들 보기에 미안타는 것이었다.

하여튼 이리해서 수택의 농촌생활은 시작이 된 것이다.

4

집은 조그만 동산 밑, 이 동리 면장이 첩 집으로 지었던 것을 일백삼십 원에 사기로 했다. 퇴직금이었다. 그 앞으로 수택네 집 소유인 천여 평의 밭도 있어 거기에 심었던 무와 배추도 그대로 수택의 소유로 이전이 되었다.

첩의 집이었던만큼 회칠도 했고 조고만 반침도 붙어 있었다. 그러나 아무래도 시골집이다. 수택이네 큰 이불장만은 역시 들어가지를 않아서 봉당에다 반침을 하고 놓기로 했다. 그들 부처는 거기다 마루라도 들였으면 했으나,

"얘들아, 쓸데없는 소리 말아라. 이 물가 비싼 세상에 마룬 들여 뭣한다든. 마루가 없어 밥을 못 먹진 않는다."

하는 바람에 아내는 실쭉해하면서도 대꾸만은 없었다. 김 영감은 아들 내외가

대처 사람인 체하는 것이 마땅치 않았다. 양복때기를 꿰고 나오는 것도 눈엣가시처럼 대하였고 며느리의 트레머리도 못마땅해한다. 그래서 그 처는 쪽을 찌었고 수택은 고의적삼을 장만했다.

"시골 시골 해두 난 이런 시골은 못 봤어요. 산이 하나 변변한가, 물 한 줄기가 시원한가. 이런 곳에 와 살 바에야 만주벌판에 가서 황무지를 일구어 먹지."

사실 수택이도 이 아내 말에는 동감이었다. 전에는 무심히 보아 그랬던지 자연도 다른 곳에 떨어지지 않는다고 생각했었으나 멀쑥한 포플러와 아카시아 숲이 실개천가에 하나 있을 뿐 이렇다는 특징도 없는 산천이다. 장성해서는 가 본 일도 없었지만 어렸을 때의 기억대로라면 그 아카시아 숲 앞에는 상당히 깊은 물도 있고 큰 고기도 은비늘을 번득이었고 숲에서는 매미며 꾀꼬리도 울었던 것같이 기억이 되었으나 다시 가 보니 조그만 웅덩이에는 오금에 차는 물이 됐고 가뭄 탓도 있겠지마는 송사리떼가 발소리에 놀라서 쩔쩔 맬 뿐이다. 숲속의 원두막 정취도 그지없이 시적인 듯이 기억이 되었으나 막상 가 보니 그도 평범하기 짝이 없다. 숲속은 그나마도 습했다. 월여를 두고 가물었다건만 발을 들여놓을 때마다 질척질척한다. 꾀꼬리가 울었다고 기억한 것도 그의 착각이었다. 이런 숲에 들어오면 꾀꼬리도 목이 쉬리라 싶었다. 이런 데서도 우는 꾀꼬리가 있다면 필시 청상과부가 된 꾀꼬리라 하였다.

"이렇게 보잘것없는 자연이었던가?"

속기나 한 것처럼 허무해서 우두커니 섰으려니까 김 영감이 꼴지게를 지고 나온다.

"옛다, 이건 네 거다. 이런 데 와서 살자면 모두 배워야지!"

숫돌물이 뿌옇게 그대로 말라붙은 낫이다. 수택은 아무 말 없이 받아들고 따라가다가 자연 말을 했다.

"뭐? 경치? 얘 넌 경치만 먹고 살 작정이야? 여기 경치가 어때? 산이 없냐, 물이 없냐. 숲이 있겠다, 십 리만 나가면 수리조합 보가 있겠다……."

"볼 게 뭐 있어요?"

그것이 자기 아버지의 탓이기나 한 것처럼 퉁명스럽게 사방을 훑어보려니까,

"그래 여기 경치가 서울만 못하단 말이냐?"

하기가 무섭게 지게를 벗겨 내던지고는 수택의 목덜미를 잡아 가랑이 속에다 집어넣는다.

"자 봐라! 먼 산이 보이고 저 숲이며, 저 물이며, 이만하면 되잖았느냐?"

수택은 너무 흥분이 돼서 서두는 통에 어리둥절하고만 있었다. 엄한 독선생을 만난 때처럼 부자유했다.

"그래 보렴. 세상이란 모두 거꾸로 봐야 하는 게다. 경치 경치 하지만 제대로 볼 땐 보잘것없던 것이 가랭이 밑으로 보니까 희한하잖으냐. 사람 산다는 것두 그러니라. 너들 눈엔 여기 사람들 사는 게 우습지? 허지만 여기 사람들은 상팔자야. 더 촌에 들어가 보면 조밥이구 꽁보리밥이구 간에 하루 한 낄 제대로 못 얻어먹는다. 그런 걸 내려다보면 되나. 거꾸루 봐야지! 너들 눈엔 우리가 이러구 사는 게 개 돼지같이 뵈겠지만서두 알구 보면 신선야, 신선. 너들 월급쟁이에다 대? 그 연기만 자욱한 들판에서 사는 서울 사람들에다 대? 보렴 네, 여기 사람들이 어떻든? 너들처럼 얼굴이 새하얗진 않지? 그게 신선이

아니구 뭐냐?"

이 급조急造된 젊은 신선은 그날 해가 지도록 끌려 다니며 억새에 서뻑서뻑 손을 베며 풀을 베었다. 하면 되리라고 생각한 낫질이 그 좁은 원고지 칸에 글자를 써넣기보다 이렇게 어려우리라 생각지 못했던 것이다.

아침에는 새벽같이 끌리어 일어났다. 먼동이 트기가 무섭게 '어험' 소리가 문턱에 난다. 나가 보면 김 영감의 삼태기에는 벌써 쇠똥이 그득하게 담겨져 있었다.

"네 봐라. 이놈이 줄 땐 허리가 아파도 논에다 넣어 두면 벼가 그저 시커매지는구나. 그까짓 암모니아에다 대? 그걸 한 가마에 오 원씩 주고 사다 넣느니 이놈을 며칠 주었으면 돈 벌구 거름 생기구……. 자 어서 차빌 차려라. 네댁두 깨우구. 해가 똥구멍까지 치밀었는데 몸이 근지러워 어떻게 질편히 눴단 말이냐."

수택이 부처는 처음에는 허영이었다. 대학을 마치고 세숫물까지 떠다바치라던 수택이와 처가 매일처럼 그 드센 일을 한다 해서 동리에서 한 화젯거리가 될 것을 상상만 해도 유쾌한 일이었다. 그러고 사실 수택이가 헌 양복조각을 입고 밭을 맨다거나 삽을 집고 물꼬를 보러 간다거나 비틀비틀 꼴지게를 지고 개천을 건너올 때마다 동리 사람들은 경이의 눈으로 그를 맞았던 것이었다. 그의 아내가 물동이를 이고 비탈을 내려가다가 발목을 삐끗해서 동이를 해먹었을 때도 그들은 웃는 대신 동정의 눈으로 보아주었고 호미를 들고 남편 뒤를 따라서는 것을 보고는 이웃집 달순이며 앞집 붕녀이를 큰일이나 난 듯이 불러다 구경을 시키고 했던 것이다. 그들은 동리 사람들의 이런 경이의 시선을 등뒤에 느끼며 일을 했다. 이런 것이 그들에게 있어서 심지어 위안이기도 했다. 지금의 그들에게는 잘하는 것도 자랑도 되었지마는 못하는 것도 부끄럼이 되지 않는 유리한 조건이 있었던 것이다.

"애 애엄마, 너 그렇게 호밀 깊이 묻으면 배추 뿌리에 바람이 들잖겠냐. 요걸 요렇게 다루어 가지고 살짝 흙을 일으키고 이쪽 손으로 풀을 집어내야지. 허 그래두 그러는구나. 옳지. 옳지."

이렇게 새며느리(실상은 헌며느리지만)한테 잔소리를 하는가 하면 어느 새 수택의 등뒤에 와서 서 있는 것이다.

"에이끼 미련한 것! 배추밭 매는 걸 밥 먹듯 하는구나. 밥 한 술 떠 넣구 반찬 한 가지 집어 먹구. ……그 식이 아니냐. 아 이쪽으룬 흙을 이렇게 일으키면서 왼손으룬 풀을 집어내야지. 그걸 어떻게 따루따루……."

"아직 손에 안 익어 그렇습니다. 아버지."

수택은 이렇게 변명을 하는 도리밖에 없었다.

밤에는 거적 한 닢이 등에 지워진다. 물꼬를 지키라는 것이었다.

"네게 줄 건 난 모른다. 농사 다 지어 논 게니까 걸음새까지 네 손으로 해서 꼭꼭 챙겨 놔야 삼동을 나지."

동구를 벗어나오니 약간 일그러진 달이 아카시아 숲에 걸렸다. 말복도 지난 지 오랬건만 아직도 바람은 무더웠다. 천변에는 여기저기 동네 부인들이 보리밥 먹기에 흘린 땀을 들이고 아이들은 조약돌들은 또닥또닥 두드린다. 실개천 물소리도 제법 여물다. 풀 속에서 반딧불이 반짝이고 개구리 소리가 으슥히 어울리는 것이 역시 아직도 여름밤이다.

수택은 빨래 자리로 놓은 돌 위에 쪼그리고 앉아서 양치를 쳤다. 아침저녁으로 반죽한 치분으로만 닦아 온 이가 물로만 웅얼웅얼해 뱉어도 입안이 환한 것이 이상할 정도다. 그는 삽을 질질 끌고 징검다리를 건너 논길에 들어섰다. 광대 줄타듯 하던 논두덩이도 어느 새 평지처럼 평탄해진 것 같고 아래 종아리에 채이는 이슬이 생기 있는 감촉을 준다. 아스팔트를 거닐다가 상점에서 뿌린 물이 한 방울만 튀어도 시비를 걸던 일이 마치 옛날 꿈 같았다.

'이만하면 나도 농촌 제일과는 마친 셈인가?'

구수한 풀향기가 코를 통해서 가슴속까지 스며드는 것을 그것이라고 느끼며 수택은 이렇게 혼자 중얼거려 본다. 밤이슬에 눅눅하니 젖은 셔츠에서도 차츰차츰 불쾌한 감촉이 없어져 간다. 쫄쫄쫄 윗논배미서 아랫논으로 떨어지는 물로 소리에 금시 벼 포기가 부쩍부쩍 살이 찌는 것같이 느끼어지는 것은 벌써 그의 문학적인 감각 때문만이 아닌 것 같았다.

여남은 다랑이 건너 도독한 밭 모퉁이에서 누군지 단소를 처량스러이 불고 있다. 역시 물꼬 보는 사람이리라. 그 맞은편 아카시아가 몇 주 선 둔덕 원두막에서는 젊은이들의 노랫소리가 흘러나온다. 술집 여인들이 놀러 나왔는지 여자들의 웃음소리가 가끔 섞여 나온다.

수택은 물꼬를 삥 한 번 둘러보고 원두막으로 어슬렁어슬렁 올라갔다. 발소리에 노랫소리가 딱 그치며 누군지 소리를 꽥 지른다.

"누구요?"

"나요!"

"어, 서울 서방님이시오? 그래 요샌 꿀지게가 등에 제법 붙든가?"

까르르 웃음이 터진다. 시골 살면 그야말로 말소리에도 흙내와 된장내가
나는 겐가……. 수택은 원두막 사닥다리를 한층 한층 올라가며 이렇게 생각해
보는 것이었다.

'내게선 언제부터나 흙냄새가 나려는고…….'

5

　　　　　　　분명한 울음소리다. 그도 여자의…… 아니 듣고 있을
수록에 그 울음소리는 귀에 익다. 누굴까? 이런 생각하는 동안에 눈이 아주
뜨였다. 어느 땐지 멀리 물방아 돌아가는 소리가 어렴풋이 들릴 뿐 어린것들
의 숨소리조차 고요하다.

옆을 더듬어 보니 어린것들만이 만져지고 응당 그 옆에 누웠어야 할 아내
가 없다. 수택은 그대로 죽은 듯이 누워 눈에 정기를 모았다. 또 울음소리다.
그것은 마치 양금 줄을 긋는 듯싶은 애절한 울음소리다……. 아내였다.

"여보!"

"……."

"여보!"

대답 대신에 울음소리가 한층 높아진다. 그도 일어나서 아내의 옆으로 갔다.

"왜 그러오?"

"……."

"말을 해야 알지. 뉘가 뭐라 그럽디까?"

"아뇨."

"그럼 어디가 아프오?"

또 말이 없다.

"말을 해야 알잖소. 왜 그러오?"

"설사가 나요!"

아내는 이 한 마디를 하고는 그대로 흑흑 느낀다. 그는 어이가 없어 웃음이 탁 터졌다.

"나이 삼십이 가까운 여자가 설사 난다구 자다 말구 일어나 앉아 운다? 흐흐흐흐."

"설사가 자꾸자꾸 나니까 그렇지요."

울음 반 말 반이다. 그는 또 한번 커다랗게 웃었다.

"여보. 그래 설사가 나건 약을 사다 먹든지 밥을 한끼 굶고서……"

하는데 아내는,

"그만둬요. 당신처럼 무심한 이가 어딨어요! 어른이고 아이들이고 오던 날부터 설살 하구 눈이 쾡하니 들어가도 일언반사가 없으니."

"그러기에 약을 사다 먹으랬지. 내야 집에 붙어 있어야 알지."

아내는 또 모를 소리를 한다.

"이렇게 나는 설사에 약이 무슨 소용야요. 밥을 갈아먹어야지!"

그제야 수택은 설사 나는 원인을 눈치챘던 것이었다. 그렇게 말을 듣고 생각하니 자기도 오던 이튿날부터 설사가 났다. 갑자기 물을 갈아먹은 관계려니 했으나 며칠을 두고 설사가 계속되었다. 기실은 아직까지도 소화가 그렇게 좋지는 못한 편이었다.

"보리 끝이 자꾸 뱃속에 들어가서 장을 꼭꼭 찌르나 봐요. 필련이두 자꾸 배가 아프다고 저녁마다 한바탕씩 울고야 잔대요."

"흥, 창자두 흙내를 맡을 줄 알아야 할까 보구나……."

그는 아무 말도 못했다. 아직 살림 면모가 갖추어지지도 못했고 여름에 딴 불을 때느니 밥만은 집에서 함께 먹기로 했던 것이다. 그러자니 시골의 이 철은 꽁보리밥으로 신곡장을 대는 동안이다. 쌀밥만 먹던 창자에 갑자기 깔깔한 보리쌀만이 들어가니까 문화생활만 해 오던 소화기가 태업을 시작한 것이었다.

"그럼 쌀을 좀 두어 달라지. 기실 나두 늘 배가 살살 아팠는데 그걸 난 몰랐구려."

"야단나게요! 아버님이 이번엔 또 창자를 거꾸로 달구 먹으라고 걱정하잖으시겠어요?"

가랑이 속으로 경치를 본 이야기를 아내는 생각해 낸 모양이었다.

"그만 자우. 내 낼 아버님께 말씀해서 당분간 쌀을 좀 섞어 먹도록 할 테니까."

그는 어린애를 달래듯 아내를 재웠다. 추수만 끝나면 남편이 자유로운 시간을 가질 수 있다는 데 유일한 희망을 붙이고 있는 줄을 알고 근 이십 일이나 설사를 하면서도 군말 안 했다는 데 표시는 안 했지만 여간 감격한 것이 아니었다. 부디 그런 마음을 버리지 말라 했다.

이튿날부터는 쌀이 반은 섞이어졌다. 아버지의 성미를 잘 아는지라, 수택은 용기를 못 내고 필년이란 년을 시켜 할아버지를 조르게 했던 것이다.

"할 수 없구나, 그것들이 창자까지 사람 창잘 못 가졌으니 딱한 노릇이다, 그러시겠지."

딸년은 할아버지의 흉내를 내며 재미나게 웃었다.

그러나 쌀의 분량은 점점 줄어갔다. 그 대신 보리가 늘었고 조가 뛰어들었다. 감자니 기장 같은 잡곡도 간혹 섞였다. 하루바삐 신곡이 나기를 기다리는 것이, 지금의 수택 부처와 어린애들에게 있어서는 유일한 낙이었다.

이때부터 수택의 창작욕도 부쩍 늘어갔다. 오래 전부터 그의 머릿속에서 매대기를 치던 어떤 역사소설의 상이 거의 가다듬어질 무렵에는 수택이가 물꼬를 매고 이듬매기_{논이나 밭을 두 번째 갈거나 매는 일}를 해 준 벼도 누렇게 익어 갔다. 집 앞 텃밭의 배추도 제법 자리를 잡고 토실토실 살쪄 갔다. 사람이란 이렇게 욕심이 많은 겐가 싶었다. 손이라야 몇 번 댄 곡식도 아니건만 야무지게 여문 벼알이며 배추 한 포기에까지 지금까지는 맛보지 못한 그윽한 애정을 느끼는 것이었다. 그것은 그가 일찍이 깨알처럼 씌어진 원고지의 글자를 보는 때의 그 애정, 그 감격과도 같은 것이었다. 일 년 내 피와 땀을 흘려야 벼 한 톨 얻어먹지 못하고 빈손만 털고 일어나는 소작인들의 그 애절해하던 심정도 지금서야 이해되는 것 같았고 매년 그러리라는 것을 빤히 내다보면서도 그 농사를 단념하지 못하는 그네들의 심정도 이해되는 것 같았다. 타작 마당에서 벼 한 톨이라도 더 차지할 것을 전제로 한 애정임에는 틀림이 없겠지마는 단지 그러한 이욕만으로 그처럼이나 벼 한 포기 배추 한 잎을 사랑할 수가 있을까. 그것은 마치 종이값도 못 되는 원고료를 전제한 작품이기는 하지만 쓰는 동안에는 그러한 관념이 전혀 없이 그저 맹목적인 정열을 글자 한자 한자에마다 느끼는 것과 무엇이 다르랴 했다. 애정이란 이해 관계를 초월한다는 것을 수택은 또 한 번 생각한다. 이 애정……? 그것으로 인류는 살아가는 것이요, 이 애정으로 도덕을 삼는 데서만 인류는 행복될 것이다 싶었다. 아버지의 늘 말하던 소위 '흙 냄새' 와 '된장내' 란 결국 이런 애정을 의미한 것이 아닐까. 그렇게도 생각해 본다. '대처 사람' 들에게서는 흙 냄새가 안 난다는 그 말은 곧 이해를 초월한 애정이 없다는 말이 아닐까. 언젠가 집 안에 도적이 들었을 때 도적을 잡았다고 자기 아버지는 그를 때렸다. 도적질은 분명히 악이다. 악을 제지하고 악을 미워하는 것은 선이다. 이것은 사람이 가진, 그리고 가져야 할 위대한 정신인 동시에 본능이다. 이 선, 이 본능에 대해서 그의 아버지는 지게 작대기로써 예물했다. 그러면 그의 아버지는 도적질을 악으로서 인정치 않는 것일까 하면 그렇지는 않다. 흙 속에서 나서 흙과 같이 자라고 흙과 더불어 살아온 그에게는 포근포근한 흙의 감정과 김가고, 이가고, 정가고 간에 씨만 뿌려 주면 길러 주는 그러한 흙의 애정 속에서만 살아온 그는 없어서 남의 것을 훔치는 도둑놈보다도 흙의 냄새를 맡을 줄 모르고 흙의 애정을 유린한 철두철미, '대처 사람' 인 아들에게 보다 더 증오를 느꼈기 때문이었으리라.

수택은 무서운 정열로 자기의 농작물을 사랑했다. 그것은 자기의 작품을 사랑하던 그 정열이었다. 문득 꺼칠해진 벼 포기를 발견하고는 인쇄된 자기 작품에서 전부 뒤바뀐 구절을 발견할 때와 똑같이 놀랐다. 그것은 그지없이 불쾌한 순간이었다. 수택은 그대로 논으로 뛰어들었다. 아래 동아리부터 벼 포기가 노랗게 말라 든다. 이삭은 알맹이 한 개 안 든 빈 쭉정이였다. 격한 나머지 그는 벼 포기를 잡고 낚았다. 각충이란 놈이 밑 대궁에 진을 치고 보기

좋게 까먹은 것이었다.

그는 삼십여 년의 반생 동안 이처럼 격한 일이 없었다. 이만큼 어떤 물건이나 생물에 대해서 증오를 느껴 본 일이 없다고 생각했다. 그러고 또 자기 혈관 속에 이토록이나 잔인한 피가 흐르고 있었다는 것도 오늘서야 처음 발견했던 것이었다. 그는 벼 포기를 발기고 일일이 각충을 잡아냈다. 그래서는 돌 위에다 놓고 짓찧고 있는 자신을 발견하는 것이었다. 그는 일생 처음으로 미웁다운 미움을 경험했다고 생각하였다.

수택은 처음 고향에 돌아와서 동리 사람들의 시선에서 차디찬 것을 느끼었다. 말만 고향이지 눈에 익은 얼굴도 거의 없었다. 파도에 밀린 뱃조각처럼 이리 밀리우고 저리 쫓기어 태반은 타곳에서 들어온 사람들이다. 그때 그 차디찬 시선에 그는 일종의 반감까지 일으킨 일이 있었으나 지금 가만히 생각하니 그래도 자기 아버지가 아들에게 품고 있던 그 증오보다는 오히려 나은 것이었다 싶었다.

'그렇다. 하루바삐 나도 대처 사람의 탈을 벗고 흙과 친하자. 그래서 흙의 냄새를 맡을 줄 아는 사람이 되자.'

이렇게 자기 자신에게 타이를 때 누군지 귀에다 대고 소리를 꽥 지른다.

'그것은 퇴화다!'

그것은 대처 사람인 또한 다른 수택이었다. 물방울 한 개만 튀어도 시비를 가리고, 파리 한 마리 한 마리에 상을 찡그리고 디파트^{department, 백화점.}에서 한 시간씩이나 넥타이를 고르던 도회인의 반역이었다.

'퇴화? 퇴화? 좋다!'

'아니 패배다! 패배자의 역변이다. 도시생활…… 문명사회에서 생활 경쟁에 진 패배자의 자위수단이다. 그것은…….'

'아무것이든 좋다!'

그는 이렇게 발악을 했다.

이러한 마음의 투쟁은 날을 거듭할수록 격렬해 갔다. 수택이가 자기의 피에는 흙의 전통이 흐르고 있다고 생각한 것은 한 착각이었다. 누르면 누를수록에 문화에 주린 도회인의 반항은 억세 갔다. 포근포근한 흙을 밟는 평범한 감촉보다도 가죽을 통해서 오는 포도鋪道의 감촉이 얼마나 현대적인가 했다. 그것은 마치 필대로 핀 낡은 지폐를 만질 때와 빠작 소리가 그대로 나는 손이 베어질 것 같은 새 지폐를 만질 때의 감촉과의 차이와도 같았다. 사람에게서나 자연에서나 입체적인 선線의 미가 그리웠다.

'아니다. 참자. 참과 친하자!'

수택은 벌떡 일어났다. 참새 떼가 와아 하고 풍긴다. 이 젊은 도회인이 도회의 환상에 사로잡힌 동안 참새 떼들은 양양해서 벼톨을 까먹고 있었던 것이다.

"우여 우이!"

건너 다랑이로 옮겨 앉는 참새를 쫓아서 논둑을 달리었다. 참새 떼는 적어도 수백 마리는 되는 것 같았다. 한 마리가 한 알씩만 까먹었대도 수백 톨을 까먹었을 것이다. 그는 달리다 말고 벼이삭에 눈을 주었다. 누렇게 익은 벼 포기들이 생기가 없다. 그때 울컥하고 가슴에 치미는 것이 있다. 증오였다. 도시 생활에서 세련이 된 현대인의 증오였다. 이 갖은 정성과 피와 땀으로 가꾼 곡식을 장난하듯 까먹고 다니는 참새에 대한 증오가 현기증이 날 정도로 머리에 찬다.

"우여! 우이!"

꼼짝도 않고 참새 떼는 못 견디어 하는 이삭에 그대로 조롱조롱 매달렸다. 그는 무서운 정열로 기관총을 사모했다. 전쟁 영화에서 보듯이 뺑 한번 둘렀으면 톡톡 소리와 함께 소나기처럼 떨어질 참새 떼를 상상하는 것만으로 이 도회인의 감각은 기분간의 위안을 받는 것이었다.

도둑놈을 때릴 때 아버지가 자기에게 느끼던 증오도 이런 것이었을까?

6

한결 볕이 엷어졌다. 벌레 소리도 훨씬 애조를 띠고 달빛도 감상을 띠었다. 이집 저집에서 마당질 소리가 나고 밤이면 다듬이 소리도 여물어 갔다.

수택이네 집에서도 새벽부터 타작이 시작되었다. 한 모로는 벼를 져 나르고 한 모에서는 때려라 소리를 연발하며 위세를 올렸다. 한 모에서는 도급기稻扱機가 붕붕 하고 돌아간다. 여인네들의 치맛자락에서도 바람이 난다.

수택이도 벗어붙이고 지게를 졌다. 아직 다리는 허청거리나 그래도 대여섯 묶음씩 져 날랐다. 이제는 벌써 그의 노동을 신성시하는 사람도 없었고 동정하는 사람도 없었다. 그는 명실공히 한 농부였다. 서투른 낫질에 손가락을 두 개나 처맸지만 보는 사람도 그랬고 그 자신도 그것은 큰 상처로 알지도 않을 정도까지 이르렀다. 아내 역시 호미자루에 터진 손바닥이 아물지를 못한 모양이다. 그렇다고 혼자 일어나 앉아서 밤을 새워 가며 울지는 않았다. 아프니 자시니 했다가 그 말이 시아버지 귀에 들어가면 동정 대신에 핀잔을 맞을 것을 알기 때문이기도 했을 것이다. 가끔 그에게는 아버지가 남에게만 후하지 자식들한테는 너무 박하다는 불평을 말하는 때도 있었으나 그것은 그가 시인을 하는 정도로서 가라앉았다. 사실 그 자신도 다소 심하지 않은가 하는 불평은 여러 번 품었다. 손에 익잖은 자식이 서투른 낫질을 하다가 손을 다치어도 먼저 핀잔부터 주었다. 그것은 어떻게 보면 증오와도 같은 것이었다.

그도 부리나케 볏단을 져 날랐다. 이 볏단의 대부분이, 아니 어쩌면 거의 전부가 낡아빠진 맥고모자를 뒤꼭지에 붙인 되바라진 젊은 친구의 손으로 넘어가리라는 것을 잘 알면서도 수택은 그것을 억지로 생각지 않으려 했다.

그의 아버지도 그 위인이 나와서 버티고선 후로는 분명히 얼굴에 검은빛을 띠었다. 자식에게 그런 눈치를 안 보이려고 비상한 노력을 하는 것이 그것이라고 엿보았다. 수택도 아버지의 이 노력에 협조를 했다.

도합 스물두 마지기에서 사십 섬이 났다. 사십 섬에서 스물닷 섬이 소작료로 제해졌다. 사십 섬에서 스물닷 섬…… 열닷 섬. 그의 지식은 처음 긴요하게 씌어졌다.

그러나 이 지식은 정확성을 갖지 못한 것이었다. 거기서 비료대로 한 섬 두 말이 제해졌고 아내와 계집아이들의 설사를 치료한 쌀값으로 장리변을 쳐서 열두 말이 떼였다. 지세도 작인과 지주가 반분해서 물기로 되어 있었다. 지세로 또 몇 말인지 떼였다. 그는 말질을 하는 되강구^{곡식을 팔고 사는 장판에서 되나 말로 그 양을 헤아려}

^{주는 일을 하는 사람}가 바로 지주나 되는 것처럼 그의 손목이 미웠다. 우르르 덤비는 되강구의 목덜미를 잡아 낚고 볏더미 속에다 꾹 박고 싶은 충동을 이를 악물고 참는 것이었다.

수택은 아버지를 쳐다보았다. 그 옴팡하니 들어간 눈에서는 황혼을 뚫고 무시무시한 살기 띤 빛을 발하는 것이었다. 그는 방공연습을 할 때의 그 휘황한 몇 줄의 탐조등 광선을 연상하였다. 김 영감은 꼼짝도 않고 한 자리에 서 있었다. 볏더미를 보는가 하면 그렇지도 않았다. 사음^{舍音}을 노리는가 하면 그 것도 아닌 것 같았다. 영감은 내년 이때까지 살아갈 것을 궁리하는 것이었다.

"다 짊어져라!"

수택은 깜짝 놀랐다. 남은 벼 여남은 섬이 가마니에 채워졌다. 전혀 자신은 없었으나 벼 이백 근을 못 지겠노란 말도 하기 싫어서 지겟발을 디밀었다.

"엇차."

옆에서는 벌써 지고 일어나서 성큼성큼 걸어간다. 그도 엇차 소리를 쳤다. 꼼짝도 않는다.

"자 들어 줄 게니…… 엇차."

그는 있는 힘을 다해서 무릎을 세우려 했다. 그러나 오금은 뜨는 둥 마는 둥 하다가 그대로 똑 꺾인다. 안 되겠느니 다른 사람이 지라느니 이론이 분분하다. 그래도 그는 아버지의 명령이 떨어지기까지는 버티었다. 이를 북북 갈며 기를 썼다. 힘을 북 주었다. 오금이 떨어졌다. 그러나 다리가 허청하며 모여선 사람들의 "저것 저것" 소리를 귓결에 들으며 그대로 픽 한쪽으로 넘어가고 말았다. 넘어간 순간,

"에이끼 천치 자식."

하는 김 영감의 소리와 함께 빗자루가 눈앞에 획 한다. 머리에 동였던 수건이 벗겨졌다.

"나오게, 내 짐세. 나와."

하는 누군지의 말을 영감의 호통 같은 소리가 삼키었다.

"놔 두게! 놔 둬! 나이 사십이 된 자식이 벼 한 섬 못 지겠는가. 져라 져. 어서 일어나!"

그는 이를 악물고 또 힘을 북 주었다. 오금이 번쩍 떴다.

뒤뚝뒤뚝 몇 걸음 옮겨 놓는데 눈과 콧속이 화끈하여 무엇인지가 흘렀다. 그러나 그는 그것이 무엇인지를 몰랐다.

"저 피! 코필 쏟는군. 내려놓게!"

하는 동리 사람들 소리 끝에,

"놔들 두게! 제 손으로 진 제 곡식을 못 져다 먹는 것이 있단 말인가! 놔들 두게."

수택은 눈물과 코피를 좍좍 쏟아 가면서도 그래도 자꾸 걸었다. 내일은 우리 논 닷 마지기의 타작이다! 그는 이런 생각을 억지로 즐기며 노력을 했다.

수택이 중학생이던 어느 겨울, 그의 집에 도둑이 들었다. 집에 있던 그는 학교에서 배운 유도 실력을 발휘해 도둑을 때려 눕히지만, 그의 아버지는 손에 작대기를 들고 나타나서 잃어 버린 물건도 없는데 몰인정하게 했다고 오히려 수택을 때린다. 고학으로 학교를 마치고 열일곱 살에 동경으로 유학을 간 수택은 귀국해 서울 모 신문사 사회부 기자로 취직해 잘 지낸다.

그러나 그 동안 아버지 김 노인과는 상당히 서먹한 사이가 되어 버린다. 수택은 흙투성이가 되어 사는 아버지를 경멸해 자신의 결혼식에도 초청하지 않았다. 수택은 꽤 좋은 월급을 받는 샐러리맨이면서 소설가로서 상당한 명성을 얻지만, 일에 쫓겨 바라던 글을 쓰지 못하자 조금씩 도시에서의 삶에 회의를 느낀다. 신문사를 쉬면서 하는 일없이 빈둥거리던 수택은 S라는 동료와 청량리에 가서 매캐한 흙 냄새를 맡은 후, 고향으로 내려가기로 결심한다.

수택이 가족과 함께 소달구지에 이삿짐을 싣고 고향에 도착하자 아버지와 친척, 그리고 동네 사람들이 모두 몰려와 그들을 반갑게 맞는다. 그런데 자기 집 소유였던 20여 두락의 논과 여남은 갈이의 밭이 대부분 없어진 것을 본 수택은 자신의 예측이 빗나갔음을 깨닫는다. 아버지는 물자리가 좋은 논 여덟 마지기를 주고 집도 한 채 세워 주기로 한다. 수택은 아버지가 시키는 대로 꼴도 베고 밭일도 하면서 농촌 생활에 적응하려고 애를 쓴다.

시간이 어느덧 흘러 수확의 계절 가을이 돌아오고, 수택은 벼가 고개 숙인 들판을 보고 농촌 생활의 보람을 느낀다. 추수철이 되자 수택도 타작을 해 사십 석 정도의 수확을 올리지만, 소작료를 제하고 비료값과 가족의 설사 치료비, 그리고 지세를 내자 남은 것은 거의 없다. 단지 그의 몫으로 떨어진 것은 여남은 섬에 불과한 것을 보면서 착잡한 심정을 금하지 못하고 있는데, 아버지는 거친 목소리로 볏섬을 짊어 지라고 채근한다.

이백 근이 되는 짐을 다른 사람들은 거뜬히 지고 일어서지만, 수택은 눈과 콧속이 화끈해지면서 더 이상 견디지 못하고 넘어지고 만다. 아버지는 동네 사람들의 만류에도 그대로 가라고 호통을 친다. 수택은 코피를 쏟아내며 비틀비틀 걸어간다.

작품 해설

우선 작품에 들어가기에 앞서 이 작품이 가진 농촌 소설로서의 특색을 살펴보기로 하죠. 농촌 소설로서의 특색은 세 가지로 볼 수 있습니다. 첫째, 주인공 수택은 농민에 비해 우월감을 갖고 있지 않으며, 도회지 생활을 청산하고 농민과 동일해지려는 의식을 가지고 있다는 것입니다. 둘째, 주인공 수택이 반농 반필半農半筆의 문필가 겸 농민이라는 점입니다. 셋째, 『흙』·『상록수』 같은 작품처럼 계몽 의식이 존재하지 않는다는 점입니다.

이제 본격적인 작품 분석으로 들어가 볼까요. 이 작품의 핵심은 수택의 귀향 동기입니다. 작가 생활을 할 수 없어서, 혹은 생활고 때문에 귀향했다는 해석도 가능하나, 그것보다는 이 작품에서 여러 번 강조한 바와 같이 '흙내'에 대한 향수 때문이라고 생각하는 것이 타당하리라 생각됩니다.

「제1과 제1장」은 이무영 자신의 자전적인 소설로, 「흙의 노예」로 이어지는 일종의 연작소설입니다. 이 소설은 농민을 지도한다는 획일적인 신념이나 가난과 무지에 찌든 촌부의 눈을 통해 농촌을 재현하는 것이 아니라, 다른 농촌 소설들이 지금껏 보여주지 못한 인간에의 관심을 최초로 보여주고 있습니다. 그러한 이유에서 수택의 귀향이 중요시됩니다.

그가 농촌의 삶을 시작한 것은 계몽 운동을 하기 위해서가 아닙니다. 각박한 서울 생활에 지친 그는 그저 흙 냄새와 인간다운 정에 이끌려, 다시 말하면 인간적인 삶을 회복하기 위해서였습니다. 이미 도시 생활에 익숙해진 수택은 힘든 노동의 보람과 인간에 대한 공동체적인 사랑을 중요시하는 농촌에서 갈등을 겪으면서 조금씩 흙 냄새를 사랑하는 일꾼으로 변해 갑니다.

하지만 수택의 마음속 갈등이 모두 끝난 것은 아닙니다. 수택은 이미 도회지에서 너무 오랫동안 살아왔습니다. 문명이 수택에게 준 편리함은 쉽사리 잊어버리기 힘든 매혹적인 것이었습니다. 수택은 흙의 냄새를 맡을 줄 아는 사람이 되자는 자신의 마음속에 또 다른 대처 사람인 수택이가 "그것은 퇴화다!"라며 갈등을 보이고 있습니다. 또한 그것은 "패배이다! 패배자의 역변이다. 도시 생활…… 문명사회에서 생활 경쟁에 진 패배자의 자위 수단에 불과하다"면서 마음의 투쟁은 날이 거듭할수록 격렬해지고 있습니다.

이러한 갈등 속에서도 수택은 작물에 더욱 애정을 쏟습니다. 그러다 가을이 왔고, 수확의 기쁨에 들뜬 수택은 정작 소작료를 계산하기 위해 나온 사내를 보자 마음이 무겁습니다. 결국 모든 셈을 마치고 얼마 안 되는 쌀이 남았을 때, 그 볏섬을 지라는 아버지의 목소리를 듣게 됩니다. 수택은 깜짝 놀라지만, 어떻게든 볏섬을 지고 가려고 애씁니다. 하지만 그는 있는 힘을 다해서 무릎을 세우려 하지만 잘되지 않고 오히려 한쪽으로 넘어지고 맙니다.

이때 아버지가 "놔들 두게! 남이 피땀을 흘리구 지어 논농살 죄다 먹는 세상에 제 손으로 진 제 곡식을 못 져다 먹는 놈이 있단 말인가! 놔들 두게"라고 쐐기를 박습니다. 이 아버지의 마지막 말은 많은 의미를 담고 있는데요, 그것은 바로 앉아서 태반을 가져가는 지주에 대한 분노, 허약한 아들에 대한 질책, 그리고 농사일에 대한 자부심이 그 안에 담겨 있음을 알 수 있습니다. 아들인 수택 역시 아버지의 이러한 말의 의미를 깨닫는 터라 '눈물과 코피를 좍좍 쏟아가면서도' 걸어가는 것입니다.

이무영은 대부분의 작품 속에서 농촌과 농민을 소재로 해 그들의 삶을 문학적 현실로 담아내고자 노력했습니다. 이 작품에서 볼 수 있듯이 그는 소작 제도의 모순이나 농촌 노동의 어려움 등 농촌 현실을 제대로 인식하고 있음에도 불구하고 이러한 농촌의 현실적 모순보다는 농촌이 간직하고 있는 인간의 냄새에 더 끌리었습니다. 그가 보는 농촌은 바로 비인간적인 도시 문명과 대비되는 이상향으로서의 농촌인 것입니다. 그러므로 이 작품은 농촌의 소박한 공동체적 삶에 높은 가치를 부여하면서 독자들에게 자연 속의 인간상을 일깨워 주려는 의도를 강하게 내포하고 있습니다.

Open Book Test

1 수택은 왜 자신이 패배자라고 생각했을까요?

2 아버지인 김 노인이 도둑을 잡은 수택에게 매를 든 이유는 무엇이라고 생각합니까?

3 수택은 왜 자신의 결혼식장에 아버지를 초대하지 않았을까요?

4 수택의 아버지는 왜 아들에게 세상이란 모두 거꾸로 봐야 하는 것이라고 말했나요?

5 수확하는 자리에 나온 맥고모자 쓴 젊은 친구는 누구라고 생각되나요?

구성	발단	수택이 이삿짐을 싣고 시골로 감.
	전개	신문 기자 생활을 회상. 시골로 떠나려는 수택의 결심과 그의 집안을 소개하는 부분.
	위기(전환)	낯선 농촌 생활에 힘겨워하면서도 진짜 농군이 되려고 안간힘을 쏟음.
	절정	정작 힘겹게 일한 대가가 너무나 초라해 실망하는 수택에게 살기 등등한 아버지는 볏섬을 지라고 명령함.
	결말	코피를 쏟으면서도 수택은 비틀거리며 볏섬을 지고 걸어감.

핵심 정리	갈래	단편소설, 목가적인 농민 소설(농촌 귀농형).
	배경	1930년대 후반, '샌터'라는 시골.
	주제	흙에 대한 애정, 향수와 농촌의 현실(도시 지식인의 귀농歸農과 흙 예찬).
	시점	전지적 작가 시점
	구성	직선적 구성
	문체	만연체
	특징	계몽성보다는 전통적 한국 농민의 흙에 대한 열정과 삶의 모습 제시.

작중인물의 성격	김수택	농촌 출신의 문필가. 합리적 사고로 살아가며 문명 생활에 젖은 인물. 도시의 타성에 길들여진 지식인으로, 흙에 대한 향수를 지니고 있었기에 결국 농촌으로 귀향.
	김 노인	흙에 대해 맹목적인 집착을 가지고 있고, 법이나 제도 이전에 사람 사이의 정과 도리를 중히 여기는 전형적인 농민.
	아내	남편과 시부모에게 순종적이며 농촌 생활에 적응하려고 애쓰는 인물.

바위

복을 주는 바위라 하여 '복바위' 라고도 하고, 소

원 성취를 시켜 준다고 하여 '원바위' 라고도 하

고, 범이 누운 것 같다고 하여 '범바위' 라고도 부

르며, 이 바위의 이름은 이 밖에도 여럿이 있었다.

김동리　金東里

소설가이자 시인인 김동리는 1913년 경북 경주에서 태어났습니다. 1934년에 시 「백로白鷺」가 《조선일보》 신춘문예에 입선되어 등단한 이후, 1935년 《중앙일보》 신춘문예에 「화랑의 후예」, 1936년 《동아일보》 신춘문예에 「산화山火」가 각각 당선되면서 소설가로서 그 면모를 갖추기 시작했습니다.

그는 1947년 청년문학가협회장, 1951년 동협회 부회장, 1954년 예술원 회원, 1955년 서라벌예술대학 교수, 1969년 문협文協 이사장, 1972년 중앙대학교 예술대학장을 역임하는 등 창작 외적으로도 왕성한 활동을 했습니다. 1973년 중앙대학교에서 명예 문학 박사 학위를 받았고, 1981년 4월에는 예술원 회장에 선임되기도 했습니다. 이후 예술원상 및 3·1문화상 등을 수상했으며, 1995년 사망했습니다.

저서에는 소설집으로 「무녀도巫女圖」(1947)·「역마驛馬」(1948)·「황토기黃土記」(1949)·「귀환장정歸還壯丁」(1951)·「실존무實存舞」(1955)·『사반의 십자가』(1958)·「등신불等身佛」(1963) 등이 있고, 평론집으로는 『문학과 인간』(1948), 시집으로는 「바위」(1936), 그리고 수필집으로는 『자연과 인생』 등을 펴냈습니다.

순수문학과 민족주의 문학의 대표 작가 김동리. 사진은 청담동 자택 서재에서
(1913~1995)

순수문학과 신인간주의新人間主義 문학 사상으로 일관해 온 김동리는 8·15광복 직후 민족주의 문학 진영에 가담해, 김동석金東錫·김병규와 순수문학 논쟁을 벌이는 등, 좌익 문단에 맞서 우익 측의 민족문학론을 옹호했던 대표적인 인물입니다. 이때 발표한 평론으로 「순수문학의 진의」(1946)·「순수문학과 제3세계관」(1947)·「민족문학론」(1948) 등을 들 수 있습니다.

작품 활동 초기에는 한국 고유의 토속성과 외래 사상의 대립 등을 신비적이고 허무하면서도 몽환적인 수법으로 그려내면서 인간성의 문제를 다루었고, 그 이후에는 자신의 문학적 논리를 작품에 반영해 작품 세계의 깊이를 더했습니다. 6·25전쟁 이후에는 인간과 이념의 갈등을 조명하는 데 주안점을 두기도 했습니다.

이로 인해서 샤머니즘과 토속성을 기본 바탕으로 삼아 시간의 진행 속에서도 변하지 않는 민족적 정체성을 추구했다는 의의와 함께 현실적 상황에 대한 도외시와 더불어 몽환적이고 주술적인 측면을 지나치게 강조했다는 이분화된 평가를 받기도 하지요.

「바위」는 김동리가 두 번이나 개작을 할만큼 애착을 가지고 있는 작품으로 김동리의 주술呪術 미학을 대표한다고 할 수 있지요.

이 소설은 토속적 샤머니즘, 즉 '복바위 신앙'을 바탕으로 하여 아들과의 재회를 기원하면서 천형天刑을 감내하고 살다 간 한 문둥이 여인의 삶을 형상화하여 한국인의 한恨과 토착 정서를 짙게 드러내고 있습니다. 특히 문둥이 여인의 한스러운 일생은 겹치는 불행 속에서도 묵묵히 운명에 순종하는 전통적 한국인의 삶의 한 방식으로 작가의 숙명론적인 인생관을 대변해 주고 있다고 할 수 있죠.

복바위를 끌어안고 죽고 마는 문둥이 여인의 상황은 역설적이게도 그녀의 믿음이 얼마나 완강한 것이었는가를 말해 주는데, 죽은 뒤에라도 자식을 만날 수 있다는 희망을 간직했기 때문에 행복할 수도 있다는 생각을 하게 하지요. 이런 점에서 작가는 토속적 샤머니즘을 근대적 관점에 의해 비판하기보다는 등장 인물의 삶에 질서와 전망을 부여하는 원초적 신앙 형태로 이해하고 있음을 알 수 있어요.

북쪽 하늘에서 기러기가 울고 온다. 가을이 온다. 밤이 되어도 반딧불이 날지 않고 은하수가 점점 하늘 한복판으로 흘러내린다. 아무 데서나 쓰러지는 대로 하룻밤을 새울 수 있던 집 없는 사람들에게는 기러기 소리가 반갑지 않다.

읍내에서 가까운 기차 다리 밑에는 한 떼의 병신과 거지와 문둥이들이 모여 있다. 거적으로 발을 싸고 누운 자, 몸을 모래에 묻고 누운 자, 혹은 포대로 어깨를 두르고 앉은 자, 그들은 모두 가을이 오는 것이 근심스럽다.

"아, 인제 밤으론 꽤 싸늘해."

늙은 다리 병신 하나가 이렇게 말하자,

"싸늘이라니, 사지가 마구 옹굴러드는구만."

곁에 있던 곰배팔이가 이렇게 받았다.

한쪽에서는 장타령을 가르치느라고 법석이다.

"요놈의 각설이 요래도 정승 판사 자제로 팔도 감사 마다고 동전 한 푼에 팔려서……."

이까지 할 즈음에 '선생'은 또 손을 들어 그것을 중지시키고 나서 훈시를 주었다.

"몸짓이 젤이야. 엉덩이 뽑는 거며 고개질 허는 거며, 빼딱허게 서서 침을 뽑는 거며 모두 장단이 맞아야 돼."

훈시가 끝나자 두 거지 아이는 이내 소리를 지른다.

"네 선생이 누구냐, 나보다도 잘헌다. 시전 서전을 읽었나, 유식허게도 잘 헌다. 논어 맹자를 읽었나, 대문대문 잘헌다."

이번에는 고갯짓이며 손짓이며 엉덩이 놀림새며 모두가 잘되었다. 일동은 만족한 듯이 '아아' 하고 웃었다.

문둥이 떼가 모인 아랫머리에서는 기차가 지나가자 곧 새로운 화제가 생긴다.

"아주머이 아들 소식 자주 듣능교?"

"……."

'아주머이'는 고개만 두른다. 그녀는 같은 무리 중에서도 제일 신참자이다.

한참 동안 침묵, 검은 우울만이 그들을 싸고 있다.

"참, 인제 왜놈들이 풍병 든 사람들을 다 죽일 게라드군."

"설마 죄없는 사람들을 죽일라구."

마을에서 온 '아주머이'가 대꾸하였다.

"아아, 인제 날씨가 차워서."

곁에 있는 젊은 자가 또 이렇게 중얼거리자 '아주머이'는 불현듯 아들 생각이 난다. 작년까지는 그에게도 아들과 영감이 있었던 것이다.

아들은 술이述伊란 이름이었다. 그는 나이 삼십이 가깝도록 그때까지 아직 장가를 들지는 못했으나 그에게는 일백 몇십 원이라는 돈이 저축되어 있어서 같은 동무들 중에서는 그를 부러워들 했다 한다. 그는 항상 이백 원이 귀가 차면 장가를 들고 살림을 차리리라 했다고 한다. 하여 먹고 싶은 술도 늘 참고, 겨울에 버선도 대개 벗고 지냈으매, 그 흉악한 병마의 손이 그의 어미에게 뻗치지 않았던들 그래도 처자나 거느리고 얌전한 사람의 일생을 보냈을 것이라 한다.

술이는 그의 저축에서 어미의 약값으로 쓰다 남은 이십여 원을 하룻밤에 술과 도박으로 없애 버리고, 그날부터 곧 환장한 사람이 되어 버렸다. 두 눈에 핏대를 세워 거리를 돌아다니며 마을 사람들을 공연히 욕하고 싸우고 그의 어미의 토막^{움막}에다 곧잘 불을 놓으려 들고 하다가, 금년 이른봄, 나뭇가지에 움이 틀 무렵, 표연히 어디로 떠나버린 것이라 한다.

아들을 잃은 영감은 날로 더 거칠어져 갔다. 밤마다 술에 취해 와서는 아내를 때렸다. 때로는 여러 날씩 아내의 밥을 얻어다 줄 것도 잊어버리고, 노상 죽어 버리라고만 졸랐다.

"그만 자빠지라문."

"……."

"내도 근력이 이만할 때라서 꽝꽝 묻어나 주지."

아내는 이 말을 들을 때마다 몹시 울었다. 몇 달 전까지만 해도 그는 아내와 함께 남의 집 행랑살이에서 쫓겨나와 마을 뒤에 조그만 토막을 지어 아내를 있게 하고 자기는 집집마다 돌아다니며 날품도 들고 술집 심부름도 하여, 얻어온 밥과 술과 고기 부스러기 같은 것을 그녀에게 권하며,

"먹기나 낫게 먹어라."

측은한 듯이 혀를 차곤 하던 그가 아니던가.

금년 이른 여름 보리가 무룩이 팰 때다. 먼 마을에서는 늑대가 아이를 업어 갔다는 둥, 어느 보리밭에는 문둥이가 있다는 둥 흉흉한 소문이 마을에 퍼질 무렵이었다. 영감은 술이 취해서 아내의 토막을 찾아왔다. 그의 품속에는 비상 섞인 찰떡 한 뭉치가 신문지에 싸여 들어 있었다. 그것은 저녁때였다. 아내는 거적문을 열어 놓고, 모지라진 숟가락으로 사발에 말라붙은 된장 찌개를 긁고 있었다. 영감을 보자 손을 들어 낮에 엉기는 파리떼를 날리며, 우는 상으로 비죽비죽 웃어 보였다.

"허엄."

영감은 당황히 품속에 든 떡 뭉치를 만졌다. 토막 안에 들어가서도 영감은 술기운에 알쑥해진 눈으로 한참 동안 덤덤히 그의 아내를 바라보고 있다가 문득 또 한 번 품속을 더듬었다.

처음, 떡을 받아든 아내는 고맙다는 듯이 영감을 쳐다보며 또 한 번 비죽비죽 웃어 보였다. 그러나 비상 빛깔을 짐작할 줄 아는 그녀는 떡 속에 섞인 그 거무푸레하고 불그스레한 것을 발견한 다음 순간, 무서운 얼굴로 한참 동안 영감의 낯을 노려보고 있었다.

먼 영에서 뻐꾸기 우는 소리가 들려왔다.

이윽고 여인은 모든 것을 이해하고 얼굴을 수그렸다. 송장처럼 검고 불긋불긋한 얼굴에 눈물이 흘러내렸다.

영감은 난처한 듯이 외면을 하였다. 그는 침을 뱉으며 자리에서 일어났다.

"이 원수야, 그만 자빠지라문."

그는 무안스러운 듯이 또 한 번 침을 뱉었다.

이튿날 마을 사람들은 다음과 같은 이야기를 수군거렸다.

아내는 남편이 나와 버린 뒤에도 혼자서 더 울고 나서 마침내 그 떡을 먹기는 먹었으되 쉽사리 죽지도 못하고, 할 수 없이 어디로 떠나 버렸다는 것이었다. 그리고 토막 속에는 벌건 떡을 수두룩이 토해 내놓았더라는 것이었다.

여인은 그의 힘으로 갈 수 있는 여러 마을을 헤매었다. 그것은 저잣거리보다 구걸이 쉬움이 아니라, 행여 그리운 아들을 볼까 함이라 하였다. 노숙과 구걸로 여름 한철이 헛되이 갔다. 설마 가을 안에야 아들을 만나겠지 한 것이 사뭇 헛턱이었다. 이즈음엔 영감도 그립다.

"나도 이만할 때라서 꽝꽝 묻어나 주지."

하고 못 견디게 죽음을 권하던 영감이 본다면 그래도 겨우살이 토막 하나는 곧잘 지어 줄 것 같았다.

어느 날 그녀는 하다 못해 자기 손으로 기차 다리 가까이 있는 밭 언덕 안에 조그만 토막 하나를 지었다. 토막이라야 모래흙에다 나무 막대 서너 개 치고, 게다가 거적을 두른 것쯤이니 고작 서리나 피할 정도였다. 하나, 이것만으로도 그녀에게는 여러 날 씨름이었다. 입으로 코로 눈으로 구멍마다 모래가

박혔다. 살은 터질 대로 터지고 뼛속은 저리고 쑤시었다.

　이틀은 정신없이 누워 앓았다.

　사흘째는 밭 임자가 왔다. 그는 무어라고 한참 동안 욕질을 하고 나더니,

　"오늘이라도 곧 뜯어내지 않으면 불을 놔 버릴 게다."

　큰소리로 이렇게 외치고는 돌아갔다. 그러나 또다시 지을 힘도 없을뿐더러, 그 근처에는 달리 적당한 자리도 없었으므로 그녀는 비록 불에 살리는 한이 있더라도 그것을 뜯어낼 수는 없었다. 기어이 이 기차 다리 부근에서 떠나가기가 싫었던 것이다. 그것은 기차 다리에서 장터로 들어가는 마을 어귀에 커다란 바위 하나가 있었기 때문이었다. 복을 주는 바위라 하여 '복바위'라고도 하고, 소원 성취를 시켜 준다고 하여 '원바위'라고도 하고, 범이 누운 것 같다고 하여 '범바위'라고도 부르며, 이 바위의 이름은 이 밖에도 여럿이 있었다. 복을 빌러 오는 여인네는 사철 끊이지 않았다. 주먹만한 돌맹이를 쥐고 온종일 바위 위에 올라앉아 바위 등을 갈다가는 손의 돌이 바위 등에 붙으면 소원이 성취되는 것이라 하였다. 어떤 여자들은 연 사흘씩 밥을 싸들고 와서 '복바위'를 갈기도 하였다.

　이 바위를 아끼고 중히 여기는 것은 복을 빌러 오는 여자들만이 아니었다. 동네 아이들은 와서 말놀이를 하고 노인들은 와서 여기서 허리를 기대어들 구경을 하고, 마을 사람들은 누구나 다 이 바위를 대단하게 여기는 것이었다.

　술이 어머니도 어쩐지 이 바위가 좋았다. 자기도 저 바위를 갈기만 하면 그리운 아들의 얼굴을 만나볼 수 있으리라 하였다. 그는 몇 번인가 마을 사람들의 눈을 피해 가며 술이의 이름을 부르며 복바위를 갈았던 것이다.

그가 '복바위'를 갈기 시작한 지 한 보름 뒤, 우연인지 혹은 '복바위'의 영검이었던지 그녀가 주야로 그렇게 그리워하던 아들을 만나보게 되었던 것이다. 사방에서 장꾼이 모여드는 아침 장터에서 그녀가 바가지를 들고 음식전으로 들어가려 할 때 문득 소매를 잡는 사람이 있었다. 순간 그녀는 직감적으로 그가 술이인 것을 깨달았다. 고개를 들었다. 그리하여 아들의 낯을 보았다. 순간 어미의 희고 긴 덧니가 잠깐 보이었다.

아들은 어미의 손을 잡고 걸음을 옮기었다. 장터에서 조금 나가면 무너진 옛 성터가 있고 그 옆으로 오래 된 지름길이 있었다. 길은 가을 풀로 덮이고 지나다니는 사람의 그림자도 보이지 않았다.

두 사람은 풀과 길바닥 위에 앉은 채 서로 잡고 불렀다.

"엄마."

"술아."

그들의 눈에는 쉴새없이 눈물이 흘러내렸다.

"엄마, 어디서 어째 지냈노. 어째 살았노…… 엉엉엉…… 엄마……."

"……."

어미는 긴 덧니를 제끼며 자꾸 울기만 하였다. 피와 살은 썩어가도 눈물은 역시 옛날과 변함없이 많았다.

"엄마, 날 울마나 찾았등교. 울마나……."

술이는 어머니의 무릎에 얼굴을 묻으며 목을 놓고 울었다.

길바닥 잡풀 속에 섞여 핀 들메밀꽃 위에 빨간 고초쨍이 한 마리가 날아와 앉았다. 길 건너 언덕에서는 알록달록한 뱀 한 마리가 돌 틈으로 들어가고 있었다.

"내 얼른 돈 벌어 올게, 엄마 나하고 살자…… 내 돈 벌어 올 때까지 부디 부디 죽지 마아."

아들은 어미의 어깨와 팔을 만져 주며 이렇게 당부했다. 그의 붉은 두 눈에서는 하염없는 눈물이 자꾸 솟아 나왔다.

그들은 다시 장터로 들어갔다.

술이는 주머니에서 돈 석 냥 반을 털어 어미의 손에 잡혀 주며 한 사날 뒤에 다시 찾아오기를 약속하고 떡전에서 헤어졌다. 해는 벌써 설핏하였다. 사람들은 바쁜 듯이 소리를 지르며 오고 가고 하였다. 소를 몰고 오는 사람, 나무를 지고 가는 사람, 아이를 뒤에 업은 채 함지에 무엇인지 담아 이고 섰는 여자, 자전거를 타고 닫는 소년, 인력거 위에 앉아 흔들거리며 가는 '하까마'짜리, 그들은 혹은 지껄이고 웃고, 혹은 멱살을 잡고 싸우고, 혹은 무엇을 먹으며 울고…… 벌떼처럼 쑤알거리고 들끓는 속에, 그는 고개를 수그린 채 어정거렸다.

'복바위 지나 기차 다리.'

그는 혼자서 몇 번이나 입 속으로 이렇게 중얼거리며, 빈지게를 등에 걸친 채 장터를 서성거렸다. 그는 오래간만에 읍내 장터에 들어와서 아주 그의 아버지 소식도 알고나 갔으면 하는 것이었다. 그러나 아무도 그에게 똑똑한 소식을 전해 주는 사람은 없었다. 중풍으로 반신 불수가 되어 거리에 돌아다닌다고도 하고, 천만에 걸려 헐떡이며 읍내 어느 주막에서 심부름을 해 주고 있다고 하고, 하나도 들어 시원한 소식은 없었다.

숙이 어머니는 아들을 한 번 만나보고 난 뒤부터는 아들 생각이 더 간절해졌다. 그녀는 날마다 장터에 기웃거리며 돌아다니고 있었다. 그러나 아들은 제가 약속한 '사날'이 지나도 보름이 지나도 한 달이 지나도 나타나지 않았다.

그럴수록 다만 한 가지 믿고 의지할 곳은 저 바위뿐이었다. 저 '복바위'가 제대로 땅 위에 있는 날까지는 언제든 그의 아들을 다시 만날 수 있을 것이며, 그리고 자기의 병도 어쩌면 아주 고칠 수 있을는지도 모른다고 생각하였다.

'그저 비가 오나 눈이 오나 복바위만 같아라.'

그녀는 사람들이 다 잠이 든 밤이면 그 아프고 무거운 몸을 끌고 언제나 남몰래 바위를 찾아와 어루만지는 것이었다.

그러나 이번에는 '복바위'의 영검이 먼저와 같이 그렇게 쉽사리 나타나지 않았다. 이것은 아마 그녀가 언제나 캄캄한 어둠 속에서만 갈아서 이 '복바위'가 잘 응해 주지 않는 것이라고 생각하였다. 그래 그 이튿날부터는 사람들이 보지 않는 틈을 타서 될 수 있는 대로 낮에 갈기로 하였다.

그러나 이와 같이 낮에 사람의 눈을 피하기란 지극히 어려웠다. 그날도 그녀는 역시 자기의 아들을 만나게 해 달라고 바위를 갈고 있다가 마을 사람의 눈에 띄게 되었다. 어느덧 새끼줄이 몸에 걸리는가 하더니 그녀의 몸은 곧 바위 위에서 떨어졌다. 그리하여 다리 밑까지 새끼줄에 걸린 채 개같이 끌려갔을 때는 온몸이 터져 피투성이가 되고 의식조차 잃고 있었던 것이다. 나중 간신히 정신을 차려 눈을 떠보았을 때, 동소임은 물을 길어다 바위를 씻고 있었다.

그 뒤부터 여인은 언제나 이 바위 곁을 지나칠 적마다 발을 멈추고 한참 동안 그것을 물끄러미 바라보는 것이었다. 곁에 오면 절로 발이 붙는 것도 같았다. 그녀에게 있어서는 바위가 한없이 그립고 아쉽고 그리고 또 원망스럽고 밉살머리스럽기도 하였다. 자기의 모든 행복과 불행이 전부 다 저 바위에 매인 것만 같이 생각되었다.

이날도 진종일 장터에서 헤매다 돌아오는 길이었다. 저녁때였다. 산과 내와 마을이 모두 노을에 싸여 있었다. 그녀는 여느 때와 같이 바가지를 안고 마을 앞을 지나가고 있었다. 바가지에는 밥, 떡, 엿, 홍시, 묵, 대추, 두부, 국수, 콩나물, 조깃 대가리, 북어 꼬랭이 이런 것들이 한데 섞여 범벅이 되어 있었다. 머리는 깊이 떨어뜨려졌고, 다리는 무겁게 끌리었다. 그녀는 가끔 머리를 돌리고 한참씩 섰다가는 바가지를 한 번씩 들여다보고 나서 다시 발을 옮기곤 하는 것이었다.

"내가 아까 왜 좀 다지고 묻지 못했던고?"

그녀는 몇 번이나 이렇게 중얼거렸다. '아까'라고 하는 것은 묵전에서 묵을 얻고 있을 때 그 곁에서 감을 팔고 있는 늙은이가 어떤 사람과 더불어,

"술이가 아주 나올라 몰았나?"

"여섯 달 받았다는데 하마 나와?"

이런 이야기를 주고받고 하던 것을 귓결으로 얼핏 들은 것 같았기 때문이었다. 그때 자기는 묵을 얻느라고 곁의 사람의 이야기에 귀를 기울이지 않았고 또 거기서 자기 아들의 이야기를 하고 있으리라고는 꿈에도 생각하지 못했던 것이라 아주 무심히만 흘려듣고 말았던 것인데, 이제, 동네 앞길을 지나 저

만큼 '복바위'를 보고 내려오노라니까 문득 장에서 들은 그 말이 머리에 떠오르는 것이었다. 분명히 그때 그 늙은이들이 '술이'라고 하던 것같이 지금은 생각되는 것이었다.

'아차, 분명히 술이라고 하던 거로.'

생각할수록 확실히 술이라고 한 것이다. '술이'라고 하던 것이 지금도 곧 귀에 들리는 것 같았다. 그녀는 발을 멈추고 서서 도로 장으로 나갈까 하고 망설이다가 또 한 번 바가지를 들여다보고는 그대로 바위를 향해 걸어 내려가고 있었다. 온몸은 욱신거리고 아팠다. 두 다리는 그 자리에 그냥 거꾸러질 것같이 무겁고 머리 속은 열병을 앓듯 어찔어찔하였다.

그녀가 바위 앞까지 왔을 때 해는 이미 떨어진 뒤였다. 먼 들 끝에서 어둠이 날개를 펴기 시작하는 어슬녘이었다. 그녀는 언제나와 마찬가지로 바위 앞까지 와서는 걸음을 멈추고 고개를 들어 그곳을 물끄러미 바라보았다. 그리고 다시 고개를 돌려 토막 있는 곳을 바라보았다. 바로 그때였다. 그녀의 눈에 비친 것은 언제나 그 자리에서 바라보던 그 조그만 토막이 아니라 훨훨 타오르는 불길이었다. 한순간 그녀는 자기의 눈을 의심하고 나서 다시 보아도 역시 불길이었다. 순간 그녀는 화석이 되는 듯했다. 감은 눈에도 찬연한 불길은 역시 훨훨 타오르고 있었다. 감아도 불, 떠도 불, 불, 불, 불……. 그녀는 나무토막처럼 바위 위에 쓰러졌다.

이미 감각도 없는 두 손으로 바위를 더듬었다. 그리하여 바위를 안은 그녀는 만족한 듯이 자기의 송장같이 검은 얼굴을 비비었다.

바위 위로는 싸늘한 눈물 한 줄기가 흘러내렸다.

이튿날 마을 사람들이 이 바위 곁에 모이었다. 그들은 모두가 침을 뱉으며 말했다.

"더러운 게 하필 예서 죽었노."

"문둥이가 복바위를 안고 죽었네."

"아까운 바위를……."

바위 위에 여인의 얼굴엔 눈물이 번질번질 말라 있었다.

읍내 근처의 기차 다리 밑에는 한 무리의 병신과 거지와 문둥이가 산다. 여인은 그 문둥이들 중 한 사람이다. 여인이 그곳에까지 오게 된 경위는 다음과 같다. 여인에게는 남편인 영감과 아들 술이가 있었다. 그러나 여인이 문둥병에 걸려 장가 밑천으로 모아 둔 돈을 어머니의 약값으로 모두 써버린 아들 술이가 어느날 집을 나가 버린다. 아들을 잃은 영감은 여인을 학대하며 급기야는 여인을 독살하려다가 실패한다. 영감의 뜻을 이해한 여인은 결국 집을 나온다. 그리하여 세 사람의 가족 관계는 파탄된다.

기차 다리 밑에 토막을 짓고 그곳에 거처를 정한 여인은 아들 술이에 대한 그리움으로 나날을 보낸다. 이때 아들은 여인에게 유일한 삶의 의미로 자리잡는다. 마침 근처에 복을 빌면 소원을 이룰 수 있다는 복바위가 있음을 알게 된 여인은 매일 사람들의 눈을 피해 복바위를 가는 일에 몰두한다. 바위를 갈기 시작한 지 보름 만에 여인은 그리던 아들을 만난다. 그러나 아들은 다시 돌아오겠다며 떠나서 그 후 소식이 없다.

아들을 더욱 그리워하게 된 여인은 다시 복바위를 갈다가 마을 사람들에게 뭇매질을 당한다. 어느 날 장터를 헤매던 중 여인은 아들 술이가 6개월의 징역형을 선고받았다는 사실을 알게 된다. 아들에 대한 그리움이 복받쳐 다시 복바위에 갔던 여인은 자기의 토막이 불타고 있음을 목격한다. 여인은 그날 밤 복바위를 안은 채 숨을 거둔다.

이 작품 「바위」는 《신동아》 1936년 5월호에 게재된 단편소설로, 김동리의 초기 작품에 속합니다. 복바위를 갈면 바라던 소원이 이루어진다는 속설은 우리나라 도처에 깔려 있는 토속적인 믿음으로, 자기가 소원한 바를 이루기 위해 영험 있는 물건에 정성을 바치는 행위는 이미 우리 민족의 마음에 깊이 자리잡고 있는 하나의 민간신앙입니다. 이러한 행위와 소원이 우연히 실현될 때는 움직일 수 없는 하나의 믿음으로 받아들여지고, 그것을 맹신하게 됩니다. 이 작품은 모두에게 이러한 '복바위'에 대한 언급을 해줌으로써 공간적 상황 설정 및 서사 구조의 큰 틀을 보여주고 있습니다. 그럼 본문 속에서 복바위에 대한 장면 묘사를 한 번 살펴볼까요.

그것은 기차 다리에서 장터로 들어가는 마을 어귀에 커다란 바위 하나가 있었기 때문이었다. 복을 주는 바위라 하여 '복바위'라고도 하고, 소원 성취를 시켜 준다고 하여 '원바위'라고도 하고, 범이 누운 것 같다고 하여 '범바위'라고도 부르며, 이 바위의 이름은 이 밖에도 여럿이 있었다. 복을 빌러 오는 여인네는 사철 끊이지 않았다. 주먹만한 돌멩이를 쥐고 온종일 바위 위에 올라앉아 바위 등을 갈다가는 손의 돌이 바위 등에 붙으면 소원이 성취되는 것이라 하였다. 어떤 여자들은 연 사흘씩 밥을 싸들고 와서 '복바위'를 갈기도 하였다.

이 바위를 아끼고 중히 여기는 것은 복을 빌러 오는 여자들만이 아니었다. 동네 아이들은 와서 말놀이를 하고 노인들은 와서 여기서 허리를 기대어들 구경을 하고, 마을 사람들은 누구나 다 이 바위를 대단하게 여기는 것이었다.

이처럼 「바위」는 육신의 저주받음과는 상관없이 지극한 모성애의 극치를 보여주고 있는 작품으로 소망과 구원에 대한 인간적인 동경을 그 주제로 삼고 있습니다. 즉 '복바위(영험한 능력이 있는 성스러운 장소)' 라는 토속적인 샤머니즘을 바탕으로 아들을 만나게 해 달라는 소원을 빌다가 죽어가는 한 문둥이 여인의 한스러운 일생을 그리고 있습니다. 이 문둥이 여인의 일생은 겹치는 불행 속에서도 묵묵히 운명에 순종하는 전통적 한국 여인의 삶의 한 방식입니다.

따라서 이 작품 역시 김동리의 숙명론적 인생관을 보여주고 있다고 할 수 있습니다. 그러기에 문둥병이라는 천형(天刑 : 하늘이 내린 벌을 의미합니다. 문둥병은 인간의 힘으로는 어찌할 수 없는 무서운 병이기에 예로부터 이렇게 지칭하곤 했습니다)을 받고 있는 주인공의 삶이 처절하다는 느낌 대신에 그 어떤 신비적인 느낌을 주고 있는데요, 김동리의 다른 작품인 「무녀도」와 주제 면에서 '전근대적 요소의 소멸' 내지는 '무속 세계의 소멸' 혹은 '토속적 샤머니즘의 패배' 라는 공통점을 가지고 있는 것도 이러한 기법 때문입니다.

사람은 누구나 자기만의 소원이 있습니다. 문둥이 역시 그 병과 상관없이 사람이라는 측면에서 예외는 아니겠지요. 문둥이 여인은 감옥에 간 아들 때문에 누구보다도 소원을 빌 복바위가 필요했습니다. 하지만 그녀는 다른 사람들처럼 마음놓고 복바위에 소원을 빌지 못합니다. 언제나 다른 사람들의 눈을 피해서 '사람들이 다 잠이 든 밤이면 그 아프고 무거운 몸을 끌고 언제나 남몰래 바위를 찾아와 어루만지는 것' 이었습니다.

문둥이는 남들보다 몸이 성치 않은 사람이면서 동시에 회피하는 인물입니다. 그러니 그 문둥이는 복바위까지 가기도 남들보다 힘들었을 테고, 복바위에 빌 것도 많았겠지요. 하지만 사람들은 문둥이가 복바위를 더럽힌다고 끌어내어 내팽개치는 것입니다. 이것은 그 문둥이가 결국 바위 곁에서 죽었을 때도 마찬가지입니다. 한 불쌍한 인간의 죽음을 보고 마을 사람들이 하는 말을 한번 들어볼까요.

이미 감각도 없는 두 손으로 바위를 더듬었다. 그리하여 바위를 안은 그녀는 만족한 듯이 자기의 송장같이 검은 얼굴을 비비었다.

바위 위로는 싸늘한 눈물 한 줄기가 흘러내렸다.

이튿날 마을 사람들이 이 바위곁에 모이었다. 그들은 모두 침을 뱉으며 말했다.

"더러운 게 하필 에서 죽었노."

"문둥이가 복바위를 안고 죽었네."

"아까운 바위를……."

바위 위의 여인의 얼굴엔 눈물이 번질번질 말라 있었다.

날이 갈수록 병은 깊어지고 추위가 기승을 부리는 가운데 어머니가 걸 수 있는 유일한 희망은 복바위를 통한 자기 소원의 성취뿐이었을 것입니다. 말하자면 이 복바위는 아들을 만날 수 있는 유일한 통로인 것입니다. 그러므로 복바위를 통해 아들을 만나고자 하는 소원은 절대적입니다. 모든 사람들로부터 외면받는 삶을 살아가는 문둥이 여인이 믿고 의지할 마지막 대상이 바위뿐이라는 사실, 어쩌면 문둥이 여인에게는 하나의 신앙으로 자리매김될 수밖에 없는 처지였는지도 모릅니다. 그녀는 복바위를 통해 아들과의 재회를 염원함과 동시에 자기의 병도 고칠 수 있지 않을까 하는 희망을 간직한 것입니다.

하지만 그녀의 이런 절대적인 믿음은, 복바위 근처에서 그녀가 기거하던 토막의 소멸과 함께 무너지고 맙니다. 이제는 돌아갈 곳도 없지요. 이런 와중에 그녀는 복바위를 끌어안고 죽습니다. 이 상황은 역설적이게도 그녀의 믿음이 얼마나 완강한 것이었는가를 말해 줍니다. 또한 죽은 뒤에라도 자식을 만날 수 있다는 희망을 간직했으므로 어쩌면 행복하게 죽었을지도 모른다는 생각을 갖게 합니다. 이런 점에서 작가는 토속적 샤머니즘을 근대적 관점에서 비판하기보다는 등장 인물의 기구한 삶을 이해하기 위한 장치로 사용하고 있습니다. 즉 등장 인물들의 삶에 따뜻한 시선을 보내고 있는 것이지요.

Open Book Test

1 문둥이 여인은 왜 마을 사람들의 눈을 피해 복바위를 갈았을까요?

2 술이가 집을 나간 이유는 무엇일까요?

3 술이는 왜 교도소에 갔을까요?

4 문둥이 여인은 왜 기차 다리 밑의 토막을 떠나지 못했나요?

5 토막이 불에 탄 이유는 무엇일까요? 또 누가 불을 질렀을 것이라 짐작하나요?

구성

발단	기차 다리 밑에 모여 사는 거지, 병신과 문둥이 등의 생활상을 보여줌.	
전개	모친의 병구완으로 장가 밑천을 다 써 버린 아들이 방황하기 시작하고, 아주머니는 자신을 죽이려는 영감과 이별함.	
위기	복바위에서 소원을 빈 뒤 장터에서 꿈에 그리던 아들과 만남.	
절정	아들이 교도소에서 복역중인 사실을 알게 되며, 돌아오는 길에 불에 타는 토막을 목격함.	
결말	복바위를 껴안고 죽음.	

핵심 정리

갈래	단편소설
배경	1930년대의 어느 마을(가을에서 겨울 사이, 마을과 기차 다리 주변).
주제	모성애를 바탕으로 한 소망과 구원에 대한 인간애적 동경.
시점	전지적 작가 시점
구성	직선적 구성
문체	간결체
성격	샤머니즘, 휴머니즘

작중인물의 성격

술이 어머니 (아주머니)	문둥병에 걸려 한스럽게 사는 여인. 아들을 다시 만나기 위한 일념으로 복바위를 갈다가 죽음.
술이	근면하고 효성이 지극했던 인물. 그러나 장가 갈 밑천으로 저축해 둔 돈을 어머니의 약값으로 다 써 버리자 상심한 나머지 집을 나감.
술이아버지 (영감)	성격이 거칠고 술에 탐닉하는 인물. 아내를 사랑했지만, 아내 때문에 고달픈 삶이 연속되자 독을 먹여 죽이려고 함.

바위

국어 공부를 위한 제안

달콤한 국어 이야기

여기 한 남자가 있습니다. 그런데 그가 누구를 좋아하는군요. 이를 눈치 챈 그의 친구가 그 남자의 은밀한 감정을 여자에게 전해 줍니다.

"누가 너를 좋아한대."

뭐, 우리가 볼 때 별로 특별할 것도 없죠.

어쩌면 그 여자도 내심 남자의 프로포즈를 기다리고 있었을지 모릅니다.

남자는 어젯밤에도 그 여자의 꿈을 꿨습니다. 둘이 결혼하는 꿈을요.

남자는 더 이상 혼자 애태우지 않기로 했지요. 가서 당당히 말하리라…….

안절부절못하고 벌겋게 상기되기까지 한 이 남자!

여자에게 대뜸 이렇게 말하네요.

"어젯밤에 네 꿈을 꾸었어. 글쎄 우리가 결혼해서 아이를 낳은 거야. 미미야, 너랑 사귀고 싶어. 우리 천생연분 같지 않니?"

힘겹게, 그리고 수줍게 자신의 마음을 고백하는 이 남자.

그런데 여자가 화를 내고 있군요.

왜 그랬을까요? 진심이 전해지지 않은 걸까요?

음~ 방법을 바꿔 보는 건 어떨까요? 너무 멋대가리가 없죠?

국어를 알면 연애에 성공한다!!!

이때 바로 시(詩)를 써먹는 겁니다.

환해진 기억 속의
방안에 앉아,

청실홍실 색실로 짠
줄을 쳐 놓고
둥실─ 달 같은 아기.

천년의 사랑,
더듬어 찾아온 시간 끝에
누워 있는

그건
너였어.

남자의 시적인 고백에 그만 여자는 얼굴이 붉어집니다.
빠샤! 빠샤! 남자는 결국 여자의 감성을 이끌어 내는 데 성
공했답니다.^^*;;
사랑은 이와 같이 느낌을 공유하는 것입니다.
사랑과 같은 관념의 세계를 표현해 내는 것이 바로 문학의
주된 기능이죠.
자기가 좋아하는 여자에게 대뜸 결혼하고 애 낳자고 하면
어떤 여자가 좋아할까요? 뺨 맞지 않으면 다행이죠.
우리는 문학을 통해 보다 풍부한 감수성을 경험할 수 있습
니다. 그렇게 해서 성숙된 지적 감수성은 생활 속에서 멋진
로맨스를 연출해 내죠.
그러므로 문학의 향유를 가능케 해주는 국어는 교과서 안
의 딱딱한 글이 아닙니다. 바로 여러분의 지적 호기심과 내
적 감수성을 키워 주는 달콤한 대상이죠.

문학작품을 잘 감상했나요?
이제 논술에 대비하여 글을 써봅시다. 질문의 핵심을
짚어내어 나름대로의 생각을 자유롭게 쓰세요.

현진건의 「운수 좋은 날」

1 작가가 김 첨지를 통해 말하려고 한 것은 무엇일까요?

길라잡이☞ 주인공의 비극적 삶은 그의 신분과 밀접한 관계가 있어 보입니다.

2 김 첨지의 말 속에 나타나는 상스러운 표현들이 작품 안에서 지니는 의미는
무엇일까요?

길라잡이☞ 인물의 성격은 그가 겪는 사건과 관계되지요.

3 이 비극적인 작품의 제목을 '운수 좋은 날'로 한 까닭은 무엇일까요?

길라잡이☞ 아이러니의 의미를 생각해 보세요.

이상의 「날개」

1 이 작품의 서두에 나오는 "박제剝製가 되어 버린 천재를 아시오?"라는 물음은 소설 속에서 어떻게 구체화되어 있나요?

길라잡이☞ '아내'의 방과 '나'의 행색을 대비해 묘사한 대목을 읽고 생각해 보세요.

2 "육신이 흐느적흐느적하도록 피로했을 때만 정신이 은화銀貨처럼 맑소"라는 표현은 역설적逆說的입니다. 이 말의 참 의미는 무엇일까요?

길라잡이☞ '나'와 '아내'와의 역학 관계를 통해 생각해 보세요.

3 「날개」의 실험 정신은 어디에 있을까요?

길라잡이☞ 이 소설의 시대적 배경과 주인공의 고민, 그리고 문체의 특징 등을 고려해 보세요.

김동인의 「배따라기」

1 인간 관계 속에서 오해가 야기하는 문제에 대해 생각해 봅시다.

길라잡이☞ 인간 관계에서 중요한 것 중의 하나가 신뢰가 아닐까 생각합니다. 신뢰가 점차 퇴색 되다 보면, 오해의 소지가 생겨나게 되지요. 나쁜 의도에서든 좋은 의도에서든, 이것은 사람과 사 람 사이에 믿음의 균열을 가져옵니다. 「배따라기」에서도 등장 인물들간의 오해가 어디에서 비롯 되었는지, 오해한 이유는 무엇인지 살펴보면, 오해의 요인과 해소 방법을 미루어 짐작할 수 있겠 지요.

2 '배따라기'의 전설을 쓰고, 우리나라에 전해 오는 전설에 관해 이야기해 봅 시다.

길라잡이☞ 예로부터 내려오는 전설은 우리에게 많은 교훈을 주고 있습니다. 재미있는 이야기와 더불어 교훈을 받을 수 있다면 참 좋은 일이겠지요.

이광수의 「소년의 비애」

1 이 소설에서 문해보다 문호가 인간적이고, 사람들에게 존경받고, 여러 가지 면에서 우수한 것처럼 보여지는 이유는 무엇일까요?

길라잡이☞ 이 작품의 작가인 춘원 이광수의 사상과 관련이 있습니다. 춘원 이광수는 한때 '2·8 독립선언서'를 작성하고 도산 안창호와 상하이 임시정부에서 활약한 적이 있습니다. 그러나 1937년 수양 동우회 사건으로 안창호 등과 함께 수감되었다가 풀려 나온 뒤에는 친일 행각을 벌이기 시작했지요. 물론 이 소설은 그 전에 씌어진 것이지만, 작가가 오래 전부터 갖고 있던 마음 자세, 즉 현실에 참여하고 약자의 편에서 강한 자에 대항하는 것보다는, 차분히 방에 앉아 사랑과 아름다운 것에 대해 글을 쓰는 쪽을 선호했다는 사실은 분명히 알 수 있습니다.

2 마지막 부분에서 문호가 탄식처럼 읊조린 "소년의 천국은 영원히 지나갔네그려"라는 말은 무엇을 의미하는지 이야기해 봅시다.

길라잡이☞ 여기서 '소년'이란 순수함을 의미합니다. 양반의 체면 따위와 같은 구습에 연연하는 것, 정직하지 못한 것, 한 여자의 일생을 망치는 행위에 대해 분노하는 모든 행동은 순수한 것이며, 따라서 이에 저항해서 싸워야 하지만, 누구나 그렇게 용감하게 싸울 수 있는 것은 아닙니다. 스스로 그 속에서 편안하게 살아가는 사람이라면, 자신이 손해볼 각오까지 해야 하므로, 싸움에 나서기가 더욱 힘든 법입니다.

작가는 그런 싸움을 벌일 수 있는 사람은 소년처럼 순수하고 맑은 마음을 가진 존재뿐이라고 생각한 것입니다. 따라서 '소년의 천국'이 영원히 지나갔다는 말의 의미는, 키워야 할 자식과 보호해야 할 가족 때문에 더 이상은 싸우지 못할 것이라는 포기의 심정을 보여주는 것입니다.

김유정의 「봄봄」

1 이 작품이 당시 결혼 풍습에 대해 어떤 관점을 보이고 있는가를 생각해 보고, 올바른 결혼에 대해서 말해 봅시다.

길라잡이☞ 민며느리 제도나 데릴사위 제도는 남성 중심 사회를 유지하기 위해 만들어진 왜곡된 결혼 풍습이죠. 다시 말해, 딸만 가진 봉필은 대를 잇기 위해 자신의 딸을 상품으로 내놓은 것이고, 마을 청년들은 봉필의 재산이 탐이나 기꺼이 머슴이나 다름없는 데릴사위 노릇을 하는 거죠.

2 인물들간의 갈등 양상이 대두되는 사건들을 찾아서 이야기해 봅시다.

길라잡이☞ 갈등은 소설을 형성하는 중요한 축입니다. 이러한 갈등은 인물 상호간의 관계 속에서 잘 드러나는데, 특히 대화 속에서는 직접적인 모습으로 드러나기도 한답니다.

강신재의 「젊은 느티나무」

1 소설 속에서 둘이 나누는 마지막 대화와 그때 숙희가 껴안고 있는 느티나무는 어떠한 관계가 있습니까?

길라잡이☞ 느티나무에 '젊은' 이 붙은 이유를 생각해 보세요.

2 숙희는 '오빠'라는 단어를 무리와 부조리의 상징 같은 어휘라고 생각하는데,

그 이유는 무엇일까요?

길라잡이☞ 여기서 말하는 '오빠'는 친오빠를 말하는 것입니다.

3 지수의 러브레터를 보고 현규가 화내는 이유를 설명해 보세요.

길라잡이☞ 숙희가 곱슬머리는 사납다고 농담할 때, 그렇지 않다고 정색하며 변명한 이유를 생각

해 보세요.

이무영의 「제1과 제1장」

1 이광수의 작품 「흙」에서의 '허숭'과 이무영 「제1과 제1장」의 '수택'의 공통

점과 차이점은 무엇일까요?

길라잡이☞ 공통점은 농사를 짓기 전에 둘이 가지고 있던 직업을 살펴보면 알 수 있습니다. 둘 다
글을 쓰는 사람이었지요. 그렇다면 차이점은 무엇일까요? 「흙」에서의 '허숭'은 어딘가 시골사람
들을 가르치려고 하는 듯하고, 이 소설에서의 '수택'은 시골사람들을 가르치려고 하기보다는 오
히려 하나라도 배우려고 애쓰는 듯하지 않나요?

2 수택이 귀향한 궁극적인 목적은 무엇일까요?

길라잡이☞ '수택'은 각박한 서울 생활에 지친 나머지 인간적인 삶을 회복하기 위해 고향에 내려 갑니다. 고향인 농촌의 현실은 물론 전혀 모르는 상태였지요. 그래서 고향에 도착해서는 환상이 깨지며 매우 실망합니다. 몸도 몹시 피곤하겠지요. '수택'의 이러한 태도는 괴롭고 힘든 농촌의 현실을 낭만이 가득할 것으로 오해했기 때문입니다.

3 수택과 부친 간에 벌어지는 갈등의 원인은 무엇일까요?

길라잡이☞ 둘 사이의 갈등은 주로 농촌 일에 서투른 수택과 그것이 못마땅한 아버지 사이에서 벌어지는데, 이것은 신념의 차이도 의지의 대립도 아닌, 다만 생활에 미숙한 태도로 인해 생기는 것이기에 진정한 의미의 소설적 갈등은 아닙니다. 그런데 작가가 이러한 갈등을 소설의 중심에 내세운 것은, 아버지의 꾸짖음을 강조하려는 의도였다고 볼 수 있습니다. 이 작품의 주제는 농촌 에의 귀향과 그 적응을 위한 노력이라 할 수 있는데, 아버지의 매서운 질책 속에는 참다운 농군의 모습이 생생하게 살아 있습니다. 또한 농군이 되려는 아들에 대한 깊은 사랑을 아버지 나름의 방 식으로 표현한 것이라고 볼 수도 있겠지요.

※ 참고 사항 : 이무영의 「흙의 노예」라는 작품은 이 작품의 속편입니다. 즉 「제1과 제1장」의 주제 는 「흙의 노예」에서 다시 전개되지요. 이 둘은 일종의 연작소설로서 작가 이무영의 체험을 기록 한 소설임을 기억하시길 바랍니다.

김동리의 「바위」

1 이 소설의 사상적 배경은 무엇일까요?

길라잡이☞ 이 소설은 토속신앙, 휴머니즘, 운명론적 신비주의 등의 사상을 그 배경으로 하고 있습니다. 토속신앙은 원시 종교의 한 형태인 샤머니즘, 즉 한국 특유의 무속 신앙이라고 말할 수 있습니다. 이는 복바위를 갈며 아들과의 재회를 기원하는 여인의 모습을 통해 드러납니다. 그리고 문둥병을 얻은 여인의 불행한 삶을 묘사함으로써 작자의 인간 생명에 대한 근원적인 사랑과 구원의 사상이 표출되는 것은 그 배경에 인간 중시 사상, 즉 휴머니즘이 있다고 볼 수 있지요. 마지막으로, 과학적이고 합리적으로 현실을 냉철히 비판하고 분석하기보다는, 거대한 운명의 사슬에 매달린 나약한 인간 존재를 보여주고 있다는 점에서 이 소설의 사상적 배경을 운명론적 신비주의라고 말할 수도 있을 것입니다.

2 복바위는 무엇을 상징할까요?

길라잡이☞ 우리나라의 전래 설화 중 바위에 얽힌 이야기는 무수히 많습니다. 그것은 자연물에 신의 영험이 스며 있다고 믿었던 우리 조상들의 믿음에서 유래됩니다. 우리 조상들은 들·바위·물·나무, 심지어는 부엌이나 문지방에까지 신이 존재한다고 생각했으며, 그런 신들을 공경하는 마음으로 살았습니다. 유일신을 믿는 기독교의 교리와는 정면으로 배치되지만, 미생물·무생물에게까지 따뜻한 애정을 주고 존중하는 태도는 아름다운 것이 아닐까요? 이 소설에 등장하는 복바위의 상징성은 오래 전부터 내려오는 망부석 설화와 직접적인 관련을 맺고 있습니다. 멀리 떠나간 남편을 기다리며 오랫동안 기다리다 선 채로 바위가 되었다는 망부석 설화. 간절한 바람을 가진 인간이 돌로 변한다는 이러한 이야기는, 오늘날 이 「바위」라는 작품을 통해, 복바위를 껴안고 죽은 여인의 모습을 통해 새롭게 등장합니다.

3 문둥병에 걸린 술이 어머니를 '복바위' 근처에 가지 못하도록 하는 마을 사람들의 행위에 대해 생각해 봅시다.

길라잡이☞ '복바위'는 마을에서 소중한 재산일 것입니다. 여자들이 복을 빌러 오는 대상이고, 동네 아이들은 말놀이를 하는 데 필요하고, 노인들에게는 들 구경을 할 때 등을 기대는 좋은 바위입니다. 하지만 아무리 그래도 그 바위는 누군가의 개인 소유물이 아닙니다. 마을 사람들 모두의 것이지요. 아무리 무서운 병에 걸렸다고 해도, 문둥이 역시 마을 사람 중의 한 명입니다. 소원을 비는 것을 막아서는 안 되지요. 우리 곁에는 신체적 결함을 가진 사람이 많이 있습니다. 사고로 다친 사람, 태어날 때부터 불구의 몸을 가진 사람, 병에 걸려 많이 아픈 사람 등 많습니다. 그들 역시 우리의 이웃이니 힘닿는 데까지 도와주어야 합니다. 이 소설 속의 못된 마을 주민들처럼 그들에게 손가락질을 하고 더럽다고 침을 뱉으며 따돌려서는 안 되겠지요.